KB268179

현대시조의
정서와 방향

현대시조의
정서와 방향

임종찬 지음

국학자료원

머리말

현명한 민족들은 그들만의 언어를 만들고 그 언어를 이용하여 시를 만들어 생활에 보탬을 삼았다. 시가 없고 노래가 없는 민족은 없다. 그런데 시가 있다 해도 시를 잘 꾸미고 잘 만들어서 후세에 길이 전해오도록 한 그런 민족은 그리 많지 않다.

우리 민족은 우리 말을 이용하여 우리 성정에 맞게 시를 만들었으니 이게 바로 시조라 할 수 있다. 많은 사람들이 시조를 읊조리기도 하고 노래로 불리우기도 하였고 그러기를한 700년 쯤이나 되는데 요즘에 와서 시조보다 자유시에 경도되어 시조를 가볍게 보는 경향이 있어 안타깝다.

현재 초, 중, 고 국어교과서조차도 시조를 아주 적게 수록하고 있다. 옛날 교과서에는 옛 시조든 현대시조든 시조를 많이 실어 시조에 대한 인식과 보급에 영향을 주었는데 요즘 왜 이런 현상이 일어난 것일까.

1920년대 소위 카프 쪽 문인들은 시조를 부르조아 문학이라고 하여 폐기처분하는 것이 마땅하다는 투로 시조를 업신여겼다. 말하자면 양반 사대부들이 만들었고 그들의 정서를 담기에 적당한 문학이므로 프롤레타리아 계급들의 정서를 담기에 거북한 문학형식이라는 투였다. 이 사람들이 대거 이북으로 이주하여 북한 문학의 기틀을 잡으면서 이북에는 시조를 연구하는 사람도 귀하고 창작은 아예 손을 놓고 있다. 거기다 김일성 어록에도 시조를 우습게 여기는 말이 나오니 어느 누가 시조를 짓고 부를 수가 있겠는가.

시조가 부르조아 층을 위한 문학도 아니었고 그들이 짓고 부르기로

했다고 해도 그들만의 정서를 담기에만 적당한 시형태도 아니었다.

정형시라서 현대인의 삶의 정서를 담기에는 옹색하다는 말도 더러 하는 모양이다. 그러나 국 그릇은 커야 하지만 간장 그릇은 작아야 한다. 국은 덜 싱겁지만 간장은 짜기 때문에 큰 그릇에 많이 담길 필요가 없다. 이런 이치대로 정형시에 담기는 정서와 자유시에 담기는 정서는 애초부터 다른 것이다. 국은 국대로 간장은 간장대로 밥상 위에 있어야 상차림이 되듯이 자유시도 시조도 같이 존재하여야 하고 시조가 못하는 시적 발상을 자유시가 한다면 자유시가 함의할 수 없는 정서를 시조가 나타내면 되는 것이다.

문제는 시조가 형식을 지키지 않고 자유시를 닮으려고 한다면 시조라고 이름 말아야 하는데 일부 시조시인 중에는 시조 형식을 우습게 여기는 사람들이 있고 그렇게 쓴 걸 현대시조라고 우기는 경우가 있어 우습다는 것이다.

그새 틈틈이 써온 것들 중 추려서 이 책을 엮었다. 일부는 문학잡지에 실었던 것이고 일부는 개인 시조집 발문에 실었던 것이다. 형식문제는 내 책 다른 데서 많이 다루었기 때문에 여기서는 별로 다루지 않았고 시조의 주제를 중심으로 다룬 것이 많다.

차 례

Ⅰ. 현대 시조의 반성과 전망

현대시조란 무엇인가

Ⅰ. 집단시조와 개인시조

시는 대상을 언어화한다. 대상을 언어의 영역 안에 용해시킨다. 이 것을 다르게 말하면 사물의 命名이라 할 수 있다. 사물에 대한 명명이 있기 전에는 사물은 존재하지 않았거나 존재했다 해도 현재 명명된 대로는 존재하지 않았다. 그러므로 시의 언어는 사물을 적절한 방식으로 지시한다고도 하고 그 사물성(thingness)을 드러내는 일을 하므로 창조한다고도 할 수 있게 된다.

그런데 시가 대상을 언어화했을 때 그 언어가 나와 대상과의 연관성을 기호화한 개인어(personal speech)인지 비개인어(impersonal speech)인지 하는 것이 문제가 된다. 전자를 극대화하면 비의적(秘義的) 시(Das hermetishe Gedicht) 즉, 전문가의 해석에 의해서만 판독되는 시기가 되고 말지만 후자를 극대화하면 선전문구 같은 통속적 취미의 시로 전락한다.

개인시는 개인언어의 시적 변용이다. 개인시는 시인으로서의 전문성과 그것으로 인하여 취득되는 사회적 보장을 노리는 시이므로 독자의 성숙하고 고상한 취미에 기여하려 든다.

집단시는 비개인어의 시적 변용이다. 그것은 집단이 지향하는 이념을 노출시키거나 집단이 암묵적으로 요구하는 사고의 틀을 시의 형식으로 바꾸어 놓은 시이므로 독자로 하여금 어느 방향으로의 지향을 유도하거나 어느 방향으로의 자각을 촉진하고자 하는 시라고 할 수 있다.

고시조(여기서는 단시조를 이름이다)는 주로 사대부들이 지은 노래다. 그러므로 그들이 지은 시조 속에는 사대부로서의 사회적 책임, 사대부로서의 자세 확립 같은 것이 잘 드러나 있다. 곧 고시조는 대부분 집단의식을 내포하고 있는 집단시조인 셈이다.

    1) 出ᄒ면 致君澤民 處ᄒ면 釣月耕雲
       明哲君子는 이룰사 즐기ᄂ니
       ᄒ믈며 當貴危機ㅣ라 貧賤居를 ᄒ오리라

권호문

    2) ᄆ올 사ᄅ들하 올ᄒ일 ᄒ쟈스라
       사ᄅ이 되어나서 올티곳 못ᄒ면
       ᄆ쇼를 갓고갈 스워 밥머기나 다ᄅ랴

정철

    3) 술도 머그려니와 德 업스면 亂ᄒᄂ니
       춤도 추려니와 禮 업스면 雜되ᄂ니
       아마도 德禮를 딕희면 萬壽無疆ᄒ리라

윤선도

1)에서 보듯이 사대부란 출하면 致君澤民하여야 하는 책무가 주어진 신분이다. 다른 말로 하면 經國濟民을 해야 하는 신분이다. 그래서 그들은 2)와 같은 시조를 지어 警敏하기도 하고, 3)과 같이 스스로를

다스리거나 입회하고 있는 이들에게 그들이 지향하는 정신세계에 대해 경각심을 불어넣으려 하였다. 때로는 삶의 현장의 심각함을 無化시키기 위해서 또는 극복하기 위해 江湖閑情 安貧樂道를 자처하였다. 그런데 당시 사대부들이 느끼고 있었던 사회적 책임과 자기들이 행할 자세는 지극히 한정적임을 알 수 있다. 그것은 모순된 현실국면의 타개를 위한 개혁의지를 보이기보다는 현실에 대한 적응과 조화의 길을 택하거나 현실로부터의 도피를 택하였다. 가령 丁茶山의 飢民詩에서 보듯이 관가의 돈 궤짝을 남이 볼까 쉬시하는데 우리를 굶게 한 것은 이 때문이라(官篋惡人窺豈非我所嬴)고 하여 현실의 모순을 고발하고 있는데 시조에서는 이와 같은 작품들이 극히 드문 것도 사대부들의 현실관과 통하는 일면이라 하겠다.

조선조시대에는 道가 行해지면 나아가 兼善하고 道가 行해지지 않으면 물러나 獨善한다는 儒家風에 따라 자신을 修己하기 위함이라는 현실도피의 합리적으로 설명될 수도 있었다. 그래서 사대부들의 시조 속에는 주제가 다양하게 나타나고 있는 것 같지만 작품의 밑바탕을 관류하는 정신면에서 살피면 사대부로서의 신념체계의 옹호 즉, 자기들 나름대로 해석된 주자적 이념세계의 옹호에 있음을 알 수 있게 한다.

한 특정한 계층 또는 집단을 규정짓는 신념체계를 이데올로기라고 한다면 사대부들은 지배층이라는 특정사회에 속함으로써 그들 집단의 이데올로기에서 벗어날 수 없었다.

그들의 사고는 사회적 조건으로부터 발전하거나 개인적 조건으로부터 변화한다기 보다는 사회집단에 근거를 둠으로써 이념의 고착성을 가지게 되었던 것이다. 그리고 그들 집단의 지향성이 문학으로 나타났을 때에는 그들 계층의 옹호를 위한 변명일 수도 있었던 것이다. 대신 고시조 작가들 중 지배계층에서 소외된 중인계층이나 기녀들의 시조 속에는 사대부층에서 보여주었던 의식은 희미해질 수밖에 없는 것이다.

> 4) 압록강 흐진 날에 애엿뿐 우리님이
>   燕雲萬理를 이듸라고 가시는고
>   봄풀이 푸르거든 即時 도라 오소서
>
> 張炫(甁歌 355)

> 5) 冬至ㅅ 둘 기난긴 밤을 한 허리를 베혀내어
>   春風 니불 아래 서리서리 너헛다가
>   어론님 오신 날 밤이여드란 구뷔구뷔 펴리라
>
> 黃眞(靑珍 287)

4)는 역관의 작품이고 5)는 기녀의 작품이므로 이들은 지배층과는 거리가 있는 신분이었다. 4), 5)에서는 사대부연하는 말투인 '아희야, 두어라, 어즈버' 등의 표현도 보이지 않고 종장 끝에도 '하노라'하는 행세투의 표현도 보이지 않는다. 4)는 연가풍의 시조인데 사대부시조에서는 임금에 대한 신하의 다함없는 충심을, 사랑하는 임에 대한 다함없는 애정으로 위장하여 나타냈다. 남녀간의 순정을 노래한다는 것은 사대부들 체면에 용납되지 않았던 모양이다. 그러나 중인신분, 기녀신분이고 보면 자기의 감정을 굳이 위장하면서 나타낼 필요가 없었던지 4), 5)같은 사랑노래가 등장하고 있다. 그리고 그들 신분들은 주자적 이념의 시조화는 체질적으로 맞지 않았고, 또 군에 대한 충을 이야기하기에는 자기 신분에 걸맞지 않을 뿐더러 연회석상에서 여흥을 도와야 하는 역할담당자가 이성적 논리로서의 진지성으로 일관한다는 것도 어색한 일이었다.

어쨌든 4), 5)는 계급적 이테올로기나 집단의 집합화를 의도하지 않는 개인감정의 시조화라고 할 수 있게 된다. 즉 개인시로서의 시조다.

개인시는 인간의 내부에 잠복하고 있는 보편적 정서를 보다 인상깊게 전달함으로써 인간성의 평등을 일깨우는 시의 세계인 것이지 어느 특정 계급 또는 어느 특정 부류를 내포적 독자로 가지지는 않는다.

4), 5)는 사랑에 대한 열망, 사랑하고 싶은 대상에 대한 호기심을 자극하는 시조다. 인간의 보편적 정서를 개인적 차원으로 발화한 작품이다.

현대시조는 4), 5)와 같은 보편적 정서의 개별적 체험을 나타내고자 하는 시적 세계다.

> 6) 가다가 주춤
>   머무르고 서서
>   물끄러미 바래나니
>
>   산뜻한 너의 맵시
>   그도 맘에 들거니와
>
>   널 보면 생각히는 이 있어
>   못 견디어 이런다
>
> — 曺 雲, 「野菊」 전문

고시조에서의 국화는 傲霜孤節의 대명사였다. 孤節이라는 유교적 관념세계를 말하려다 보니 이것의 대치물로서 국화가 발견된 것이고 그래서 국화는 四君子 중의 하나로 지칭되게 된 것이다. 그러나 6)은 관념의 대치물로서의 국화가 아니라 국화는 그리운 이의 매개물로서의 역할일 뿐이다. 현대시조가 고시조에서 벗어나 시조를 현대화하고자 했을 때 제일 먼저 궤도수정을 해야 했던 것은 개인시로써 세계관을 펼치는 것이었다.

Ⅱ. 듣는 시조와 읽는 시조

시조는 초·중·종의 3장으로 구성되어 있다. 초·중·종이라는 말은 애초 시조창에 쓰던 음악용어였는데 이것이 그대로 문학용어로 쓰이고 있다. 시조창이 3장으로 불리우는 것과 시조는 3장으로 구성되어 있다는 것은 창과 창사의 조화로운 만남이 이루어지고 있음을 의미한다고 하겠다.

시조가 3장으로 그리고 각 장은 4음보로 이루어져 있는 것은 음악과 밀접한 연관을 가진다. 음악적 휴지(musical pause)와 문학적 휴지(logical pause)가 잘 들어맞음으로 인하여 결과된 것이 시조 형식이라는 말이다.

시조창의 경우 초장 다음에는 긴 휴지가 오므로 唱者가 여기서 잠시 쉬게 된다. 중장 다음에도 긴 휴지가 온다. 그렇기 때문에 唱詞의 초장이나 중장은 다음 장이 계속되기 전에 歌意가 정리되어 있어야 한다. 각 장의 끝이 연결어미나 종결어미로 끝맺어 있는 것도 唱에 있어 章이 끝나는 자리에 오는 음악적 휴지와 연관된 결과다. 논리상 연결어미나 종결어미는 쉼을 의미한다.

연결어미는 종결어미에 접속사를 더한 형태다. 이를테면, 하니 → 하였다. 이러하니, 하면 → 하였다. 그러면, 하므로 →하였다. 그러므로 등등에서 보듯이 연결어미는 그 자체가 종결어미의 뜻을 가진 형태라 하겠다. 이것은 앞서 말했듯이 음악상의 휴지와 문학상의 휴지가 조화롭게 만나게 하기 위한 노력 때문에 일어난 현상이다.

고시조가 창사였다는 사실은 창하는 이의 입장에서 보면 창사를 쉽게 알아듣도록 하는 장치가 들어 있어야 한다. 창하기에 편리한 장치의 일부로서는 앞서 말한 음악상의 휴지와 문학상의 휴지가 잘 들어맞는 경우여야 함을 의미하겠는데 (이것은 동시에 청자의 편리를 위한 장치일 수도 있다) 듣기에 편리한 장치로는 다음의 몇 가지를 들 수 있겠다.

1. 창을 듣는 청자의 지적 수준과 기호 및 의식세계에 알맞은 말의 선택이 창사 속에 포함되어 있을 수 있다.(말의 선택)
2. 청자가 쉽게 예측할 수 있는 구조적 연결형태가 창사 속에 포함되어 있을 수 있다.(구조적 연결형태)
3. 관습화된 통사적 공식구(syntactic formula)가 창사 속에 포함되어 있을 수 있다.(통사적 공식구)
4. 청자에게 의미를 잘 전달하기 위하여 반복구조가 창사 속에 포함되어 있을 수 있다.(반복구조)

고시조가 이같은 장치를 내재해야 하니까 시로서 가져야 할 함축적 의미를 덜 가지게 되거나 시적 상상력이 미약하게 나타나는 경우가 많게 되었다. 현대시조는 이와 같은 장치들을 굳이 가질 필요가 없어졌기 때문에 시조 속에 보다 풍부한 상상력과 함축적 의미를 가질 수가 있어서 시조 작품을 감상할 때 독자에게 다양한 해석으로 아기자기한 맛을 느끼도록 해준다.

현대시조의 특징 중 하나는 들어서 금방 이해가 되는 시조보다는 읽어서 의미를 따져봐야 하는 시조들이 많다는 점이다. 이 점은 시조가 창사에서 벗어나 있다는 의미를 내포하고 있다. 즉 듣는 시조가 아닌 읽는 시조임을 의미하게 된다.

7) 一擧手 一投足에도
   왜? 왜? 왜? 「왜」의 화살들

   따짐없는 새와 짐승의

저 純粹가 無知로라면
人間을 汚染한 知識
말끔 씻고 말고지라

—이호우, 「왜? 속에서」 전문

7)은 이미지에 중점을 두지 않고 의미에 중점을 둔 시조이므로 곰곰이 의미를 캐들어가야 하는 시조인 셈이다. 여러 번 읽어서 따져봐야 하는 '생각하게 하는 시조'라는 말이다.

7)은 현대시조가 창을 목적으로 하는 시조가 아닌 읽는 시조임을 의미하는데, 현대시조가 창을 목적으로 하지 않기 때문에 연작을 위주로 창작하고 있음도 설명되어야 하겠다. 시조를 창하는 방법으로는 크게 가곡창과 시조창의 두 방법이 있는데, 이들의 하위범주에는 또 여러 창법이 있지만 가곡창에서 갈래된 창은 가곡창의 박자, 시조창에서 갈래된 창은 시조창의 박자에서 어긋나지 않는다.

어느 창이든 시조 한 수를 창하고 나면 긴 시간의 휴식이 필요해진다. 긴 시간의 휴식은 결국 시조를 단수 위주로 발전시키는 데에 기여를 했다. 긴 휴식은 결과적으로 앞서 진행된 가사의 의미와 뒤에 진해될 가사의 의미를 통합한 보다 큰 의미체를 구성시키는 데에 방해가 된다. 그것은 긴 휴식이 의미의 통합을 어렵게 만들기 때문이다. 창을 목적으로 한 것이 아니라 吟詠을 목적으로 한 시조인 경우엔 사정이 달라질 수 있다. 가령 高山九曲歌, 陶山十二曲 같은 것들은 9폭 혹은 12폭 병풍에 써 놓고 읊조리기에 편리한 형태다 이것들은 여러 명이 돌아가며 창하지 않고 혼자 창한다면 너무 긴 시간이 소요되어 힘들 뿐 아니라 듣는 이도 휴식 너머 진행되는 한 수 한 수의 의미를 연결시켜 나가기에 무리가 있을 수 있겠다.

현대시조는 듣는 시조가 아니고 읽는 시조라고 하는 측면이 연작시조를 가능하게 한 것이다. 이때의 연작시조는 각 수 끼리의 유기적인 연결이 이루어져서 시조 한 편 전체가 큰 하나의 의미체로 묶여진 시조를 의미한다.

> 8) 낙동강 빈 나루에 달빛이 푸릅니다
> 　무앤지 그리운 밤 지향없이 가고파서
> 　흐르는 금빛 노을에 배를 맡겨 봅니다
>
> 　낯익은 풍경이되 달아래 고쳐보니
> 　돌아올 기약없는 먼 길이나 떠나온 듯
> 　뒤지는 들과 산들이 돌아 돌아 뵙니다
> 　아득히 그림 속에 *淨化*된 초가집들
> 　할머니 *趙雄傳*에 잠 들던 그날밤도
> 　할버진 *律* 지으시고 달이 밝았더니다
>
> 　미움도 더러움도 아름다운 사랑으로
> 　온 세상 쉬는 숨결 한 갈래로 맑습니다
> 　차라리 외로울망정 이 밤 더디 새소서
>
> —이호우, 「달밤」 전문

　첫 수에서는 달밤에 낙동강 나루에서 배를 띄우는 장면, 둘째 수에서는 달빛에 고쳐보이는 풍경, 셋째 수에서는 과거 달밤과의 대비, 넷째 수에서는 달밤의 정취를 탐닉하는 것으로 되어 있어서 각 수는 '낙동강변의 달밤에 연유한 서정'이라는 큰 테두리 안에 부분으로 놓이게 된다. 그러므로 연작시조의 각 수는 전체에 통합하기 위한 유기적 파편이라 할 수 있게 된다.

Ⅲ. 현대시조의 개혁을 위한 몇 개의 노력

　첫째, 파형시조를 통한 새로운 시조형을 시도하였다. 이러한 경향은 개화기시조에서 쉽게 발견된다. 개화기는 대내외적 모순을 제거하기 위한 민족운동이 활발히 진행되었던 시기였기 때문에 이 시기에 전개된 사상이 시가형태로 많이 표출되었다.

　사상의 전개를 시가형태로 나타내고자 할 때에는 시가가 갖는 율문의 규칙 때문에 산문에 비해 사상 전개가 구체성을 띠지 못하지만 사상이 정서와 융합하거나 리듬과 융합함으로써 산문에서보다는 특별한 효과가 있을 수 있다는 측면에서 당시의 개화기 지식인들은 개화기 시가를 많이 지었던 것이다.

> 9) 사랑ᄒᄂ 우리정년들 오늘날에셔르맛나니
> 　반가온뜻이 慇懃ᄒ 즁나라생각더욱깁헛네
> 　언제나언제나
> 　獨立宴에다시맛날가
>
> 　정년들이죠상나라를 亡케ᄒ 도니責任이오
> 　흥케ᄒ 도니聯分이라
> 　소원을소원을
> 　성취할날이머지안네
>
> 　　　　　　　　　　　　　　　　　—「相逢有思」전5연 중 1·5연

　이것은 大韓每日申報(1909. 8. 13)에 실린 작품이다.

　이러한 작품들은 시조형을 변개한 작품들인데, 이렇게 함으로써 새로운 내용을 담을 수 있는 가능성을 실현함과 동시에 독자들에게 새로운 형태를 통한 신선미를 제공하려 의도한 것 같다. 이러한 실험의식은 개화기시조의 한 특징이 되고 있는데 이러한 특징의 분명한 예로서 다음과 같은 민요적 분위기의 시조화를 들 수도 있겠다.

10) 이燈을잡고흐응 방문을박차니흥
    魍魅魍魎이 줄힝낭 ᄒ노나아
    이리화조타흐응 慶事가낫고나흥

                                    一 逐邪經

11) 건너산 띠꿩이흐흥 콩밧출녹일제흥
    우리집 令監이 눈씽긋ᄒ노아
    어리화됴타흐응 知和者도큐나흥

                                    一 射雉目

12) 將ᄒ도다흐응 每日申報흥
    臺心公道로 前進을 ᄒ노라흥
    어러화조타흐응 獨立基礎라흥

                                    一 頌祝每日

　이것들은 앞에서보다 더 파격을 보이는 작품들이다. 이것은 민요인 흥타령형식과 시조형식을 결합시킨 것으로 보아 시조와는 거리가 먼 것 같지만 공식화된 반복구를 빼버리면 시조의 3장 구성과 유사하다든가 1, 2행이 시조의 초, 중장과 닮아 있음을 알 수 있다.

　둘째, 고시조에서의 탈피를 위한 노력을 보인 육당시조를 들 수 있겠다. 육당 최남선은 고시조 작가인 박효관, 안민영, 이세보를 이은 시조작가였는데 그는 시조의 현대화를 위해 첫걸음을 놓은 작가로 알려져 있다. 그의 시조의 특징을 간단히 요약하면 다음과 같다.

　① 고시조가 거의 제목을 붙이지 않은 반면 육당시조는 제목을 붙이고 있다.

　② 고시조는 줄글내리박이식 표기였으나 육당시조는 3행 단연식 또는 6행 3연식 표기를 하고 있어 시조 표기의 다양한 면을 보여주었다.

　③ 고시조는 단수 위주의 창작인데 비하여 육당시조는 연작 위주의 창작이었다.

　④ 종장 첫 음보와 끝 음보에 고시조의 투어를 쓰지 않음으로써 종

장 처리에 혁신을 보였다.

이러한 점으로 미루어 육당시조는 고시조와 현대시조와의 완충 역할을 하고 있음을 알 수 있다.

셋째, 시조 혁신을 위한 가람시조를 들 수 있겠다.

가람은 시조의 시문 구성과 시어에 대한 각별한 노력을 보였던 시인이었는데, 이점에 대해서는 두 가지 측면에서 설명이 된다. 하나는 리듬과 작품과의 조화로운 만남을 위하여 특별한 관심을 보인 점이다.

> 13) 「나라」의 골시모여
> 이太陽을 지엇고나. [나라]新羅國
>
> 頑惡한 어느바람
> 고개들놈 업도소니. [바람] 海上의 걱정
>
> 東海의 조만물결이[조만] 하치안혼, 蕞爾眇熱
> 거품다시 지리오.[거품] 泡沫
>
> ─「石窟庵에서」其三

> 14) 담머리 넘어드는 달빛은 은은하고
> 한두 개 소리없이 나려지는 梧桐꽃을
> 가려다 발을 멈추고 다시 돌아보노라
>
> ─「梧桐꽃」

13)은 육당의 『百八煩惱』에서, 14)는 『嘉藍時調集』에서 뽑은 것이다. 13)은 인위적인 노력이 겉으로 드러나 있는 작품이라 할 수 있는데, 이것은 자수 배열이 억지스럽다는 점에서 쉽게 파악된다. 글자의 자수를 억지로 맞추려다 보니 언어의 생략이 심하게 나타나버렸고, 이렇게 되고 보니 詩文의 의미가 잘 전달되지 않을 것 같아 옆에다 해설

을 붙일 필요까지 생긴 것이다. 가람은 14)와 같이 시조 형식을 인위적으로 형식화한 시문 구성을 아주 싫어한 시인이었다. 14)에서 보듯이 비록 자수율에 따른 시문 구성이기는 해도(그는 자수율로서 시조형식을 설명한 학자다) 시문 구성에 따른 억지스러움이 없어 보인다. 이 점이 바로 嘉藍과 六堂과의 시적 거리라 할 수 있다. 또 글자의 자수 구속에 따르면서도 자수 구속을 독자가 느끼지 않을 만큼 자연스럽게 리듬과 작품 내용을 조화시킴으로 해서 당시 시조문단에서의 가람의 위치가 돋보이게 되었다.

다른 하나는, 시조 문장은 되도록 쉬운 우리말을 부려쓰고 흔히 쓰이는 일상어를 시어화 하였다는 점을 들 수 있다.

> 15) 바람이 서늘도 하여 뜰앞에 나섰더니
> 서산 머리에 하늘은 구름을 벗어나고
> 산뜻한 초사흘 달이 별과 함께 나오더라
>
> 달은 넘어가고 별만 서로 반짝인다
> 저 별은 뉘 별이며 내 별 또한 어느 게오
> 잠자코 호올로 서서 별을 헤어 보노라
>
> — 「별」 전문

고전주의시대의 詩語에는 두고 쓰는 상투어 또는 대체되는 형식어(이를테면 woman을 fair lady로, girl을 nymph로, bird를 airy − nation으로)가 많이 그리고 자주 등장 하였다. 그렇기 때문에 사람들이 일상 생활에서 두고 쓰는 일상어의 상당부분은 시 속에 등장하지도 않았던 것이고, 그렇게 되다 보니 시와 대중과의 거리는 가까울 수가 없었던 것이다.

古時調 속에서의 詩語도 이와 비슷한 사정이었다. 고시조 속에는 주

자적 노장적 세계관을 나타내는 觀念語가 자주 등장할 뿐더러(일상어
와 거리가 멀 뿐더러) 상투어가 너무 심하게 나타나고 있는 것이다.

당시의 시조작가들은 시조를 그들 특수한 신분(양반 사대부층)의 전
유물로, 또 그들이 지향하는 세계관에 대한 공명을 얻기 위한 문화적
전략물로 인식하고 있었던 모양이다. 그래서 일반대중이 두루 쓰고 있
는 일상어와는 거리가 먼 말들, 이를테면 자기의 身元을 알리는 행세
투의 말들을 등장시켰던 것이다. 다르게 말하면 일반대중의 대중적 기
호, 취미, 의향 같은 것과는 되도록 거리를 두어서 자기들식의 의식공
간을 확보한 시조라야 시조답다고 생각하였던 모양이다.

가람시조의 현대성을 그의 詩語에서 찾는다면 우선은 고시조적인
관념어와 상투어를 근절시키고 대신 일반대중들이 두루쓰는 일상어
를 詩語化한 점이라 할 수 있는 것이다.

이것은 시조가 어느 특권층이거나 그들만의 향유를 위한 문학이 아
니라는 점을 남보다 먼저 시어로서 보여줬던 것이라 할 수 있고, 또 한
편으로는 현대시조나 현대시에 자주 보이는 漢字語나 外來語의 남용
과는 달리 가람시조의 시어로서의 독특성을 보장받는 근거가 된다고
도 할 수 있다.

넷째, 입체적 감각적 시풍을 통한 시조의 현대화를 추구한 이호우,
김상옥 시조를 들 수 있겠다.

우리 시의 전통 중의 하나로는 논리와 이념보다는 景物의 묘사가 치
중되는 소위 處士詩를 들 수 있는데 가람시조에서도 이점이 나타나고
있지만 가람이 문단에 배출한 이호우, 김상옥의 초기 시조에서는 시어
가 감각에 호소하여 독자에게 직접적인 정서 전달을 추구하는 작품 세
계가 분명하게 보인다. 다르게 말하면 시는 관념보다는 이미지를 중시
해야 한다는 시조관이 나타난 것이다.

앞서 이호우의 작품 8)에서도 이점이 잘 나타나고 있지만 다음의 김
상옥의 작품은 이미지 중심의 시조로서는 빼어난 작품이라 하겠다.

16) 찬서리 눈보라에 절개 외려 푸르르고
  바람이 절로 이는 소나무 굽은 가지
  이제 막 白鷄 한 쌍이 앉아 깃을 접는다

  드높은 부연 끝에 풍경소리 들리던 날
  몹사리 기달리던 그린 임이 오셨을 제
  꽃 아래 빚은 그 술을 여기 담아 오도다

  갸우숙 바위 틈에 不老草 돋아나고
  彩雲 비껴날고 시냇물도 흐르는데
  아직도 사슴 한 마리 숲을 뛰어든다.
  불 속에 구워내도 얼음같이 하얀 살결
  티 하나 내려와도 그대로 흠이 지다
  흙 속에 잃은 그날은 이리 純朴하도다.

— 김상옥,「白磁賦」

이 외에도 현대시조는 많은 발전적 모색이 진행되었지만 일일이 예
를 들 수가 없다. 다만 현대시이면서 그것도 형식이 뚜렷한 정형시이고 또
과거 고시조가 가졌던 시조의 속성을 포기하지 않는 시조가 현대시조라 할
때 현대시조는 앞으로도 그 나름대로의 많은 진통이 예상된다고 하겠다.

다매체 시대의 시조문학

시조는 정형시

지구상에는 약 3천 가지의 말이 있지만 문자를 가진 말은 78개뿐이다. 말은 생활의 도구다. 그러나 같은 시간 같은 장소에서 두 사람 이상의 대화자가 있어야하고 그들과의 대화를 할 수 있어야만 한다. 인간은 말의 한계를 극복하기 위해 글을 만들었다. 글을 통해 인간은 시간과 공간의 제약에서 해방되었고 보존할 가치가 있는 인간의 기억과 노력을 무한정으로 저장할 수 있었다.

인간은 말을 기본으로 하여 보존할 가치가 있는 것은 기억 가능한 사고방식에 의해 저장하고 또 재현될 수 있도록 강렬한 리듬화, 균형 잡힌 패턴, 반복구, 대구, 압운법, 한정적인 수식어, 전형적인 표현, 표준화된 주제, 인습적 통사구 등을 활용하여 구술 문화를 창조하였다.

정형시는 운율적인 담론으로 자신의 심사와 가치 개념을 타인에게 전달하고 전달된 내용을 쉽게 저장할 수 있고 이것은 독자가 다시 재생하도록 하는 장치를 가지고 있다.

정형시는 구술문화의 잔재다. 정형시가는 민요 같은 구술 문화 속에서도 발견되지만 정형시는 문자문화시대를 돌입하고 난 뒤에 구술문화의 그 구술성을 잔존적 가치로 향유하면서 시작되었다. 그러므로 정형시는 전달 매체가 문자화하더라도 정형시로서의 실현은 음성이어야 한다. 다시 말해 눈으로 읽었을 때엔 시일뿐 정형시로서의 출현은 아닌 것이다. 그러므로 일단 정형시는 성조(pitch)의 규칙성을 가져야 한다. 19세기 이전의 영시는 음보의 규칙화를 나타내는 정형시가 대종을 이루었다.

영시의 음보는 말의 강음과 약음을 유형화한 단위를 말하고 이 음보가 시의 행마다 규칙적으로 내재할 때에 비로소 정형시라고 하는 것이다.

漢詩는 平音과 仄音이 일정한 자리에 놓여야하고 이렇게 놓일 때 이것 자체가 악보처럼 고정된 형식미를 발휘하게 된다. 그러나 한시도 平仄을 따져 읽지 않으면 정형시에 미달된다.

우리말은 영어나 중국어처럼 聲調에 의해 규칙화를 만들 수 없기 때문에 영시나 중국시처럼 성조에 의한 정형시를 만들 수 없다. 그럼에도 시조를 정형시라고 하는 이유는 무엇인가.

시조에서의 음보란 어절 중심으로 배분한 단위이면서 한 행 전체의 균형을 확보하여 (3음절이나 4음절을 기준으로 하여) 만들어진 음길이의 단위이다. 그러므로 한 음보의 시간적 길이는 똑같지만 성조는 읽는 이에게 재량을 부여하고 있다. 그런데 시조를 짓는다고 3장으로 각 장은 4음보로 만들었다해도 정형시로서의 시조가 되려면 몇 개 더 규칙성에 따라야한다.

첫째, 한 章 자체가 하나의 文으로서 의미가 정리되어야만 章이라고 한다.

둘째, 한 章은 두 개의 구로 이루어져 있고 한 구는 2음보로 만들어진다.

셋째, 종장에서 시상이 마무리되어 3장으로서 완결성을 확보해야
한다.

다매체 시대의 시조

문학의 위기란 말이 유행하고 있다. 이런 말이 가능해진 이유는 영
상매체의 발달과 인터넷이라는 사이버 세계의 발달 때문이다. 인쇄매
체에 의존해있던 문학이 영상매체의 사이버 세계의 출현을 만나 이들
과 견주기에는 역부족일 수 있다.

할머니가 들려주던 옛 이야기는 영상매체를 통해 이미 익히 알고,
동화책의 읽기도 영상매체가 꾸며내는 시각화, 청각화의 재구성 앞에
효력이 없다.

이런 시대에 구술문화의 잔존인 정형시 시조가 과연 어떻게 존립할
수 있는가.

고시조는 문자문화시대 속에서도 구술문화가 가졌던 한정적 주제,
낯익은 소재, 통사적 공식구의 활용을 중심으로 작품화되어 왔고, 일
부는 구전으로, 일부는 문자화로 전해왔던 것이다. 그러나 현대시조는
고시조가 보여준 이같은 구술문화의 흔적들을 지우고 새로운 의미의
시조를 창작하기 시작하였는데 이러한 작업도 한 순간에 이룩된 것이
아니었다. 그런데 느닷없이 영상매체와 사이버 세계의 대두로 인해 시
조는 존재의 위협에 직면하였다. 물론 아무리 영상매체나 사이버 세계
가 위협한다해도 인쇄매체는 그것대로 강점과 장점을 갖고 있는 한은
사라질 수는 없는 노릇이다.

문제는 시조가 부흥하기 위해서건 생존을 위해서건 노력해야 할 일
들이 예전보다 많아야 한다는 것이다. 이럴 때 먼저 적응의 논리를 개

발할 필요가 있다고 하겠다. 시조작품을 청각화, 시각화, 음악화하는 일이다. 작품을 사이버 세계에 올려놓기만 할 것이 아니라 시상과 연결되는 그림을, 정서에 맞는 배경 음악을 곁들여서 문자화 할 때, 인쇄 매체의 단순성을 극복할 수 있지 않을까 한다. 그리고 시조창 형식을 현대음악에 조응하는 창 형식으로 바꾸어 창과 결부한 시조로 가꾸는 일이다. 다음으로 시조의 율독법을 개발하여 정형시로서의 아름다움을 청자가 느끼도록 하는 일이다.

시조의 새로운 국면의 전개와 반성

Ⅰ. 들어가며

많은 문학 장르 중에서도 시조장르는 부산시조단이 전국 어디에서보다 강세를 보이고 있음은 주지의 사실이다. 이것은 ①작품의 질 ②다수 이론가들의 확보 면에서 강세를 보이고 있다는 말이 되겠다. ①의 입장에서 보면 부산시조 시인협회의 회원 수가 60명 정도이고 기관지인 「釜山時調」가 年刊으로 500面의 호화판으로 발행되고 있고 부산 여류시조문학회, 부산 시조문학회가 각각 年刊으로 기관지를 발간하고 있으며 작품의 수준 역시 뛰어난 작품들이 많이 발표되고 있다고 평을 받고 있다.

著者에게 주문된 내용이 시조의 「95 부산문학의 과제와 전망」이므로 여기에 충실하고자 할 때, ①의 입장에서 부산시조의 과제와 전망을 살피는 일이 옳은 일이라 생각된다. 그리하여 우선 과제라고 할 때의 그 과제는 과거 작품세계에 대한 반성이어야 할 것이고, 전망은 반성의 결과를 토대로 한 새로운 지평을 위한 의미 전개여야 한다고 할 것이다.

부산 시조시인들이 지난 한해(1994년)동안 발표한 작품들은 상당량이 될 것이지만 자료로서 쉽게 구할 수 있는 「釜山時調」와 부산 여류 시조문학회의 「내 님을 그리 ᄉᆞ와」에 발표된 작품들만 가지고 살핀다고 해도 부족하지 않겠다고 생각하여 이 두 권을 활용하여 이야기를 전개하기로 한다.

Ⅱ. 自然에 대한 인식의 확대

자연은 복잡하고 번거로운 세속과는 구별되는 無爲의 세계다. 그러므로 시인들은 현실에 대한 부정과 불만을 토로할 때, 자연에 기대고 자연을 동원하여 왔었다. 이런 경우에 시조 시인들은 자연을 인식하는 방법이 있어 왔는데 현대시조에 나타난 두 경우만 예를 들면

첫째, 자연에 대한 주관적 해석을 배제하고 자연 가운데에 行遊하면서 인간을 위무하는 행락의 여유공간으로 인식한 경우다.

> 1) 볕살도 살이 올라
>   장독대에 고인 한낮
>
>   솜병아리 서너놈이
>   봄을 문 채 조올고
>
>   花信은
>   속달로 와서
>   南窓에 앉음이여.
>
> ― 金思均,「春景」전문

> 2) 비온 뒤
>   안개에 묻혀
>   꿈을 꾸는 해운대는
>   동백섬과 갈매기도

자장가 없이 잠을 자고

목청을 가다듬은 파도도
깊은 꿈길 헤매고 있다.

— 민홍우, 「안개에 묻힌 해운대」 전문

이것들은 둘 다 우리 시가의 전통이라 할 수 있는 賞自然하는 山水
詩의 족보를 이은 작품이라 할 만큼 자연 속에 行遊하는 모습을 보여
주고 있다. 그러면서 작중 화자의 위치는 한 정경의 보고자(narrator)로
서 냉정을 기할 뿐, 자연과 합일하거나 자연을 自己하지도 않고 일정
거리를 유지하면서 스쳐지나가고 있을 뿐이다. 마치 과거 우리의 竹林
之士가 자연을 보고 감격할 뿐 자연을 소유하지 않으려 했던 태도와
삶이 있다.

둘째, 자연에 대한 抒景化, 즉 寫生寫實을 가볍게 처리하면서 자연
을 빌려 天地萬物의 所當然之則과 所以然之故를 밝히려 드는 理致的
自然詩가 보인다는 점이다.

3) 산으로 들난 길은 어디에나 한결 같다.
  곡예의 허물 벗는 도시는 위태하고
  거대한 공룡의 발끝 스물스물 앓고 있다.

  산성 마을 몇 굽이쯤 돌아돌아 들어서면
  앓는 듯 그리움이 돌아앉아 나래 접고
  세상일 들나지 않는 애기들도 숨어 있다.

  억새풀 흩던 자리 모두 비워 닫던 문을
  차리리 빗장을 풀어 예비된 듯 맞는 가슴
  마침내 다시 사는 아픔 깨어나는 너를 본다.

— 이성호, 「겨울산에 들어서며」 전문

4) 기쁨이 한송이 꽃이 되기 까지는
   탐스런 그 만큼의 사랑이 필요한 법
   척박한 토양 속에선
   잔뿌리를 뻗어야지.

   기쁨이 한알의 열매가 되기까지는
   잎과 뿌리는 늘 땀흘려야 한다는 것
   물관은 젖어 있어도

   그리움이 있어야지
   우리가 진실로 살고 있다는 그 명징성
   내 살갗 밑 가녀린 실핏줄의 흐름같은
   삶이란 꽃과 물의 고리
   바람이 불어 온다

—박옥위, 「꽃과 물」 전문

일체의 세속적 판단 근거를 배제시키고 자연을 한 섭리대상으로만 인식하고 있다. 또한 자연을 物活的 世界로 보면서 작중화자의 심경과 먼 거리에 놓여있지 않음을 보여주고 있다. 이것은 자연에다 주관적 해석을 가한 경우다. 自然의 自己化라 해도 좋다. 1), 2)에서처럼 賞自然의 外景을 중시하지 않고 자연의 이치를 중시했다는 점에서 구별된다. 그러나 어느 경우든 고시조에서 흔히 볼 수 있었던 심리적 갈등의 해소처로 자연을 바라보고 있다는 점. 淨化의 공간, 규범적 정신세계의 실재로서의 자연을 바라보고 있다는 점에서 멀리 떨어져 있지 않다.

이것은 우리의 정신문화의 한 단면을 무섭게 노리고 있다는 측면에서도 또 시조대로의 인식을 자연을 통해 구하려고 한다는 측면에서도 매우 긍정적이다.

문제는 과거 고시조의 작품세계에서 보여주었던 심미적 대상으로서의 자연 또는 정감의 직설대상으로서의 자연의 작품이 보이지 않고 있다는 점을 지적할 수 있다.

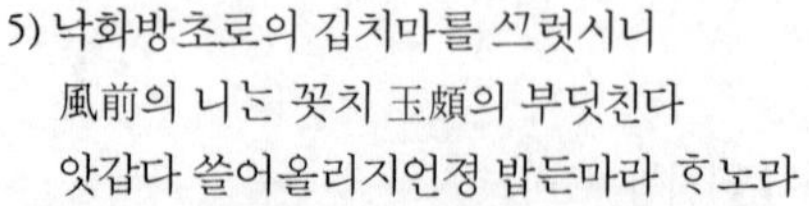

　　5) 낙화방초로의 깁치마를 쓰럿시니
　　　　風前의 니는 꼿치 玉顏의 부딋친다
　　　　앗갑다 쓸어올리지언정 밥든마라 ᄒ노라

安玟英(金玉 70)

　　6) 社鵑의 목을 빌고 꾀꼬리 사설 꾸어
　　　　공산월 만수음의 지져귀면 우럿　면
　　　　가슴에 돌갓치 미친 피를 푸러볼가 하노라

安玟英(金玉 148)

5), 6)은 동일인의 작품이다. 그렇지만 자연에 대한 인식 태도는 다르게 나타내었다. 그만큼 다양하게 자연을 인식하였고 작품세계의 단순화를 거부하려 했기 때문에 時調名人으로 지목받은 것이리라.

5)는 자연은 다만 심미적 대상일 뿐이다. 이렇게 자연을 심미적으로 바라보았던 시각들이 고시조에서도 漢詩에서도 흔하게 볼 수 있다. 이것은 道學者의 다음과 같은 시조와는 크게 다름을 알 수 있다.

　　7) 靑山은 어찌하여 萬古에 푸르르며
　　　　流水는 어찌하여 晝夜에 긋지 아니는고
　　　　우리도 그치디 마라 萬古常靑호리라

―李滉(陶山六曲板本 11)

　　8) 靑山은 萬古靑이오 流水는 晝夜流라
　　　　山靑靑 水流有 그지도 읍슬시고
　　　　우리도 긋치지 마라 山水갓치 하오리라

―申墀(伴鷗翁遺事)

7), 8)은 모두 동양의 美意識을 대변하고 있다. 동양에서의 미는 至

高의 가치체계를 수반하는 것으로 감각적 차원을 초월한 정신세계로서의 사색이어야 한다.

青山은 萬古靑, 流水는 晝夜流로 인식한 恒存的 價値가 곧 동양의 美意識의 한 갈래다. 그러니까 7), 8)은 미적 가치체계의 존재물로서 자연을 보았을 뿐 자연의 실상과는 거리가 있는 셈이다. 다르게 말하면 자연을 찾아나서 자연을 발견한 것이 아니라 미적 가치체계의 논증적 실재를 찾아나서 보니 자연을 발견하게 된 것이므로 자연은 하나의 수단에 머물러 있다. 곧 심미적 대상도 정감의 직설을 위한 토로대상도 아닌 셈이다. 그러나 5)는 자연을 다만 완상물이고 감상물이므로 理致詩가 아니다.

6)은 심정의 호소처로서의 자연이고 자연으로 치환하고 싶은 자신의 심정을 나타내었으므로 5)와도 다르고 7) 8)과는 더욱 다르다. 6)에서와 같이 자신을 향한 위안물로서의 자연도 아니고 자기 삶의 敎示體로서의 자연도 아니면서 자연을 향한 同一視를 꿈꾸는 작품세계도고시조에는 흔하게 보인다.

여기까지 오면서 고시조를 여러 편 예로 든 이유는 현대시조시인들의 고시조 작품세계에 대한 인식이 부족함을 지적하고자 함이다. 현대시조는 고시조의 세계관을 능가하고 초월하는 것만으로 존재당위가 있는 것은 아니다. 고시조대로의 세계관을 오늘날에 다시 정립하고 계승하는데에서도 의미성을 가져야 한다는 것이다.

자연을 자연 그대로 보고 즐기고 자연을 심정의 토론대상으로 하여 자연에 기탁하여 감정을 해소하는 작품들이 이즈음 보기가 어려워졌다는 점을 지적하지 않을 수 없다. 이것은 전통을 중시해야 하는 시조의 입장에서는 중대한 문제라 아니할 수 없다.

또 하나 특기할 것은 이치적 자연관을 나타낸다고 할 때에도 7), 8)

에서처럼 동양시나 그림에서 보여주었듯이 骨法의 경지를 보여주는 작품 또한 보기 힘들다는 것이다.

骨法이란 살을 배제하고 난 뒤의 몸의 형체가 뼈의 연결이듯이 사물의 기본적 형체를 동원하여 동력적 요소, 생동적 기운을 얻고자 하는 예술기법이다. 존재의 형식을 최소화하고 의미의 형식을 최대화하고자 하는 노력이 骨法의 경지다.

7), 8)에서는 일체의 수식과 비유어를 삼가고 자연에 대한 인간을 일대일로 맞서게 하였다.

앞에서 例로 든 현대시조 작품들에서는 비유가 많고 수식이 많다. 이것도 현대시조가 고시조와 다른 점으로서 충분하게 긍정되어야 할 점이다. 그러나 7), 8)에서 보듯이 非存在의 의미에 의해 지지되는 존재의 가장 간단한 형체를 드러냄으로써 의미심장함을 깨닫게 하는 고시조의 作風도 폐기되어서는 안된다는 것이다.

멀리 갈 것 없이 이호우 시조가 꿈꾸었던 作風은 骨法이고 그것으로서 이호우 시조의 독보적(사실 고시조의 측면에서 보면 그렇지 않지만) 현대시조를 보여주었음을 상기할 필요가 있다는 것이다.

고시조를 우습게 보지 말고 의미있게 감상하다 보면 현대시조의 나아갈 길이 새로 보일 수 있음을 지적하고자 하는 것이다.

Ⅲ. 單首와 連作은 경우가 다르다

單首로서의 시조작품은 連作時調에서 못 느끼는 간결미와 소박미가 있다. 반면, 형체의 기본적 골격만 전달할 뿐 세세한 외적사실, 미묘한 감정세계를 그릴 수 없기 때문에 連作時調에서처럼 이미지의 풍만함과 정확성을 느낄 수는 없다.

고시조는 주로 단수였다. 이것은 고시조의 詩精神이 '詩言志歌永
言'의 '志'를 중시한데서 비롯된다. 옛 시인들은 시조 연작이 志를 극
단화하기 어렵고 의미의 집중을 방해한다고 생각했을 것이다.

현대시조에서도 단수로서의 작품화를 시도하는 분들이 있어왔다.

> 9) 어머니 찾아서 종일 헤맸어요
>   찾아도 찾지 못한 어머니 생시 모습
>   눈물로 어리는 모습 산빛 물빛 하늘 빛
>
> ―주강식,「어머니」전문

> 10) 감들이 불을 켜니
>   가을이 익는 갑다
>
>   바람소리 물소리가
>   예전과 같지 않고
>
>   머리쉰 마음 한켠이
>   산그늘로 졸고 있다.
>
> ―강기주,「감나무 나무」전문

9)는 어머니를 여의고 슬픔과 허전함을 읊은 것인데, 여기서 연작으
로 시도되었다면 슬픔에 대한 박진감과 어머니 죽음에 대한 애절함이
선명화되지 않을 것이다. 감정이 북받칠 때는 말보다 울음이 앞서는
법이다. 말의 주술적 전개를 통해 슬픔을 나타낼 때는 슬픔에 대한 여
유가 생긴 이후이다. 슬픔이 강인하면 할수록 말 수가 적어지는데, 9)
에서도 슬픔이 아직 생생히 남은 작자의 입장에서는 슬픔을 길게 구술
할 여유가 없고, 설사 여유가 있다고 해도 슬픈 시를 슬프게 묘사하는
데는 말 수가 적어야 박진감이 느껴지는 법이다.

10)은 가을 감나무를 보면서 靑春을 소진하고 있는 자신을 발견하

게 되었다는 것인데, 여기서도 가을 감나무를 닮은 자신의 발견에 대해 부연해서 설명하는 것은 긴장미를 이완시키는 효과를 가져오게 된다.

사물과 사물의 연첩을 시도해서 순간적인 직감의 시적 표현을 노린 작품일수록 짧아야만 시적 긴장이 팽배해진다.

　　　11) 낯선 배 우는 말은
　　　　　　누렁이 생각난다

　　　　　　깨밭골 감나무골
　　　　　　그립다 울어쌓던
　　　　　　오늘은 메아리 되어
　　　　　　먼 水天에 집니다.

─전탁, 「뱃고동」 전문

11)은 뱃고동소리와 황소의 울음 소리를 오버랩시킨 작품이다. 배가 항구를 닿거나 떠날 때 길게 내뿜는 뱃고동소리, 황소가 정든 자리에서 떠나거나 돌아올 때 우는 울음소리를 묘하게도 대질리게 하여 놓았다. 지금은 존재하지 않는 황소의 그날 울음이 뱃고동소리로서 顯現되었거나 뱃고동소리라는 자극물에 의해 회고되었다 해도 뱃고동소리와 황소 울음소리는 서로의 조응적 관계가 성립된다.

이렇게 순간적 사실의 시적 표현은 단수가 제격이다.

가람은 일찍이 連作時調를 주장하였고 그것이 시조의 현대화인양 설명하였지만 이 말에는 다소의 모순이 있다.

시조의 생명은 3장 구성의 완결미를 통해 함축된 의미를 순간적으로 느끼게하고 이것인 寸鐵殺人의 기운으로 독자의 폐부를 찌를 때에 비로소 시조로서의 진가가 발휘된다는 입장에서 본다면 연작은 나태한 감정 처리의 소산으로밖에 인정되지 않고 말 것이다.

12) 장마철 중참 때쯤
　　조선솥에 콩 밀 볶아
　　세월 절어 손때 묻은
　　바가지에 치면히 담아
　　'順이야!'
　　토담 너머로 불러
　　넘겨주던 우리 情아.

—徐在洙,「情(1)」전문

12)는 우리 마음 속에 잠복되어 있는 유년기의 추억과 유년기에 감당할 수 있는 이성에 대한 정을 읊었다. 한 순간에 일어난 사건의 정서적 고양을 느끼게 하기 위해서는 길어야만 유효하다고 할 수 없다.

12)는 동시적인 분위기에서 멀리 떨어져 있지 않다. 차라리 동시조라고 해야 옳을 것이다. 동시조는 어린이 심정의 시조화를 의미한다고 할 때 시간적으로 과거에 놓여있지만 시적행위는 유년기라는 의미에서 동시조라 함직하다는 것이다.

동시조는 더더욱 長詩化해야할 이유가 없다. 어린이의 감정세계가 단순하다는 의미에서도 그렇다.

왜 이렇게 장황하게 단수에 대한 설명을 하는가 하면 현대시조의 작품경향이 시상의 응축 보다는 나열에 힘쓰고 이 作風이 시조의 본령인 양 인식되고 있는 것 같아서이다.

13) 이것은 소리없는 아우성
　　저 푸른 해원을 향하여 흔드는
　　영원한 노스탈쟈의 손수건
　　순정은 물결같이 바람에 나부끼고
　　오로지 맑고 곧은 이념의 푯대 끝에
　　애수는 백로처럼 날개를 펴다

—유치환, 「깃발」 일부

Ⅰ. 현대 시조의 반성과 전망 41

　　이것은 한국의 名詩로 소개되고 있는 「깃발」의 일부이다. 깃발이 아우성, 손수건, 순정, 백로 등으로 비유되고 있어 이미지의 난립이 일어나고 있다. 이미지의 집중화가 일어나지 않고 오히려 이미지의 분산을 획책하고 있는 작품이다. 이것은 이것대로 구체적 사물을 추상적 사상으로 나타내어 이미지의 복합화를 꾀한다는 점에서 의미가 없는 것은 아니다. 오히려 자유시는 이런 작풍이어야 한다는 주장도 있어왔으므로 이것대로의 의미확보가 되어있는 셈이다. 그러나 시는 복잡하고 소란스럽지 않아야 한다는 전통시법의 고수가 낡고 고루하다고만 치부될 수 없다는 말을 하고자 하는 것이다.

　　단수는 구체적 사물의 추상적 事象化로 나아갈 수가 없는 단수 그것대로의 완결미학을 보장받아야 하기 때문에 이미지가 단순할 수밖에 없어야 한다.

　　시상의 나열이라고 하더라도 상황전개가 바뀌는 경우는 필연이다.

　　14) 버스표 한 장으로
　　　　산복도로를 돌아가면

　　　　산번지 오두막집
　　　　옹기종기 모여 사는

　　　　산새들 어여쁜 눈빛
　　　　고운 인정도 만나 본다.

　　　　차창 밖 바다를 보며
　　　　망양로를 돌아가면

　　　　어느새 내 마음은
　　　　삼월 하늘 삼월 햇살

실버들 물어른 가지
연두빛도 만나 본다.

—김 필곤, 「버스표 한 장으로」 전문

14)는 일차적으로 버스를 타고 산복도로를 돌아가는 국면과 이차적으로 망양로를 돌아갈 때의 두 국면을 전개시켰으므로 두 상황을 전달하기 위해서는 連作일 수밖에 없다. 前景詩(panoramic poetry)는 전경을 펼쳐보여야 하기 때문이다. 그런 경우라 해도 14)는 번다한 수식과 비유를 삼가고 있다. 담백한 심상, 고체감을 주는 심상이기 때문에 잡다한 느낌을 받도록 하지 않는다.

시조가 자유시의 방만함을 흉내내려 하지 않고 시조대로의 이같은 모색을 추구하는 것은 시조다움의 맛을 확보하는 데에도 기여하리라 본다. 무언가 시조가 자유시의 作風에 기웃거리고 있는 것 같아서 14) 같은 작품을 다시 읽게 한다.

이 시대 문학이 갈 길

1. 문학이 요청되는 시대

근대에 대한 핵심적 논의는 '주체의 발견'이었다. 근대에 있어 개인 주체는 확정적이고 결정적인 실체로 인식되어 거대 담론을 중심으로 많은 것들이 선명해지는 듯 보였다. 그렇지만 주체의 강조 곧 타자의 억압을 가져왔다. 왜곡된 주체의 존중은 독선과 독단으로 이어질 위험이 있다. 마치 민족주의 이상에서 주체의 입장이 강조되면 제국주의가 탄생할 수 있듯이 말이다. 이러한 이유에서 탈근대는 '탈주체'의 사상을 도입하게 된다. '포스트모던'의 시대가 도래한 것이다. 주체란 미확정적인 것이며 결정적이지 않다는 것이다. 포스트모더니즘은 이러한 거대 담론을 불신한다. 포스트모더니즘의 그물은 매우 넓고 커서 상하 없이 문화를 흡수해낸다.

사상적이고 문화적인 흐름에서 변화된 현대적인 양상을 '포스트모더니즘'이라고 전제해 볼 때, 정치·사회·경제적인 측면에서 현대사회는 다양하게 정의될 수 있다. 아르민 퐁스가 엮은『당신은 어떤 세계에 살고 있는가』라는 책에는 세계 석학 12인이 분석한 현대사회가 제시되어 있다. 그 중, 다니엘 벨의 '후기산업사회', 피터 그로스의 '다중선택사회'. 클라우스 레게비의 '다문화 사회'. 카린 크노르세티나의 '지식사회'라는 표현은 우리사회의 현재와 미래를 적절히 나타내어 준다.[1] 다원화된 지식중심의 사회가 지금의 사회라는 말이다.

다니엘 벨의 <후기산업사회론>은 이러한 새 사회의 구조를 좀 더 자세히 설명해준다. 다니엘 벨은 지금 우리가 후기 사회의 첫 단계에 있다고 말한다. 그에 따르면, 이제 후기 산업사회에서는 사회적 요구의 특성상, 전문직과 기능직이 부각될 것이라고 한다. 또한 기존의 상품생산 경제에서 서비스 경제로의 전이도 일어날 것이라고 본다. 그리고 이론화된 지식, 즉 전문적인 이론과 법칙이 강조되며 고학력자가 많아질 것이며 미래지향을 위한 기술통제와 기술평가도 늘어날 것이라는 예측을 하는데, 이러한 새로운 사회에서는 지적기술의 창출이 중요해지며 그에 따른 의사결정의 현명함이 요구될 것이다.

변화하는 사회에서 문화는 어떤 모습으로 전개될 것인가. 탈주체의 다원성이 인정받고, 이러한 사상적 흐름을 반영할 자본이 생성되고 매체가 마련되면서, 문화의 전달양식도 다양해졌다. 각종 매스 미디어의 발달로 대량 복제, 대량 전파가 가능하여짐에 따라 대중들이 문화를 접할 시간이 많아졌다. 이제 문화는 엘리트층의 교양이라는 귀족적인 느낌을 벗고, 일반 사람들의 욕구와 취향을 반영하는 생활로 스며들었다. 앞서 잠깐 언급했듯이, 후기 산업사회 혹은 정보사회에서 문화는 중요한 아이콘이다.

이러한 분위기에서 문화 소비자는 심미적인 것을 추구하며, 일상의 것을 탈피하고자 하는 경향을 보이기 쉽다. 그리고 스스로 표현하고자

---

1) 아르민 퐁스 엮음, 김희봉·이홍균 옮김, 『당신은 어떤 세계에 살고 있는가 1, 2』 (서울, 한울아카데미, 2003)

한다. 그도 그럴 것이 이제 거대담론에 종속되기 보다는 특성화된 각
자의 영역에서 개인의 가치를 충분히 인정받으며 누리고 싶어하기 때
문이다. 거기다가 다양한 매체의 발달은 이러한 개인의 욕구들을 폭넓
은 형태로 보장해준다. 여러모로 '이 시대'의 상황들은 문화의 도약을
촉진한다. 아울러 문학도 새로운 도약의 시점에 서게 된다.

　많은 사람들은 이러한 문화적 변환이 문학에 위기를 가져다 주었다
고 말한다. 문자문화를 기반으로 하는 문학은 영상·전자문화의 흐름
에서 보면 표현적 한계를 가지는 것처럼 보이기 때문이다. 뿐만 아니
라, 문학이 요구하는 정신세계 역시 현대의 대중적 취향과는 거리가
있어 보인다. 문학은 왠지 고상한 사상적 무게를 요구하는 것 같다. 문
학은 무너뜨릴 수 없는 자기만의 담을 쌓고서 안으로는 생명력을 잃어
가는 듯 보이기도 한다. 그렇지만 실은 지금이야말로 문학이 필요한 시기
이다.

　문학은 인간의 삶을 총체적으로 표현하면서 삶의 조건을 점검하는
예술이다. 그리고 그 과정에서 인간의 본질을 캐묻고, 생각하게 한다.
언어로 이루어지는 예술인 문학은 흔히 '형상적 사유'의 양식이라고
한다. 사유는 삶의 논리이고 형상성은 예술적 속성이다. 논리와 예술,
즉 논리적 영역과 정의적 영역이 조화를 이루며 인간의 깊은 곳을 만
져주는 것이 문학이라는 말이다.[2] 이러한 문학이 위기에 처했다는 것
은 곧 인간정신이 위협받고 있다는 말과도 같다. 그렇기에 문학의 위
기를 논한다는 것은 단순히 문학을 하는 사람들이 자신들의 예술적 취
향을 지켜나가는 것 이상의 의의를 가진다. 김병익은 세계가 아날로그
에서 디지털로, 리얼리티에서 사이버로, 자연에서 인공으로, 문자에서

---

2) 우한용, 「문학의 위기와 인문정신의 미래」(『독서연구』, 제2호, 1997, p13)

영상으로 변하고 있다고 지적하면서 이 무게중심의 옮김에 따라 사람들도 사유에서 감성으로, 본연에서 임시로, 인격에서 기능으로, 실체에서 가상으로, 열린 공동체에서 닫힌 개체에 이르기까지 전면적인 변화를 의미하는 것이다. 사람이 사람을 어떻게 보는가의 방식과 서로간의 관계를 어떻게 맺어갈 것인가의 태도, 무엇이 진정한 것이고 어떤 것이 현상적인 것인가의 관점과 가치, 어디로 지향하고 무엇에서 행복과 의미를 얻을 것인가의 목표도 함께 변모할 것이라고 그는 말한다.[3] 그의 분석처럼 사회의 변화는 사람들의 가치관에도 영향을 준다. 변화하는 물질문명에 걸맞는 정신문화를 정립하지 못할 때, 사람들은 아노미를 경험한다. 문학이 그 정신문화의 전체를 담당한다는 것은 과장된 표현이겠지만, 문학의 자리정립이 사회에 대한 한 축이 될 수 있음은 확실하다.

　이렇게 볼 때, 우리 문학이 나아갈 방향은 선명해진다. 문학 외적인 사회의 변화들에 대해서는 탄력적으로 대응하되, 중요한 것은 문학의 '문학다움'을 지키는 것이다. 현대사회가 문학에 요구하는 것은 어설픈 시대문화의 흉내가 아니다. 시대의 중심을 잡는 예술적 가치관의 정립이다. 긴 시간동안 문학은 엘리트 문화의 자부심으로서가 아니라, 실질적인 사람들의 내면적 요청에 따라 '정신세계 고양과 자아의 형성'에 기여해왔다. 이러한 문학의 가치는 본질과 비본질의 경계가 모호해지는 현대에 이르러 더욱 견지되어야 할 예술의 본질이다. 문학은 치열한 인간의 탐구를 통해 진정한 인간성의 발견을 이루어야 하며, 이를 예술적 윤리로 사회에 환원해야 한다. 문학의 '문학다움' 즉, 정체성은 형식이 아니라 내용에 있는 것이다. 문학은 무분별한 문화의

---

3) 김병익, 「멋진문명과 희망의 문화」(김병익 비평집 『21세기를 받아들이기 위하여』, 서울, 문학과 지성사, 2001, p15)

범람 가운데서도 비판적 시각을 가지고 올바른 이데올로기를 제공해야한다. 이것은 우등문화의 자부심에서 오는 틀이나 억압과는 전혀 다른 것이다. 문학적 상상력은 허무한 상상의 남용이 아닌, 생산성 있고, 의미 있는 인간정신의 발로라는 것을 기억해야 한다. 그리고 진정한 문학적 상상력이 필요한 시대가 요즈음임을 문학인은 인정해야 한다.

문학의 정체성은 당연히 내적인 것에서 찾아야 한다. 그 정체성은 곧바로 '인간됨'을 의미한다. 문학의 나아갈 길은 이것의 확립에서부터 시작된다. 문학의 정체성이 내적인 정신성에서 확보되는 것임을 감안하면, 이를 중심으로 시대의 흐름에 맞추어 문학을 새로이 발전시키는 것은 문학이 스스로 적응해 나가야할 부분이다. 문학의 정체성을 지키는 것과 구습을 버리고 변형시키는 것, 모두가 우리 문학의 과제이기 때문에 오늘의 문학이 그만큼 역할 기능이 커졌다고 할 수 있다.

2. 대중문학의 부각

이 시대는 포스트모더니즘의 사상적 경향을 이어받는 세대이다. 포스트 모더니즘은 예술과 반예술의 경계를 허물어 놓으며, 모든 종류의 권위와 억압을 거부한다. 그렇기 때문에 기존 예술이 가지는 귀족적 위상을 거부하는 것은 물론이다. 그런 의미로 이 시대에서 대중문학이 부각되는 것은 당연하다. 그리고 실제로 이제 더 이상 '문화'가 상위계층의 전유물이 아님을 감안하면, 이러한 대중문화와 대중문화의 부상은 자연스러운 일로 받아들여진다. 대량 전달매체의 개발과 잉여인간의 탄생은 대중의 문화적 욕구를 상승시켜놓은 것이 사실이다. 이렇게 볼 때, 대중문학이 다른 어떤 문학보다 저급한 개념으로 진지한 논의의 뒷전에 있을 필요가 없다는 것이 확실해진다.

그러나 단순히 대중의 힘이 커졌다고 해서, 양적인 필요가 증가했다고 해서 대중문학이 조명을 받아야 하는 것은 아니다. 실은 처음부터 대중문학은 그 자체로 문학적인 영향력을 가지고 있었다. 그런 의미에서 그람시의 『대중문학론』은 이러한 시류와 관련 없이, 일찍부터 대중문학 자체의 가치를 알아보았다는 점에서 고찰의 의의가 있다.[4] 그람시의 『대중문학론』을 해설한 글에서 박상진은 대중문학을 '대중을 매혹하는, 대중을 끌어당기는. 대중이 선택하는, 요컨대 대중이 좋아하는 문학'이라고 표현한다.[5] 그렇다면 대중을 상대하는 문학이 왜 의미를 가지는가. 사실 여태 우리는 대중의 문화적 수준을 낮추어보는 경우가 많았다. 흔히 '대중적'이라는 말은 '예술적'이라는 말과 반대 개념으로 사용되어 왔던 것도 사실이다.

대중은 예술을 이해하지 못하는 흥미위주의 문화를 향유하는 사람들의 집단인가. 그들이 예술을 평가하는 것은 신뢰하기 어렵고 무지한 행동인가. 그람시는 그렇지 않다고 한다. 그는 대중이 사회의 중추를 이룬다는 생각을 가지고 있었다. 그는 그럼에도 불구하고 대중이 문화의 헤게모니를 쥔 적은 없는데, 그것은 지식인들의 철저하지 못한 반성과 게으른 실천에 있었다고 한다. 비록 이탈리아의 경우를 들어 한 말이지만, 우리에게도 적용될만한 이야기이다. 즉, 지식인이 대중과의 접점을 찾지 못했다는 것으로 지식인은 고립된 상황에서 뛰어나와 당대와 현실과의 결속을 되찾고 대중적 운동의 틀 내에서 문화적 통일체를 건설해야 되고, 이 통일체는 대중의 희망과 투쟁에 참여하는 지식인과 대중이 서로 언어와 사상을 교환하는 가운데 이루어진다고 말했

---

4) 그람시는 1891년 1월 22에서 1937년 4월 27일까지 살았으며, 이 시기는 아직 탈근대의 사상이 유행하기 전이었다.
5) 그람시 지음, 박상진 해제, 『대중문학론』(서울, 책세상, 2003, p140)

다. 물론 그가 마르크스주의에 빠져있었던 것을 생각할 때, 이러한 그의 사상이 가지는 진보성이 정치색으로 퇴색되는 감도 있지만 어쨌거나 그가 가진 대중문학에 대한 시각은 놀랍다.

현대에 있어서 이러한 사실은 더욱 자명하다. 대중은 어쨌거나 문화를 향유하는 다수이다. 이제껏 타자로 억압되던 문화는 사실상 거대한 주체의 그림자에 가려 제대로 된 위상을 부여받지 못했을 뿐, 그 자체로 의미가 없는 것은 아니다. 사실상 생활 전반에서 유행하던 문화는 대중의 그것이며, 그 속에서 진정한 전통의 연속성이 발견되는 경우가 많다. ─대중문학의 개념을 도입하여 생각하기에는 좀 억지스런 부분도 있겠으나─과거 고급예술의 위치를 차지하던 한문문학 보다 당대에 저급한 것으로 뒤처지던 국문문학에서 우리 문학의 전통을 찾으려고 하는 것만 보아도 그렇다. 사실상 우리가 지금 규정짓는 대중문화의 저급함이란 상대적인 것이며, 혹은 이데올로기적이기도 한 것이다. 이런 의미에서 주체철학의 논리가 무너져 문화의 다원성이 보장되고, 후기 산업 사회의 발달로 인한 문화향유 기회가 증가된 현대 사회에서 대중문학이 부각되고 그에 합당한 의의를 인정받는 것은 당연한 일이다.

그람시는 문화를 삶으로 보았다. 즉, 고급문화에만 관심을 두었던 당대의 전통적이고 관념적인 문화관에 정면으로 맞서면서 문화를 사회와 역사가 침투하여 반영된 것으로 바라본 것이다. 이는 문화를 고정된 감상의 대상이 아니라, 역사와 함께 살아있는 것으로 본 것이다. 마찬가지로 문학도 살아있는 것이다. 이 시대의 문학은 적극적으로 대중 속으로 들어가야 할 필요가 있다. 대중 속에 살아서 대중과 함께 호흡해야 한다. 물론 새삼스럽게 이제껏 문학이 대중과 전혀 호흡하지 않았다는 말은 아니다. 다만 여태 '대중문학'에서 느껴지는 편견을 없애자는 것이다. 이것은 문학의 눈높이를 낮추는 것이 아니다. 다만 문학이 진정 기능해야할 대상 속으로 들어가기 위해 어깨의 힘을 빼는 것과도 같다.

　앞서 문학이 대중으로 나아가야 한다는 말을 했다. 이제 문제가 되는 것은 대중 문학의 미적·도덕적 가치이다. 대중이 좋아하는 문학이 '좋은'문학은 아니다. 의미 있는 대중문학이 되기 위해서는 미적이고 도덕적인 가치를 가져야 한다. 처음에 전제했던 문학으로서의 정체성이 접목되어야 한다는 것이다. 그러한 가치는 어디서 나오는 것일까. 그람시는 대중문학의 미적·도덕적 가치가 대중적 헤게모니를 창출하고 유지하는 데에서 나온다고 한다. 그래서 대중문학을 통해 지식인과 대중이 새로운 관계를 창출해야 한다는 것이다. 클래식과 대중가요의 만남이 새로운 형태의 감동을 만들어내는 것처럼 대중과 지식인의 만남은 문학의 새로운 가능성을 모색해주는 한편, 나아가 사회의 여러 경계와 편견을 허물어 줄 것이다. 그리고 대중문학은 그 자체로 현실극복의 힘이 되어준다. 이러한 대중문학의 현실적 위안에 솔직해지는 것은 문학의 대중적 지지를 얻기 위한 첫걸음이다. 문학은 예술 자체의 존재방식으로서는 대중적 지지를 얻기가 힘들어졌다. 영화나 드라마 등, 최근의 예술형식들에 비해 문자로서의 문학은 대중에게 여전히 고리타분하다. 물론 문자문화라는 매체 자체의 낡음도 이러한 대중적 지지를 상실하게 한 요인이 되겠지만, 그것보다는 문학자체의 메시지가 여전히 무겁고 진지해야 한다는 편견이 이러한 대중적 지지를 상실하게 한 요인일 것이다. 대중의 현실에 맞닥뜨려진 대중문학이 되라는 것은 가벼운 유희로 대중을 현혹시키라는 말은 아니다.

　우리는 대중문학이 제공하는 환상과 위안을 좀 더 깊이 바라볼 필요가 있다. 문학은 현실의 모순이나 억압적 상황에 직면하여 그 모순을 없애고 억압으로부터 자유로워져야 한다. 그러나 한편으로 그런 시도가 현실의 벽에 부딪혀 좌절될 때, 이에 대한 '상상적 해결'을 꿈꾸기도 한다. 대개 대중문학 비평론자들은 이러한 상상적 해결을 지배이데올로기의 헤게모니 구축 수단으로 보고 대중이 그것에 몰입하는 것은 궁극적으로 대중의 정치적 사회적 의식을 마비시켜 기성체제에 순응하는 인간으로 만든다고 보았다. 그런데 상상적 해결을 꿈꾸는 것과 도피주의적인 경험 자체는 우리 삶에서 대단히 실제적인 것이며 우리 일상의 일부를 이루는 것이다. 우리는 현실의 모순을 직시하고 극복하고자 하는 동시에, 이를 잠시 잊고 위안과 오락을 찾기도 한다. 모두가 우리의 모습이다. 그리고 이러한 양상 때문에 대중문학이 여러 비난에도 불구하고 존속될 수 있었다.[6] 문학의 위기를 논하는 이 시대에 대중문학의 이러한 힘은 의미 있는 자원이 된다.

3. 사이버문학의 위세

예술과 반예술이 사라지는 이 시대의 경계 허물기는 예술 내부에서도 계속된다. 그리하여 전달매체를 중심으로 구분되던 예술의 경계선이 흐려지는 양상을 보인다. 문학과 영화, 음악과 미술 등은 다양한 예술이 서로 표현영역을 넘나들며 새로운 양식의 예술을 선보이고 있다. 문학도 마찬가지이다. 그 중에서도 가장 주목하게 되는 것은 디지털 문화에서 보여지는 문학의 변이이다. 디지털 문화의 핵심인 컴퓨터의 사용은 다른 어떤 매체와의 교류보다 확실하게 문학의 경계 허물기를 보여준다. 이에 우리는 디지털 시대의 문학에 대해 인식해야 할 필요가 있다.

디지털은 물리적 양을 극히 짧은 시간으로 나눠 일정한 규칙에 따라

---

6) 김창식, 『대중문학을 넘어서』(서울, 청동거울, 2000, p35)

숫자로 표시하는 방식을 뜻한다. 디지털 방식에서는 소리와 점·선·색 등 인간이 지각할 수 있는 모든 것은 0/1의 단일한 숫자로 환원되며 여기서 편집과 보관·전송의 무한한 자유가 나타난다.[7] 아날로그가 색깔·소리·전파의 고유한 물리적 속성을 그대로 기계에 도입한 것에 비해 훨씬 비연속적이고 단순한 속성을 지니는 것이다. 디지털방식은 데이터 처리의 정확성·신속성·효율성·다중성·확장성을 지닌다. 이는 정보화 시대에 필수적인 컴퓨터와 정보처리방식과 동일하다.[8] 이러한 디지털 기술의 발달로 초고속 정보통신망이 가능해진 것이다. 그리고 이러한 기술적 진보는 사이버 예술의 탄생배경이 된다. 디지털기술로 구현된 가상공간에서의 예술적 변화는 종래의 미학적 차원에서 단순히 도구적 수단의 변화만을 의미하는 것이 아니다. 그것은 예술의 개념, 존재형식, 예술가의 행동양식, 예술제도, 예술과 관중의 관계 등의 폭넓은 범위를 망라한다.[9] 디지털 기술의 특성상 이러한 변화는 '상호작용'이라는 측면에서 큰 의의를 가진다. 디지털 기술은 가상공간에서의 상호작용을 자유롭게 한 것이다.

문학과 디지털 기술의 만남은 혁명적인 것이다. 문학의 기존소통방식 ― 지면을 통한 일방적 전달 ― 을 완전히 엎고, 작가와 독자의 경계, 심지어는 문자의 표현방식을 통한 매체의 경계까지 허물어뜨리고 국경을 초월하는 공간성 확대와 무한한 시간성을 확보하였다.

이러한 흐름은 어떠한 면에서는 불가피한 것이지만, 또 한편으로는

---

7) 마크 포스터, 김성기 역 『뉴미디어의 철학』(서울, 민음사, 1994, p136)

8) 민예총 문예정보화 사업단, 『인터넷은 새로운 예술을 잉태할 수 있을 것인가?』(민예총 문예정보화사업단 기획팀, 200, p35) ― 여기서 인용한 네크로포테의 글을 재인용함.

9) 성완경, 「디지털 시대의 미술 ― 새롱누 환경에 미술은 어떻게 변화하는가」(『21세기 신문명 디지털 문화읽기』, 서울, 한국영상문화학회, 2000, p12 ― 2 ― 1)

적극적인 의미에서 수용되어야 할 것이기도 하다. 새로운 시대, 새로운 매체와의 만남이 없이 문학이 기존의 전달방식을 고수하는 것은 시대에 역행하는 행위이다. 이미 문자문화에서 영상/전자문화로의 전이가 이루어진 지금, 그리하여 '상호작용'의 메커니즘이 문화의 주류를 이루는 지금, 문학과 사이버공간의 만남을 통한 변신은 거역할 수 없는 시대 요청으로 나타났다. 이를 단순히 시류에 영합한 문학의 모험이라고 볼 수는 없는 노릇이다. 오히려 이러한 문학의 전통적인 경계를 허무는 것은 ─ 제대로만 이루어진다면 ─ 시대를 분별하는 문학의 현명한 자기발전이라고 할 수 있다.

이 시대는 감각과 영상위주로 재편되고 있다. 사이버문학은 이러한 문화적 특징을 이해하고 활용하려 한다. 가령 시에 있어서 시의 이미지를 추리하는 '아이콘 기법' 또는 대화의 연속체로 이루어지는 '채팅시'를 시도하는 등의 방법모색이 있을 수 있다. 소설에 있어서는 내용전개를 갈래화해서 독자들이 선택하게 하는 '선택형 소설'이, 비평에 있어서는 상대방의 글을 읽으면서 재창조하는 적층문학적 수법인 '패러디비평' 등이 시도될 수 있다.

문학인이 집중해야 할 것은 '사이버'가 아닌 '문학'이다. 사이버 공간의 문학이 틀을 바꾸어 생명력을 얻으려면, 변화된 틀이 문학을 담기에 적합한 지 꼼꼼히 점검하고 수정하는 일이 계속되어야 할 것이다.

낭패스런 시조작품들

『시조시학』이란 시조전문지가 창간되었다. 이달 들어 그런 것만은 아닌 것 같은데 많은 문예지가 있지만 시조작품이 실리는 경우가 드물다. 이것은 문예지 편집자들에게 항의할만한 일이기도 하지만 시조시인들의 책임이 더 크다는 사실을 시조시인들은 알아야 할 것이다. 그런 의미에서 새로 창간된『시조시학』은 <한국시의 정통성확립과 위상정립을 위한 새로운 시조전문지>라는 자긍을 가지고 출범한 만큼 책임 또한 크다고 하겠다. 이런 의미에서 이달은『시조시학』에 실린 작품들 위주로 평을 해보기로 한다.

> 세월이 하 뒤숭숭허니께
> 저마저 그러는겐지 원
>
> 은평구 녹번동 삼거리 돌깬 터 시민아파트 뒷산에는 벌써 몇 해 째를 봄이면 밤마다 시절 잃고 밤잠싸들멘 웬놈의 소쩍이 한 마리가 이리저리 나들며 제 설움의 앙금을 게워내며 늬들이 시방 때좋게 사뭇 단잠이나 잘 때냐고 저린 명치끝에다 꽃 설거지를 해가며 잦은 발길질을 해와 가끔씩 더러 조금씩은 스스로 향한 쓴 입맛이 다셔지게 한다
>
> 스무해 객지살이에
> 새치만 뿌연 새벽
>
> —金相黙,「艸土日記・Ⅱ」

이 작품이『시조시학』에 실려 있으니 장시조라고 대접받는 작품임에는 틀림없다. 과연 장시조일까. 장시조는 위와 같이 초장·종장이 짧고 중장이 상당히 긴 작품들이 많기야 하다. 그러나 이런 형식만으로 장시조라고 하면 곤란해진다.

　장시조는 위와 같은 어느 정도의 음수의 제한이 가해진 형식이지만

그보다도 더 중요한 것은 사물성(thingness)을 구체화시킨 시가였다는 점이다. 은유보다는 직유로 사물성을 감추기보다는 드러내려는(폭로하려는) 시가였다. 또한 장문화(長文化)의 원리에 따라 장문(長文)을 이룬 시가인데 장문화의 원리는 어미활용법·항목열거법·대화진행법·연쇄대응법 등이 있었다.

최소한의 이러한 장시조의 원리를 가졌을 때를 장시조라 할 수 있게 된다. 그 말은 그래야만 현대시와의 변별성이 유지된다는 말이 되겠다. 적당한 음수의 제한만 가해지만 장시조가 되거나 또는 단시조가 된다는 생각은 버려야 할 것이다. 玄春植의 「등신 헛줄타기」도 현대장시조라고 썼는 듯하다. 형편은 앞 작품과 같다. (현대장시조작가가 걸어야 할 길에 대해서는 필자가 『시조시학』에서 밝혔기에 참고 바란다.)

　　　와서 징징짜는 상모숫에 녀석처럼
　　　녀석들의 암컷처럼
　　　그들의 새끼들처럼
　　　짜다가 나올 것도 없어 꽁무니 빼는 것처럼

—서벌, 「장마는」

이 작품을 보면 비유되는 사물만 존재할 뿐, 사물의 속성을 알려주는 서술어가 생략되어 있다. 동양시의 전통은 늘 사물의 속성을 보여주는 서술어 중심의 시어들이었다.

시조는, 각 장의 끝이 서술어로 되어 있는 우리 시의 전통은 서술어의 생략을 기피한다는 말과 같고, 각 장 끝이 서술어로 되어 있다는 것은 시적 논의가 세 개인데 이것들끼리 서로 유기적 조합을 이룬다는 말과 같다.

바람에
씨가 날려서
움막에도 꽃이 핀다.

햇빛은
눈이 부시고
사람은 간 곳이 없어

이런 날
사무친 한도
조금은 풀릴 것 같다.

—金相沃,「對象 앞에서」

　이 작품을 읽다보면 어딘가 시조의 전통미가 살아 있는 느낌을 받게
되는 것은 서술어의 안배가 고시조의 그것과 같기 때문이다.

여름은 무더위라도
나를 그리 보챘지만

이끄는 短杖머리
고삐 풀린 가을바람

빈하늘
어디를 짚을까
잠시 눈을 감아 본다.

—鄭椀永,「短杖」

세월을 미처 몰랐더니
수국이 저리 피었구나.

푸른 비 스치는 창가
혼자 드는 젖은 커피.
못 고칠 가슴앓이던가

나는 머리를 빗어보네.

─李一番, 「비젖은 창가에서」

   위 두 작품은 중장이 명사로 끝나 있다. 그러나 <이끄는 短杖머리/고삐 풀린 가을바람>은 서술어를 관형어로 바꾼 명사구의 형태다. <푸른 비 스치는 창가/혼자 드는 젖은 커피>도 위의 경우와 똑같은 통사구조다. 이런 경우를 두고 명사로 끝났다고는 할 수 없다. 문제는 앞의 서벌의 경우처럼 서술어가 통째 사라진 경우는 시조다운 맛을 맛보게 하지 않는다는 말이다. 꼭 장의 서술어야 한다는 것도 고답적인 발상이라 할지 모르지만 이것의 변용은 있을 수 있다. 가령 고시조에서는 없는 형태이지만 초장 전체가 중장에 대한 주어가 되면 그 끝은 서술어가 되지 못한다.

들녘 부는 바람을 퉁소쯤으로 알던 내가
동해 긴 물이랑을 맨발로 걸어봐도
끝없이 밀려오는 포말 헤아릴 길이 없네,

─김연동, 「피리」

   이 경우는 어떻게 설명해야 할까. 실험시조인가 아니면 시조의 본령에 해당하는 정격인가. 이와 같이 시조의 형식을 음수에서 찾지 않고 형태구조면에서 찾는다면 현대시조는 많은 반성과 실험이 따라야 할 것이다.

신전의
은그릇 하나
바싹 깨어진다

이제, 깨어졌으니
테를 메어 쓰랴

제물이
저리 넘쳐도
담을 그릇 없구나

— 박기섭, 「신전의 그릇」

그대 머리맡에 물 길러 간다
그대 벼랑끝에 물 길러 간다
밤 가고 부신 새벽녘
숯이 되어 남는다

— 박기섭, 「물 길러 간다」

이 작품들을 음보율로 표시하면 이렇게 될 것이다.

신전의/은그릇하나//바싹/깨어진다
이제/깨어졌으니//테를/메어쓰랴
제물이/저리넘쳐도//담을그릇/없구나

그대/머리맡에//물길러/간다
그대/벼랑끝에//물길러/간다
밤가고/부신새벽녘//숯이되어/남는다

시조작품을 율독(律讀)하다 보면 리듬이 주는 안정감이 느껴진다. 단조로운 반복인 것 같으면서도 그렇지 않게도 느껴진다.

그것은 한 음보 안에 들어가 있는 음수가 고정되어 있지 않은 데서 오는 것이라 하겠다. 그런데 우리 선인들은 음보 안에 위치한 음의 수에 대해 몇 가지 원칙을 두었다. 3이나 4음절을 기준으로 하면서 여기에 한두 자의 가감이 있을 수 있지만 한 음절로써 한 음보를 만들지는

않았고, 또 한 작품의 절대다수를 3이나 4음절로써 이룩하였다는 사실
이다. 예를 든 위의 두 작품엔 2음절을 1음보로 하고 있는 곳이 한 작
품 안에서 네 군데나 보인다. 고시조에서도 2음절이 1음보가 된 경우
는 흔히 볼 수 있지만, 한 작품 안에서 네 번이나 겹치는 위와 같은 경
우는 없었다. 각 음보에 위치한 음절 수가 3이나 4가 절대적 우세를 보
임으로써 한 음절에 소요되는 시간적 길이를 적당한 간격에서 평준화
하였던 것이 고시조였다.

위의 작품들을 읽다가 보면 리듬에서 무언가 허전함을 느끼는 것은
인습적으로 우리를 지배한 리듬감이다. 이러한 문제도 현대 시조시인
들 사이에 한번쯤 토론되어야 할 문제이다.

현대시조의 작품을 실어주는 문예지가 적다고 해도 시조전문지가
여럿 있으니 섭섭하게 생각할 일이 아니다. 그러나 그보다도 현대시조
가 현대시와 무슨 이유로 어떻게 존재하느냐 하는 궁극적인 물음을 계
속해야 하고 물음에 대한 답을 피차간에 서로 나누어 그야말로 <한국시
의 정통성확립과 위상정립>을 이루어야 한다. 시조가 푸대접받는다고
생각할 것이 아니라 푸대접받지 않게 시조다운 시조를 써야 할 것이다.
자유시의 흉내만 내다보면 늘 자유시의 서자 취급을 면치 못할 것이다.

似而非 時調들, 제거되어야 한다

옛날에는 노래의 가사가 되기 위해서는 외적 정형성이 요구되었다. 외적 정형성은 청각적 효과에 기여하기 때문에 문자가 없던 시절에는 아주 유효한 시의 형태이면서 정보전달 또는 정보저장의 역할을 해 왔다. 古詩歌들이 定型이거나 정형에 가깝게 접근되어 있는 것도, 또 巫歌들이 정형률을 가지고 있는 것도 다 이런 이유에서이다.

古時調는 일단 노래가사였기 때문에 ① 노래 부르기 편리한 장치 ② 불려진 노래가 청자에게 잘 들리게 하는 장치 ③ 들은 노랫말을 잘 기억하게 하는 장치들을 내포하고 있었다. 그런데 現代時調는 古時調의 이러한 속성이 시대적으로 맞지 않는다고 생각하고 고시조의 속성을 벗어나야 한다면서 이런 저런 실험을 하고 있다.

이러한 태도만은 일단 긍정되어야 한다. ㉠ 노래부르는 시가 중심이던 것이 ㉡ 읽는 시로, 그리고 ㉢ 읽어서 고민하게 하는 시의 시대로 넘어 왔는데도 노래 부르는 시를 표준처럼 생각해서는 될 일이 아니기 때문이다. 그러나 노래 부르는 시는 시가 아니라든가 시로서 가치가 없다라든가 하는 말투는 경계되어야 한다. 그런 시도 훌륭하게 남아 있어야 하기 때문이다.

시조는 출발부터가 ㉠이었는데 그렇게 때문에 ㉠을 꼭 지켜야 한다는 생각은 모자라는 생각이다. 그렇다고 ㉡, ㉢이 표준이어야 한다는 생각도 넘치는 생각이다.

말이 우세한 정형시, 글이 우세한 자유시, 이렇게 이분법적으로 일단 생각해보면 지금은 편안히 앉아서 시조를 창하고 창한 시조를 감상하는 그런 분위기가 극히 드물고, 또 이렇게 분위기를 주선할 시대적 상황이 못되기 때문에 시조는 시대착오적이라고 악담하는 경우가 있다. 이러한 정형시의 한계를 극복하고자 하는 것이 자유시라고까지 말하고 있다. 자유시는 글로써 표현하기 때문에 인쇄술의 발달에 힘입어 다양한 자유시가 속출하고 있고 ㉠, ㉢이 절대적 우세를 보이고 있는 것도 사실이다. ㉠이 보여준 단순한 정서의 세계보다 복잡한 정서, 더 나아가 복합적이면서 애매한 정서까지를 나타내는 것이 시조의 바른 길이라고들 하기에 이른 것이다.

과연 그래야 할까.

시조가 노래의 속성을 완전히 포기해야 할까.

시조의 존재가치는 외적 정형성을 가졌다는 것이고, 그 외적 정형성은 소리로서 구현되는 것이다. 시조는 3장으로 되어 있고 1장은 2구로 되어있고 1구는 2음보로 되어있어, 모두 3장 6구 12음보라고 말들을 하면서도 3장 6구 12음보를 제대로 안 지키니 이게 보통일이라 할 수 없다. 시조라고 시조 전문잡지에 발표한 작품이 이것을 지키지 않는 경우가 많은데 어찌된 영문인지 모르겠다. 시조가 소리로 구현되어야 외적 정형성이 나타난다면 ㉠이든 ㉡이든 ㉢이든 일단 3장 6구 12음보를 지켜야만 한다. 시조가 활자화되어 있어도 이것을 눈으로 읽어서는 정형성을 감각하고 그것의 예술미적 가치를 누리자는 것이 정형시, 바로 시조가 노리는 바 아닌가. 그렇기 때문에 ㉠이 배제될 수 없다는 것이고 ㉡, ㉢의 경우도 시조를 律讀하는 낭독자의 소리가 의미상으로 이해될 수 있는 범위를 초월해서는 안된다고 생각한다.

현대시조가 현대라는 말을 쓰고 있다고 해서 시조의 속성을 포기해서도 안되고 자유시의 방종을 모방하려 해서도 안된다. 시조다운 맛과 멋이 무엇인지를 따지고 또 따져보는 일이 시급한 일로 비쳐진다. 似而非 時調들이 자꾸 등장하고 있어 이런 말을 해본 것이다.

單首와 連作의 묘미

개화기를 지나오면서 선배 시조시인들은 현대시조의 진로에 대해 많은 고민을 하였다. 현대시조는 고시조로부터 어떤 식으로 해방되어야 하는가 하는 문제를 놓고 제일 먼저 착안한 것이 고시조가 가졌던 관념 위주의 철학적 분위기를 벗어나서 자기중심적 서정세계를 펼쳐보이는 길이었다. 이것의 현실화는 연작(連作)을 통해 발휘되었는데, 이것은 상당 기간 시조단의 주류로 나타났었다.

이호우는 고시조의 현대화를 단수(單首)에 두고자 하였고 고시조에서처럼 관념적 시조를 많이 지었다. 말하자면 연작이 시조단의 주류 행세를 할 때 반기를 들었던 것이다.

이달에 들어 몇 편의 단수가 눈에 띈다.

길에서
나를 보내고
그 뒷모습 지켜보다가

거실로
돌아왔더니
나는 이미 자리에 없어

지금쯤
어디 있을까
그 행색을 생각해본다.

—김상옥, 「日記抄」 전문

『현대시학』에 발표된 작품이다. 이 작품은 인간이 향유하는 양면성을 생각나게 한다. 본래적 자아와 비본래적 자아 사이의 괴리를 시조화한 것인데, 산업사회가 가속화되자 인간들은 이러한 괴리의 틈바구니에서 방황할 수밖에 없게 되었다. 철학자에 따라서 이러한 괴리로 인한 방황을 소외라고 하였는데 이 작품은 바로 20세기 문명이 저지르는 소외를 작품화한 것이다.

김상옥은 애초 서정 위주의 연작에 심취하였는데 여기서 보듯 그는 요즈음 부쩍 단수에 기울어져 있다. 이것은 고시조의 맥락을 현대화해서 보겠다는 의미를 수반하고 있는 것 같다. 즉, 산업사회 속에서의 자기분열을 일으키는 인간의 왜소함과 방황을 단수로써 압축하였다면, 다음의 이인수 작품은 또 다른 의미의 단수임을 알 수 있다.

> 누구나 주머니에
> 칼 하나 숨기고 있다.
>
> 칼날을 잘못 다뤄
> 몸과 마음 시려와도
>
> 칼끝은 과녁을 향해
> 퍼런 줄(線)만 당긴다.

─ 이인수, 「刀」 전문

『월간문학』에 발표된 작품이다. 칼이란 자기방어와 공격을 위한 기구다. 결국 칼은 자기 생존을 위한 수단인 셈이다. 그러나 여기서 보여준 칼은 관념으로서의 칼이니까 삶 속에서 지향하고 있는 바의 자기당위라 할 수 있다.

이와 같이 단수로써 관념적 사유를 시조화한 작품들이 있는가하면 관념적 사유를 가급적 줄이고 사물의 속성을 현실 쪽으로 재해석해서 의미를 찾는 다음과 같은 작품들이 있었다.

긴 칩거 풀고 나와
뛰는 힘줄 못 가누어

3월을 행가래치는
저 거창한 쪽빛 행보

터질듯 팽팽한 종아리
재씩 지는 햇살들

―金南煥,「봄바다」전문

사는 길
벼랑이란들
어찌 다 피해가랴

깊은 沼
곤두박혀서
우뢰소리 낼지라도

빛부신
무지개 한 채
덩그렇게 놓아라.

―노중석,「폭포」전문

　위 두 작품은 이호우 시조문학상 운영위원회가 창간한 『開花』라는 시조 전문지에 실린 작품들이다. 봄바다와 폭포라는 사물들에 대한 수물성을 인간의 삶 쪽으로 해석해놓은 작품들이다.

　이상으로 현대시조가 걷는 길 중의 하나로 연작 위주가 아닌 단수 지향의 작풍(作風)들이 있음을 살펴보았다. 단수가 언어의 압축을 통한 팽팽한 긴장미를 장점으로 한다면, 연작은 단수에 비해 긴장이 이완되는 작품세계이면서 시적 정보의 양적 팽창을 통한 감정의 섬세성을 장점으로 한다.

눌려 한 자리 뿌리 박고 살기에는
아직 식지 않은 거친 피가 설레어
깊은 밤
꿈속에서도
가만 있지 못한다.

곁에 잠든 아내 숨소리 잠잠하면
어느새 살아난 바람 몇골목을 빠져나와
들 끝에
꼬리 늘이고
먼 산을 향해 운다.

―박재두, 「바람」 일부

『개화』에 실린 작품이다. 여기서 박재두 시인이 보여주고 있는 것은 상황에 따라 부대끼는 심적 파동이라 하겠다.

바람은 어디서 근거하여 어디로 가는 건지 불분명한 기류다. 바람의 기류에 억압당하여 몸살하는 자기고백체의 시조다.

더러 쓸쓸할 때는 강가에나 가볼거나
할아버지 둑을 따라 뒤따르던 햇살처럼
온종일 물살곁에서 물살이나 보던 것을.
살아 몇 구빈지 歲月도 굽어와서
닳아 간지러운 조약돌 저자세상
어쩌면 혼돈의 늪에 허우적인 나래쪽지.

―金鍾潤, 「목숨도 맑은 강에」 일부

역시 『개화』에 실린 작품이다. 박재두의 앞 작품이 바람의 설렘을 통한 심적 파동의 간접화라고 한다면, 김종윤의 위 작품은 강의 굽이

도는 흐름을 통한 인생의 관조를 시조화했다고 할 수 있다.

두 시인이 우리에게 보여주고자 하는 것은 시적 톤(tone)의 적절함이다.

대상의 시화(詩化)는 톤을 적절히 보여주는 데 있다고 하겠는데, 「바람」에서는 바람의 속성이 가리키는 파동을 적절한 비유로 보였다면, 「목숨도 맑은 강에」에서는 강의 융융한 흐름의 속성에 맞게 착 가라앉은 어조로 관조했다는 점에서 일단 성공을 거둔 셈이다.

이 외에도 몇 편 더 꼬집고 싶은 작품이 있었지만 다음 기회로 미룬다. 다만 현대시조가 너무 고답적이어서는 안 되지만 그렇다고 너무 실험의식을 나타내서도 <시조다운 맛>이 우러나지 않는 법이다.

시조는 역시 시조다운 가락과 멋의 실체여야만 자유시에 경쟁할 수가 있다는 점을 더러 잊고 사는 시조시인들이 있는 것 같아 적잖이 마음 쓰인다.

시조에 대한 오해, 이것이 문제다.

안녕하십니까

이 쪽 바닷가에는 꽃 소식이 한창입니다. 그간 별고 없이 잘 지내시는지요. 주신 신문 잘 읽었습니다. 하찮은 작품을 소개해주시고 친절한 설명을 붙여주신 점 감사하게 생각합니다. 언제 한번 뵈면 말씀 드리려던 참이었습니다만 이번 일 감사의 뜻도 전하고 그간 제가 연구해 온 일에 대해서도 말씀 드리는 것이 도리일 것 같아 이 편지를 씁니다.

저는 평생 시조만 연구하며 살아왔고 이제 3년 후면 이 짓도 그만두어야 할 것 같습니다. 저는 여태 시조가 정형시라는 점, 그래서 지킬 것은 꼭 지켜야 정형이 된다는 점을 강조해왔습니다. 일찍이 우리 선배들도 이 점을 생각하여 시조 형식을 음절 수로 혹은 음보로 정하고 이것을 지킬 것을 말씀하신 적이 많지만, 시조 형식을 음절 수 혹은 음보로 국한해 봐서는 안 된다는 게 제 소견입니다. 통사구조, 의미구조, 표현양식 더 나아가서 장(章)이 과연 무엇이며 구(句)란 무엇인가를 파악해서 시조 형식을 포괄적으로 규정지어야만 비로소 시조 형식이 성립된다고 생각한 것입니다(漢詩의 絶句形式은 한 행이 5언 혹은 7언이 되어야 하고, 4행으로 이루어져야 하지만 이것만으로 형식의 전부가 아니고 평음과 측음이 정해진 자리에 오고 압운은 기승결에 붙이고, 기승전결이라는 의미구조를 비롯해 몇 가지 갖추어야 할 요소를 더 요구하듯이 시조도 단순히 음절 수 혹은 음보의 결합만이 아니라는 게 제 이론입니다).

현대시조는 고시조(단시조)대로의 답습을 의미해서는 안 된다고 생각합니다. 다만 앞서 말한 포괄적 형식은 고시조대로여야 한다고 주장하고 싶습니다. 그래야만 시조라고 할 수 있기 때문이라는 것입니다. 이것을 무너뜨리면 새로운 장르 개척이거나 유사 시조작품이라 할 수 있겠지요.

저는 주제나 소재 그리고 표현기법, 시어 등은 현대감각에 맞게 조정이 되어야만 하는 게 현대시조라는 생각을 하고 있습니다.

정형시는 눈으로 읽어서는 정형시를 느낄 수 없고 읽어서 소리가 정형으로 들려야만 정형시 아닙니까. 읽는다고 할 때 음보로 읽어야만 정형이 되는 것이라고 한다면 음보의 규칙성은 꼭 지켜야 하겠지요. 한 장은 4음보로 짜여 있고 한 구는 2음보이고, 한 장 2구는 문장의 짜임이거나 문장성분을 가지면서 3장 전체가 유기적 연결로 이룩되는 게 시조라고 생각하여 이런 저런 소견을 내놓게 된 겁니다.

시조시인 중 역량 있는 분일수록 시조를 현대화하려고 합니다. 옳은 생각입니다. 그러나 형식을 무시하는 것으로 현대화를 추진한다면 안

된다고 생각합니다. 저는 형식을 소홀히 하면 시조의 묘미가 사라지고 시조 아닌 것을 시조라 하는 경우가 생길 것이고, 이같은 경향은 앞으로 올 후배들에게 나쁜 모범적 사례가 되면 어떻게 되냐를 걱정하는 사람입니다.

홍 선생님의 작품을 예로 든 경우가 몇 번 있었습니다만 홍 선생님뿐 아니고 제 이론으로 봐서 시조 형식에서 어긋나는 모든 작품을 대상으로 하고 있음은 홍 선생님도 잘 아실 겁니다. 지적당한 분들 중에는 평소 친하게 지내는 분들이 대부분입니다. 또 저와 가깝게 지내는 어떤 분은 공개 장소에서 저에게 상당히 격분해하는 모습을 보였습니다. 친한 사이에 왜 이러느냐는 것이 골자였습니다. 작품에 대한 솔직한 비평이 얼마나 어려운가를 실감하는 순간이었습니다.

제 작품인들 어설픈 구석이 얼마나 많겠습니까. 시조를 본격적으로 공부하기 이전 작품 중에는 아마 제 이론과 일치하지 않는 것도 있겠지요.

거듭 말씀 드립니다만 제 소견이 이렇다 하는 것이니 제가 한 말에 노여워 마시기 바랍니다. 다른 분들은 선생님의 작품에 달리 말씀하시기도 할 것입니다. 하찮은 제 몇 말씀 때문에 우정에 금이 가는 일이 없었으면 하는 것이 제 바람이고 이 편지의 주요 의미입니다.

목련이 피려는 순간 그만 냉해를 입어 피지도 못한 채 퇴색이 되어가는 모습을 보니 안타깝습니다. 올해 목련꽃 아름다운 자태를 보기는 틀린 것 같습니다. 때 아닌 한파에 건강 잘 보존하시기를 빌며 이만 말씀을 줄이고자 합니다. 안녕히 계십시오.

2007. 3. 12

임 종찬 올림

『참새』의 文學史的 의미

여기 소개하는 『참새』는 第 2卷 第1號다. 그런데 "울고도 또 울고도 세 번째 우는 참새"라는 本文의 말을 통해 볼 때, 이 책은 通卷 3號에 해당된다.

그 당시 同人으로서 활약했던 皇山 高斗東님의 증언에 의하면 주동회원이 8명이었고, 한 달에 두 번씩 「참새」를 간행하였으며, 1927년에서부터 3년간 계속되었다. 또 참새 동인은 모두 통영을 고향으로 한 사람이지만 女流 2명은 진주의 시 잘하는 女性이었다고 한다. 한 번 출간하는데 대략 20부 정도였고, 형사들의 눈을 피하기 위하여 애를 쓰기도 했다고 전한다.

『참새』通卷 3號에 해당하는 이 책을 皇山님(당시 號는 春岡이었으며 24세로서 최연소 동인이었다고 한다)이 보관해 오던 것을 시를 전공하시는 同鄕의 후배인 朴哲石님께 드린 것이었으나 박철석님의 제자이자 시조를 전공하는 筆者에게 이 책을 양도하셨던 것이다.

이 책엔 시조 67편, 시7편, 가사 1편, 평론1편으로 모두 87편이 수록되어 있다.

Ⅱ.

사회와의 관련에서 예술을 생각해 본다고 하면 두 가지 관점이 있을 수 있다. 첫째는 예술이 사회를 반영하였느냐 그렇지 않았느냐 하는 반영론의 입장이고, 둘째는 예술이 사회를 위하여 어떤 일을 할 수 있느냐 하는 효용론의 입장이다.

1920년대에 활동했던 많은 文學人들은 문학을 사회와 연관시켜 생각했던 것 같다. 즉 당시 문학인들은 문학은 사회의 반영이거나 아니면 문학은 사회를 위한 효용이거나 하는 것으로서 문학을 이해하려 했던 것 같다.

첫째, 문학은 사회의 반영이라는 의미에서 생각해 보면, 당시의 일제침략과 그로 인한 핍박된 현실을 도의시할 수 없다.

> 흥!
> 오늘은 즈그말싸나 그믐날
> 새는 날이 설이란 게지
> ─기던가 말던가─
> 무엇이 조흐냐
> 무엇이 길거우냐
> ─중략─
> 새해 맞기에 밧부신 幸福스러운 양반들아
> 느그들의 그 길거운 우슴소리 젓족에
> 주으리고 썰다 못하야…… 못하야 우는 저
> 저 소리를
> 듯느냐 못 듯느냐 듯지 안느냐
> 오─참아 볼수 업는 世上!
> 그만 파─ㅇ.(爆發彈)

─ 抱月,「그믐날 밤에」

일제 치하에 발표되었던 작품들은 거의가 일제의 검열을 통과한 작품들이기 때문에 이 점을 감안해서 읽어야 할 때가 많다. 그렇기에 일제치하라는 시대적 상황이 너무 희미하게 나타나고 있거나 아니면 아예 시대적 상황과는 별개임을 선언하는 작품들이 많은 것이 1920년대의 한국문학이다.

그런데 여기 이 작품에서는 설령 이것이 詩的인 탄력성이 미약하다는 評을 피하기 어렵지만 있는 현실을 보다 뚜렷이 그렸다는 의미에서는 가치를 가진다. 심지어 <즈그말싸나> <느그들의>에서와 같이

同質化가 될 수 없는 他의 異質性앞에 폭발물을 터뜨리려고 하기까지
에 이르고 있다. 이러한 힘의 문학이 식민지시대의 문학에 있어서는
거의 없었던 것이다.

— 曙邨,「咀呪」

　이 작품에서도 1920년대의 핍박된 현실이 분명하게 나타나 있다.
단결의 힘을 통한 현실극복을 노골화시키고 있다. 이런 작품들은 당시
의 상황에 비추어 볼 때 상당한 각오 끝에 발표된 것이 아니었나 한다.
　『참새』가 등사본의 책이었다는 것은 활판인쇄를 할 경제적 여건이
허락되지 않았다는 단순한 이유만은 아닌 것 같다. 활판인쇄를 한다면
우선 일제의 검열을 피하기 어렵고, 검열을 피했다하더라도 불온 유인
물로 적발될 가능성이 큼은 상식적으로 생각할 수 있는 일이다.
　다시 말해 발행 부수를 20부 정도로 한하고 그 인쇄가 등사였다는
것은『참새』가 다름아닌 지하문학적 성격을 가진다고 할 수 있겠다
(皇山님은 당시 형사들의 감시가 심했으나 그들의 눈을 묘하게 피할
수가 있었다고 술회하였다).
　그렇기 때문에 詩的 發言이 격렬할 수가 있었던 것이리라. 물론 이
렇게 격렬한 어조만 있는 것은 아니고 다음과 같은 암시의 작품도 있
었던 것이다.

天上엔 雲亂이요
世上엔 風亂일다
苦된 世海엔
人亂이 浪籍하니
어즈버 이 世上에애
亂뿐일가 하노라

— 春岡,「亂」

물론 시는 의미의 암시체여야 한다. 그렇기 때문에 시는 直說을 피한다. 그러나 반영론의 입장에서 시를 볼 때에는 그것이 암시였건 직설이었건 간에 현실에 대한 반영의 깊이를 따지게 된다. 반영의 깊이라는 측면에서 보면 이 작품은 완곡하다.

꿈에본 이世上을
꿈깨고 다시보니
山川은 같으로되
物情이 영닮어라
엇덧타 世上이요 物情이
져와이가 달은가

— 白水 「萬意」

꿈 속의 이상적인 세계와 현실세계와의 유리된 상황을 노래하였다. 작중화자는 현실이 아니고 꿈이기를 바라는 태도이다. 이것도 완곡된 현실의 고발이 아닌가 한다.

둘째, 문학은 사회를 위한 효용이라는 측면에서 생각할 수 있다.

주지하다시피 1920년대는 KAPF와 국민문학파와의 논쟁이 치열하였던 시대이다. 여기 『참새』가 발행되었던 1927년은 논쟁이 절정에 달하였던 무렵이다. KAPF의 주장은 문학은 안일한 영탄의 자기 감정

해소가 아니라 새로운 사회건설을 위한 무기여야 한다는 측면이었다.

이런 주장들은 주로 일본의 NAPF에서 영향을 받은 것이었고 그 이론은 그 당시 NAPF에서 발행되던 책에 의존하였던 듯하다.

여기 실려 있는 유치진의 「墳墓淸淨」은 그것이 改譯이라는 단서를 붙이긴 했지만, 누구의 작품이든 그것은 傾向化된 작품이다. 이같은 부류의 작품에서 흔하게 보이는 살인, 스트라이크, 유혈, 방화 등이 여기서도 그대로 나타나고 있다는 의미에서 이 작품이 무엇을 시사하는지를 짐작 가게 한다. 물론 이 작품은 작품다운 구성에 의했다고는 볼 수 없고, 다만 당시의 유행이 외면되지 않았다는 정도다.

Ⅲ.

고시조에서 보면 세간의 풍진을 외면하고(어찌보면 외면하였다기보다는 애써 잊으려 했다는 해석이 더 타당할 것이다) 자연의 정경에 스스로를 감금시키는 경우가 많았다. 그 대표적인 예로는 孤山 尹善道의 漁父四時詞 같은 작품을 통해서 퍼볼 수 있을 것이다.

孤山은 어부의 생활을 직접 경영한 어부가 아니었다. 그는 생활을 위한 절박한 투쟁이 아니라 한가와 여유를 어부라는 가상적 존재를 통해 나타내었다. 사실은 정치적 패배자로서 낙향한 자신의 위치를 애써 감추려고 자신을 어부로 둔갑시킨 것이다.

> 눈싸여 휘여진나무
> 가지마다 꽃이로다
> 바람도 두렵거든
> 나는새야 안지마라
> 꿈같은 不時春光을
> 못내액겨 하노라
>
> — 白水, 「눈」

인간이 세계를 파악하는 방법에는 두 가지 방법이 있다. 하나는 과학자처럼 객관적 현실로 파악하는 방법이라고 한다면 다른 하나는 세계를 自己化하는, 또는 자기 圖式化하는 주관적 현실의 파악 방법이다.

눈을 꽃이라 한 것과 눈을 이고 선 裸木을 꽃을 피우고 있는 花木이라 이르고는 이를 不時春光이라 한 것은 세계를 自己化한, 다시 말해 세계를 주관적 현실로 파악한 詩的 世界다.

雪景의 차가운 한 때를 不時春光이라 하여 아껴보는 것은 雪景이 현실의 비정을 無化시키고 있다는 것에서 비롯된 발상이다. 다시 말해 현실의 냉혹함을 잊어버리고 싶고 현실로부터 도피하고 싶은 작자의 심경과 雪景의 속성이 잘 맞아 떨어졌다고 할 수 있다. 그래서 기존의 현실을 부수어 버리고 無化시켜 버리는 雪景은 잠시나마 식민지 치하의 현실로부터 유리되는 그야말로 不時春光(不時光腹)이 되고 만다. 참새에서는 눈을 소재로 한 작품들이 의외로 많고, 또 雪字를 넣은 號가 의외로 많다는 것도 닥친 현실이 실제가 아니었으면 하는 그런 도피적 발상(또는 극복을 향한 심경)에서가 아니었던가 한다.

다음과 같은 작품도 식민지라는 현실을 잊어버리려고 하는 작품이다. 곧 식민지적 상황을 잊어버리고 오히려 한가와 여유를 통한 우리 민족의 순정미를 보여준다고나 할까.

못가에 잠자리놀고
조밭에 새나릴제
언덕에 누운황소
여물만 색이인다.
팥따는 촌아낙네는
먼산자주 파더라

―春園 「가을들 四首」 부분

이 작품은 못가-잠자리, 조밭-새, 언덕-황소, 밭-촌아낙네의
조화를 이룬 작품이다. 이것은 다시 잠자리의 유희→황소의 되새김
→촌아낙네의 먼산 파는 행위로 나아옴으로서 점진적인 발전을 보이
고 있다. 물론 잠자리의 유희, 황소의 되새김질, 촌아낙네의 먼산 파는
행위가 결합되어 있는 시골풍경의 실제적인 것(the actual)이라고 단정
할 수는 없다. 오히려 이러한 결합은 詩的 意匠으로서 상상적인 것(the
imaginary)이다.

여기서는 일체의 관념을 피하고 다만 손쉽게 상상할 수 있는 가까운
시골정경을 보여줌으로해서 독자는 실제적인 것으로써 상상을 제공
받게 된다.

IV.

이상 몇 가지 점에서 『참새』를 살펴보았다. 문학작품은 시대에 따
라 늘 새롭게 의미되어진다. 어쩌면 『참새』는 1920년대의 숨막히는
질곡 속에서도 생존자로서의 자처와 언젠가의 그날을 위한 조용한 피
흘림이 담긴 지하의 외침이라고 보여진다. 어찌되었건 모처럼 보는 식
민지 시대의 '힘의 문학'을 『참새』에서 발견할 수 있었다는 것은 지나
칠 수 없는 문학사적인 의의를 가진다 하겠다.

筆者가 여기서 다 못 밝힌 남은 이야기는 紙面을 달리하여 논하기로
하고 오늘은 우선 간략한 소개로서 끝내기로 한다.

전통의 고수와 새로운 가능성

서양화에서 보여주는 자연은 농촌 풍경, 풍차가 있는 들, 야외 파티
등이 아니면 번개치는 모습, 작열하는 태양 등등인데, 이것들은 자연

으로부터 얻거나 누리는 것 아니면 신으로 대변되는 자연의 위력을 나타내는 것들이다. 그러나 동양화에서 보여주는 자연은 누리는 자연, 공포로서의 자연이 아니라 인간과 화합하거나 자연으로 동화된 인간 세계를 보여 주고 있다. 그래서 동양화에서는 나무꾼·어부·돛단배·초가집 등이 산이나 강 속에 놓여 있어서 인간화된 자연의 모습을 볼 수 있는 것이다.

시도 그림과 마찬가지이다. 동양에서는 시중유화(詩中有畵) 또는 화중유시(畵中有詩)라 하여 시화일치의 예술철학이 일찍부터 발달하여 왔던 것이다.

> 은행잎 노란 길을
> 석양 함께 올라가면
>
> 물좋은 빨간 단풍
> 계곡 타고 내려오네
>
> 팔공신(八功臣)
> 씻어내린 혼
> 피맺히는 이 종아리,
>
> 떡갈잎 솔가리
> 암자마다 깔고 앉아
> 임신년 오고가던
> 못 타령도 받아 놓고
>
> 팔공산
> 넉넉한 자리
> 각설이도 키워낸다

— 김몽선, 「팔공산에서」

『월간문학』에 발표된 작품이다. 여기서 우리는 한 폭의 동양화를
연상하게 된다. 외재적 자연과 내재적 정감이 융화되어 있기 때문에
동양화를 연상시킨다는 말이다. "물좋은 빨간 단풍"으로 산에 점찍힌
인파는 이제 인간이기를 거부하고 자연으로 위치한 채색에 불과하다.
이것을 인간의 자연화라 해도 무방하다. 그러나 "팔공신 / 씻어내린 혼
/ 피맺히는 이 종아리"에 와서는 자연의 인간화가 이루어져 있다고 할
수 있게 된다. 김몽선은 자연을 생명화하면서 자연과 인간을 상상적
진실 안에서 동일시하고 있다. 이것은 과거 고시조 또는 한시에서의
전통을 따랐다고 하겠는데, 우리 시의 전통 중의 하나는 위에서와 같
이 자연을 인간과 대척에 놓지 않았다는 점이다.

<blockquote>
가을 속을 가는 江은 차갑게 깨어있다.
이 하오를 유유히 흐르지 못하는 우리
여헌의 황죽을 빌려 슬기의 눈을 떠 볼거나
또 한 세상을 예언하는 쾌정의 갈숲 속 바람
저어 갈 목선도 없는 구름 내린 빈 나루에
때묻은 시국의 소리들을 회게 헹궈 널거나

— 리강용, 「東洛所見」
</blockquote>

『월간문학』에 발표된 작품이다. 여헌은 조선 중기 학자 장현광의
호이고, 동락은 구미에 있는 여헌의 서원이다. 이 작품은 여헌 장현광
의 사상으로 비쳐본 자연이다. 여헌은 스스로 배움에 모자람이 있다는
의미에서 벼슬길에 나아가는 일을 삼가고 살았던 인물이다. '배우고
힘이 남으면 벼슬을 한다'는 유가 사대부의 자세가 이해된다고 한다
면, 여헌이 스스로 배움이 모자라 자연에 묻혀 지내면서 자연을 관상
(觀賞)이나 유열(愉悅)의 대상이 아닌 인성자각의 모범으로 삼으려 했
던 태도도 쉽게 이해할 수 있을 것이다. 문제는 리강용의 안목이 위치

한 점이 자연을 여헌의 안목으로 고쳐보고 있다는 점에서 김몽선의 작
품과 다르다.

흙에 칼을 댄 후
處女地는 거덜나고
바람 새는 싸리울에
텃새들도 밤이 무서운
가뭄에 송사리떼처럼
졸아붙은 꽃마을.

아직도 몇 채 남은
허술한 古家에는
질긴 무명 빨래가
혼령처럼 나부끼고
밤이면 예술의 전당엔
노래 춤판이 벌어졌다.

— 지성찬, 「르뽀특급 <서초동, 꽃마을>」 부분

『현대문학』에 발표된 작품이다. 여기서 우리는 지성찬의 불만이 문
명 또는 자연에의 도전에 있으면서 한편으로는 인간 삶의 변질에 있음
을 알 수 있다. 그는 서초동은 이제 고유명사가 아닌 보통명사로 환원
되어 서초가 자리잡아 있던 과거로 회귀하기를 원한다. 싸리울에 초가
지붕 그리고 무명 빨래가 허옇게 널리는 그런 자연성을 꿈꾸는 작품이다.
　앞의 작품들이 친자연이면서 자연에 빠져들기를 원했다면 이 작품
에서는 현실의 도큐멘테이션을 통해 상실된 인간 삶을 추구하고자 한
다.

나는 줄곧 형이하학의

숲에 들어
흔들리고
그러나 그대는
눈짓으로 가슴으로

못물에
잠겼다 뜨는
물무늬를 보고 있다.

—이정환, 「내 그리움의 그늘에도」 부분

『월간문학』에 발표된 작품이다. 앞의 작품들이 구상화라고 한다면,
이 작품은 추상화라고 할 수 있다. 단단한 육질을 보이지 않고 있다는
의미에서 추상화라 함직하다. 그런데 중장이 문제를 던지고 있다. 고
시조에서는 언어의 절약 때문에 접속사를 따로 드러내지 않았다. 가령
중장 "…흔들리고/그러나"는 고시조대로라면 "……흔들리지만" 또
는 "……흔들리나"로 하였을 것이다. "그러나"가 왜 이렇게 드러내져
야 하는지. 시에는 언어의 절약을 미덕으로 여겨 관계대명사나 접속사
등을 생략하는 소위 asyndeton이란 수법이 있어 왔다. 중장에 서술어
가 하나도 없다는 점도 거슬린다. 시조가 3장이라는 것은 세 개의 의미
기둥이 존재한다는 뜻이다. 이 세 개의 의미기둥이 유기적으로 결합하
여 시조라는 집을 이룬다고 하겠는데, 여기서의 중장은 시조 3장의 의
미구조에 있어서의 중장 구실을 못하고 있다는 점을 지적하고 싶다.

아무도 갖지 않은 허공을
나는 혼자 끌어안는다.

不意에 내 곁에서 당신이
사라지는 불안에 떨며

하늘의 신기루를 쫓아
나는 너를 안는 거다.

세상은 거센 파도
나는 조그만 조약돌

아무도 듣지 못하는
혼잣소리 굴리면서

바다를 꿈꾸며 사는
하얀 貝殼 나의 사랑.

—이일향, 「貝殼의 노래」

『현대문학』에 발표된 작품이다. 허공을 사물화해서 안으려는 행위는 시인 자신만의 사유로 도달하는 애달픔의 세계다. 혼잣소리로 구르는 조약돌의 의미로서 또는 자기고독을 표백하는 패각으로서의 자신의 위치를 나타내었다. 이 작품은 현대시조의 새로운 가능성을 위한 모험을 보이는 점에서 이색적이다.

* 아무도갖지않은허공을
* 불의에 내곁에서당신이
* 나는 조그만조약돌

이상에서 보듯이 뒤 음보에 실리는 음수가 많다는 점이다. 이것은 물론 김종서 장군의 시조에서도 시도된 바 있다.

삭풍은 나무끝에불고//명월은 눈속에찬데

여기서 보듯이 앞구의 뒤 음보, 뒷구의 뒤 음보가 6음절, 5음절로 되어 있어서 앞 음보의 3음절보다 많은데, 이일향은 바로 이같은 고시조에서의 리듬을 현대시조에 시도하려 하고 있다. 이것은 시조 형태의 탄력성을 죽이는 일이 되겠지만 시조리듬의 단조로움을 극복하는 길이 될 수도 있을 것이다. 물론 후기 노산 시조처럼 늘어진 가락은 탄력성을 너무 죽이는 일이 되므로 경계되어야할 것이다.

현대시조시인의 인구는 날로 늘고 있지만 현대시조의 창작원리에 대한 연구자가 흔하지 않다는 것은 시조시단을 위해서 불행한 일이 아닐 수 없다. 시조시인의 증가에 의미를 두기보다는 현대시조 연구자의 육성과 후원에 더 의미를 두어야만 현대시조의 바른 길이 열릴 것 같다.

II. 현대시조의 미적 가치

세계의 묘사와 세계의 표현
- 홍진기론 -

Ⅰ.

詩는 사물의 성질이나 사물의 생성원인을 탐구하는 것이 아니라, 사물에 대한 작자의 直觀을 독자에게 전달하는 작업이다. 그러므로 시는 이미 알려진 기존의 가치나 태도의 확인에서 벗어난다.

과학자가 사실의 확인, 법칙의 발견자라고 한다면 시인은 사물형태의 새로운 발견자라 할 수 있다. 시인의 發話는 시인 자신의 자유분방한 사고의 질주이면서도 사물형태를 제멋대로 조작하지는 않는다. 시인의 발화는 독자의 상상력이 침투할 수 있도록 항상 뒷문을 열어놓고 있다. 즉 독자가 새로운 의미의 실체를 발견해 낼 수 있는 가능성의 범위 안에서 사고의 질주를 자행하고 있는 셈이다.

이것을 다르게 말하면 시인은 기존의 인식을 되도록 해체시켜서 그 나름의 세계로 창조하고 그것을 객관화하는 작업자라고 하겠다.

Ⅱ.

홍진기 시인의 작품 세계는 크게 두 가지 방향으로 전개되고 있음을 알 수 있다. 하나는 세계(시적 대상)에 대한 탈현실성의 추구요, 다른 하나는 세계에 대한 현실성의 추구라 하겠다. 전자를 세계의 묘사라 한다면 후자는 세계의 표현이라 할 수 있다. 묘사를 대상에 대한 태생이라고 한다면 표현은 자기 내부의 어떤 도식을 쌔化 시키는 것을 의미한다.

우선 전자의 경우에 대하여 설명하자면 전자는 세계를 어떤 관념의 지배없이 그 세계 자체만의 고유정서를 객관화한 경우라 하겠다.

청댓잎 부는 바람
그 밤에 벌던 꽃잎

연인의 옷자락에
묻어 떨던 달빛 한 점

외경에
눈물 적시던
바로 그 꽃이 피고 있다.

인고의 삶을 갈며
몹시도 그리던 이

새벽달 버선발로
열고 나선 담 너머로

생살의 아픔을 깨고
목련꽃이 피어있다.

—「목련꽃」 전문

　시가 나타내고자 하는 것을 인간의 내적 생활의 역동적인 과정이라고 할 때, 위 작품은 목련꽃으로 의인화된 삶이 제시되고 있지만 그 삶의 현장이 부재하고 있다. 그것은 삶의 원인이나 삶의 건설을 위한 방책이 부재하고 있다는 말과 같다. 이러한 홍진기 시의 한 경향을 세계에 대한 탈현실성이라고 한 것이다.

　　겨울보다 굳게 닫은
　　도시의 가슴 속을

　　은밀히 속삭이다
　　온몸으로 밀고 오다

　　때때로
　　파적을 불러 쏟아지는 저 종소리.

　　연연한 소식이듯
　　은근한 눈을 주며

　　덧창을 비비다가
　　떨어지는 여음이다.

　　어쩌면
　　파적을 몰고 출렁이는 저 종소리.

―「종소리」전문

　종소리는 특정한 관념의 상징이 아니다. 도덕적 생활의 질서도 아니다. 그것은 단지 시인의 감성에 의해 받아들여진, 워즈워드 말처럼 '정적 속에 회상된 정서'에 불과하다, 그 정서는 생생하고 즉발적이다.

　　고향이

가을 바람일 것을

한 손을 번쩍 들면
손톱에도 물이 들라

들염소 풀을 뜯다가
손님처럼 바라본다.

고향이 하늘이면
가을 하늘일 것을

휘파람 한 번에도
초르르 물이 흘러

나그네 주인같은 객
함초롬히 적셔낼걸

-「고향 가는 길」 전문

이것은 고향이라는 외적 사물을 보여주고만 있을 뿐, 그것으로 연유된 다음의 사건이나 그것의 현장을 가능하게 한 원인에 상도하지도 않는다. 시는 다만 보여주기만 할 뿐이고 그것의 존재에만 관심 둘 뿐이라는 存在論的 詩論에 충실하고자 한다.

고향은 일종의 심미적 성격을 띤 자연이다. 고향을 통해 홍시인이 노리는 것은 건조한 日常을 배제하고 고향의 풍경 속으로 독자를 유도하여 오염되지 않은 大地와 大氣, 그리고 물과 바람, 또 이들을 통해 얻어지는 심미적 경험을 토대로 한 삶을 잠시나마 누리자는 것뿐이다. 그렇기에 그는 아직 고향의 현장에 도착하지 않고 고향으로 가는 길목만 열심히 보여주고 있는 것이다.

Ⅲ.

다음으로 후자의 경우, 즉 시인 자신의 관념이 세계에 투사되어 나
타난 시적 세계가 있음을 알 수 있다. 이때의 시적 세계는 앞서도 말했
듯이 시인의 관념화된 사물세계이거나 시인의 사고에 의해 조정된 현
실적 세계관의 표출을 의미한다.

> 내가 시린 볼을 허공에 문지르면
> 반평생 청상으로
> 한 맺힌 달이 뜨고
> 반도는
> 휴전선 깔고 척추염을 앓고 있다.
>
> 누가 담금질로
> 생살을 긋고 갔나
> 수모의 매를 맞는
> 조선의 선비처럼
> 자유를
> 포박당한 채 자는 듯이 누워있다.

—「휴전선이 앓고 있다」 전문

> 병이 된 망향증을
> 깊은 속 묻어놓고
> 너는 하나 말을 잃은
> 이국의 병사처럼
> 한 시대
> 찢고간 파행
> 대변하듯 섰느냐
>
> 가슴이 탄다 해서
> 문물이 마를 것가
> 물결에 몸을 던져

분사하는 저녁노을
청사에
죄된 이정표
길을 막고 섰느냐

―「동해안 철조망」 전문

　놓여있는 현실의 美化를 위해서 또는 현실의 강한 인상을 위해서 시는 은유를 활용한다. 은유는 實在하는 크고 불완전한 세계를 작고 완전한 세계, 보다 구체화된 세계로 다시 꾸미는 역할을 한다. 그러나 은유를 배제한 시에서는 감정의 위장없이 그냥 그대로의 직각적 반응을 숨기지 않는다.

　앞에 예로 보인 작품들은 되도록 은유를 배제시키려고 한 작품들이다. 따라서 시적 세계는 현실성의 美化가 아니고 현실성 그 자체만이 表白되어 있다.

　여기서 보듯이 홍시인은 시를 하나의 현장고발 또는 망각할 수도 있는 역사적 사실의 확인을 위한 토로로 활용되고 있음을 본다. 이것은 다음의 작품에서도 역력하다.

이 물로 쌀을 씻어 밥을 지어 먹었는데

돌틈을 뒤져 잡아
매운탕도 끓였는데

오늘은
두려운 객혈
때도 없이 훑어낸다
잘 살게 되었다며
신작로가 새로 나고

돈 많은 사장님이 새 공장도 세웠는데

약물을
과용했던가
합병증엔 왜 걸리나

헛구역을 하다 말고
불치병에 쓰러지고
무심코 놀던 우럭
멀쩡게 눈도 간다

윗물은 맑았다는데 아랫것만 왜 죽는고

─「검암천에서」 전문

홍시인은 대중적 주제나 대중적 과제를 시로 표현한 경우가 많다. 추상적 언어나 공허한 표현을 물리치고 현장성을 강하게 노출시키는 사회시가 자주 보이는 것이다.

사회시에 등장한 作中話者는 그러므로 가명된 집단의 이름이다. 그는 대중의 지향과 신념을 單數로 집약하고자 했을 뿐이다. 그렇다고 그는 민중의 대변자적 입장 또는 그와 같은 역할을 담당한 그 자신의 비전을 말하여 사회현상에 대한 경각심을 토로하지도 않았다. 다만 현재적 상황을 관습적으로 바라본다든가 일상적인 것인양 하는 타성에 대한 자신의 안쓰러움을 보였을 뿐이다. 어떠한 대책강구가 없다는 것이다.

비애와 공포로 느껴지는 현장을 목도하면서 한 지성인은 묵과할 수가 없다는 태도이다. 이러한 그의 태도는 급기야 詩語로서의 압축미까지도 포기한 채 현실의 객관화에만 주력하였던 것이다.

Ⅳ.

공공의 관심사에 관심을 갖고 그것에 대한 인식의 고취도 시인이 수행해야 할 일 중의 하나이다. 이것은 앞서 예로 보인 작품들에서 잘 드러나 있음을 알았다. 그런데 홍시인의 작품에는 시인 자신의 私的 生活에 초점을 맞추면서 가장 일상적인 사건의 詩化를 통한 공감성 획득을 노리는 경향이 있다.

밤중에 우는 전화
머리 풀고 오는 소리

또 무슨 변이 났다
비명으로 누가 갔나

밖에는 죄없이 떠는 전신주에 달이 간다

속을 만큼 속은 세상
울 만큼도 울었는데

신경성 불면증은
차라리 병이 되어

아직도
헛짚은 세상 전화보다 내가 울자

―「밤중에 오는 전화」전문

밤중의 전화벨 소리는 불안하다. 불길한 징조로 예감되는 것이다. 누구나 이러한 밤중의 전화벨 소리를 경험하고 살고 있는 것이다.

가장 일상적이고 자기만의 私的 生活의 소재인양 하고 있지만 누구나 경험하는 사건을 시조화하였다. 그런데도 이 작품이 거론될 수 있

는 것은 성인이면 누구나 경험을 되풀이하고 있는 한 현상이면서 인간
의 근원적인 불안의식을 밤중의 전화소리로 나타내었다는 점이다.

　무릇 훌륭한 시, 감동을 주는 시는 인간의 근원적인 문제에 접근했
을 때다.

고향 발치 닻을 놓고 우리 몇 집 남아 살며
있어도 없는 듯이 남남으로 지냈건만
살붙이 곁에 있다는 마음 하나 힘이었다

감겨도는 천성이라 안으로만 감춘 나날
마음은 핏줄마다 한데 얼려 살았는데
오늘은 망연한 하늘 싸늘한 달이 간다.

내 허약의 점검으로 체중기를 두고 가서
들명날명 올라설 때 그 마음을 내가 달며
갈수록 붓는 그리움 정은 자꾸 무거웁다.

내 가난을 마음하여 돈 버는 일 하시라며
알량한 몇자 글도 속으로 반가와서
일간지 흘린 몇 편을 자랑으로 삼더니만

천 리 먼 한양으로 떠난다는 어려운 말
깊숙이 젖은 가슴 무겁게 열던 그날
못참아 무정한 나도 통가슴을 울었다.

세상이 하도 편해 이웃처럼 다니건만
내게는 천리 타양 가슴이 비어옴을
잘 되라 기도로 채우며 안경알만 닦았다.

―「통가슴을 울었다」 전문

　가슴에 와 닿는 시는 일체의 수식이 없는 담담한 감정의 토로여야
함을 증명하는 시조다. 혈육의 이사를 두고 섭섭해 하는 것은 일반적

상례지만 통가슴을 울릴 만큼의 뜨거운 정을 나누었던 관계명상을 엿듣고 있으면 우선 홍시인의 인간미가 돋보이고 그와 같은 상황에 접하고 싶은 충동마저 든다.

시를 통해 감동을 얻을 수 있는 경우는, 스스로는 이루어 내지 못하지만 이루어 내고 싶은 동경과 꿈의 심상세계를 작품 속에서 만나는 경우다.

통가슴을 울 만큼의 인간애를 실감있게 느끼도록 여러 작은 사건들을 시 속에 포함시켰는데, 어느 것이나 정감어린 사건들이다. 산업사회에 밀려 인간관계도 간단한 함수관계로 분해해서 인식하는 현대인들이긴 하지만 마음의 밑바닥에는 통가슴을 울 만큼의 사랑을 나누고 싶은 심정이 잠복되어 있는 것이다.

홍시인은 우리 마음의 밑바닥에 잠복되어 있는 심상을 끄집어 내어 우리로 하여금 다시 자기 확인의 길에 서도록 한다.

이상에서 보았듯이 홍시인의 작품세계는 세계를 어떤 선입관 없이 바라본 순수직관세계가있는가 하면, 다른 한편에서는 인간 삶의 현장이라는 현실성을 추구한 작품세계가 있었다.

후자의 경우는 다시 둘로 나누어 생각할 수 있는데, 하나는 현장고발 또는 망각할지도 모르는 역사적 사실의 확인이라는 측면과 또 하나는 가장 일상적 소재를 통하여 우리 내부에 잠복되어 있는 동경과 꿈의 세계를 들추어 내는 측면이다.

어느 것이나 홍시인의 시는 독자의 상상력이 쉽게 침투할 수 있도록 하고 있으면서 독자가 새로운 의미의 실체를 발견해 낼 수 있는 범위 안에서의 시적 사고를 질주시키고 있다.

시조가 자유시의 분방을 추종하는 것만이 시조의 現代化라는 추세에 대해 근본적인 회의를 던지면서 시조는 다만 心像의 울림을 요구할 뿐이라는 점을 고집스럽게 추구하고 있음을 확인하게 한다.

어쩌면 시조의 시류를 역류시키고 싶은 심정이 그의 詩의 手法이라 해도 좋다. 의미의 함축만이 시의 장점인 양으로 또는 상징성과 은유성만이 詩의 기교인 양으로 오인되고 있는 오늘날의 시조단에 조용한 회의를 품고 홍시인은 다만 시조의 창작에 임하고 있을 따름이다.

그의 천품이 조용하고 온화하듯이 그의 시로 행한 걸음도 조용하고 그야말로 '있어도 없는 듯이' 행보하고 있음을 이번 시조집 발간으로 확인할 수 있겠다.

소박한 詩人의 탈춤꾼

- 제만자론 -

Ⅰ.

눈길 위에 찍힌 발자국은 그 누구의 흔적이다. 그 누구의 발의 움직임, 발의 크기, 발의 운동방향을 간접화하고 있고 암시화하고 있다.

언어는 한 사람의 사유세계 또는 사물세계를 복제하거나 번역한다. 발자국이 그 누구의 발의 간접화이듯이 언어는 사유의 세계, 사물세계의 간접화다.

그림이나 조각은 직접 감각될 수 있다는 점에서는 언어보다 우위다. 그러나 언어는 사물의 직접 감각은 이루어지지 않지만 사물의 그 事物性(thingness)을 확대하거나 축소할 수 도 있고, 직접 감각을 넘어서서 더 큰 감각을 유도할 수 있기 때문에 복제나 번역이란 말을 한 것이다.

복제는 모조품이지 진품은 아니다. 번역은 원본과 같지 않다. 그런데 언어를 통해 이룩된 복제나 번역은 진품의 조잡성 원본의 미숙성을 능가하여 나타낼 수가 있기 때문에 언어는 그림이나 조각보다 우위한 점을 가진다.

문학은 바로 언어를 통한 사유세계 사물세계를 보다 분명하게 보다 완전하게 顯現시키려 꾸며낸 가공의 세계인 셈이다.

Ⅱ.

시도 결국 시인에 의해 발화된 언어다. 언어는 무심히 찍은 발자국과 달리 의도성을 가진다. 즉 무엇인가를 알리는 것이다.

시인은 독자에게 무언가를 알리기 위하여 일차적으로 언어를 사용하고 이차적으로 언어를 가지고 그 무엇을 형상화한다. 그래서 독자들로 하여금 시인이 꾸민 형상들을 이해하고 거기에 동의할 것을 강요한다.

시인은 시적 허구 속에서 발화하는 탈춤꾼(Persona)이 현실의 자기와 닮아서 탈춤꾼과 시인 사이를 아주 가깝게 접근시키기도 하지만 경우에 따라서는 이들 사이를 아주 멀게 유리시키기도 한다.

제만자 시인이 만든 그의 탈춤꾼들은 가급적이면 시인 자신의 둘레에서 떨어지지 않도록, 되도록이면 자신과 구별 되지 않도록 했으면 하는 바람을 가지고 있다.

> 쟁기도 헛간에서
> 일없어 누워있네
>
> 추억 서린 남새밭
> 감자꽃 혼자 피고
>
> 지난 날 손때 같은 것
> 문지르며 보느니.

—「옛집에서」 부분

> 때묻지 않아 늘 정겨운 고향길을
> 오늘은 아이를 업고 그 길로 나서본다.

어머니 그도 찾았을 당산나무 그늘이여
―「아이를 업고」 부분

위의 작품들은 과거를 현재에 중첩(Overlap)시키고 있다. 다르게 말
하면 유년시절을 현재적 상황으로 치환해서 보고 있다. 이럴 때의 作
中話者인 시인의 탈춤꾼은 시인의 모습을 너무 닮아있다.

위에서 보듯이 諸시인의 시세계는 시인 자신의 생활과 멀리 떨어져
있지 않다. 시는 생활과 떨어지거나 현실을 초월하거나 해야 훌륭한
시인 것처럼 여겨지던 때도 있었다. 낭만주의시는 특히 현실을 초월해
서 미지의 세계를 꿈꾸었다. 그러나 시는 생활과 현실을 밀착시키기도
하고 또 낭만주의시에서처럼 현실을 초월하기도 하는 것이지 어떤 것
이 옳다 그르다할 수 없는 것이다. 시인의 생활과 시인이 처한 현실이
시에 밀착되어 있으면 독자의 감응도는 높아진다는 의미에서 諸시인
은 생활이 바탕이 된 시들을 보여주고 있는 것이다.

남향집에 짐을 풀고
첫날은 유리를 닦았다.

휘장두른 봄은
문밖에서 서성이고

두터운 손자국 눌러
봄빛 찍어보았다.
―「창을 닦으며」 부분

남향집에 살고 싶어 하던 소망을 이루고 난 이사 첫 날, 날빛이 부시
게 들어오게 창을 닦는 심사는 소박하다. 소박한 심성은 누구나 꿈꾸
는 마음의 세계다. 諸시인은 소박한 심성을 가진 탈춤꾼들을 보여주고

있는 셈이다.

Ⅲ.

　諸시인은 자연의 順理를 착실히 받아 들이려 한다. 자연은 無爲하기 때문에 펼쳐진 그대로 善이다.

> 강뚝에 서성이는
> 가을바람 저 손길
>
> 창랑이는 벼이삭을
> 앞섶으로 받는다.
>
> 지는 해 땅거미 또한
> 볏섬 지고 오는구나
>
> 저녁연기 떠오르는
> 마을 끝에 스산한
>
> 소몰이 아이들소리
> 송아지가 따라 운다.
>
> 억새꽃 한 다발 꺾으니
> 품 가득 가을이구나.

—「가을바람 속에서」 전문

　자연 속에 작중화자도 구도잡힌 자연이 되어 있다. 그리고 시 속에 등장한 사물들은 철저히 自然化되어 있다.
　찰랑이는 벼이삭과 앞섶으로 벼이삭을 받는 행위자, 소몰이 아이들 소리와 따라 우는 송아지 울음, 억새꽃 한 다발의 秋色과 그것으로 인

한 秋情 등 主客이 일체가 되거나 主客自体가 없는 자연화된 시의 세
계다.

> 산자락 멈춘 자리
> 늪이 하나 눈을 뜬다
>
> 가다듬은 바람결도
> 지나다 멈춘 곳에
>
> 다복솔 여린 눈빛이
> 외등인양 밝힌다.
>
> 부러진 지난 몇 날
> 서레질로 끌어들여
>
> 머리말 선이 굵던
> 손금이 다진 자리
>
> 무성한 덩굴이 오르면
> 돌아와 앉을 곳
>
> —「빈터」전문

자연이 살아 숨쉬고 있다.

諸시인은 物活論的 世界觀에 자신을 놓고 자신을 자연에 安住시키
거나 歸依시키려 한다.

자연을 달리 이름붙일 것도 없이 諸시인의 현실이고 바탕이 되어 여
기서 벗어나지 않으려는 것이다. 곧 자신을 自然化함으로써 자연이 따
로 존재하지 않는 시의 세계를 보여준 셈이다.

이상 몇 가지 점에서 諸시인의 작품세계를 더듬어 보았다.

諸시인의 첫 시조집은 이렇게 소박한 꿈을 펼쳐보임으로써 시에 감

응하려는 이들에게 쉽게 접근하도록 하고 시의 진미에 취하도록 한다.

詩語의 응축이나 과감한 절제를 그는 좋아하지 않는다. 물론 응축이나 절제를 통한 작품들은 의미의 폭이 넓고 두텁기 때문에 多義的인 해석이 가능해진다. 그래서 시는 그런 방향으로 쓰는 것을 권하는 이도 있지만 그런 방향만이 시의 바른 길은 아니다.

시는 독자가 쉽게 접근할 수 있도록 또 쉽게 감동할 수 있도록 써야 한다는 시창작 이론도 상당히 설득력을 가진다.

물론 諸시인의 작품들은 후자의 견해에서 비롯된 것들이다.

諸시인은 시적 대상을 소박하게 번역하여 진본에 가깝도록 그려보려는 소박한 시인임은 앞에서 지적한 그대로다. 그런 그의 의도를 살려서 그의 작품을 읽는다면 그의 작품들은 독자들에게 깊은 감동을 줄 것임에 틀림없다.

詩와 畵의 만남

- 민병도론 -

Ⅰ.

藝術은 個性을 生命으로 한다. 個性은 意識的으로 表現되는 것이 아니라 抑制하고 抑制한 그 밑바닥으로부터의 자연스러운 분출이어야 한다.

閔詩人의 시조 속에는 그만이 가진 個性이 뚜렷하다. 그의 詩的인 個性은 우선 東洋畵風의 技巧를 가지고 있다는 점을 들 수 있다.

첫째, 省略을 통한 完備를 꿈꾼다. 東洋畵는 省略을 시도하는 그림의 세계다. 이때의 省略은 畵面의 고의적인 缺乏에서 비롯되는 것이 아니라 完備를 이루고자 하니 어쩔 수 없이 만들어지는 省略이다. 다시 말해 形相을 비워놓음으로써 觀照 속에 그 形相이 뚜렷해지는 것, 그것이 바로 東洋畵風이다.

비 오는 날 잃어버린
그대 回信의 끝머리엔

언제나 채우다 만
투명한 잔이 놓였지만

저물녘 그와의 사이를
가로지르는 종소리.

―「강」

그는 우선 單首로서 한 작품을 만드는 취미를 가지고 있다. 單首로서 詩想을 應縮한다고 할 때, 여기에는 과감한 言語의 節制(또는 切除)가 요구된다.

앞의 작품은 回信의 의미를 되새김하는 비 오는 날의 思索을 읊고 있다. "비 오는 날"과 "언제나"가 意味上 모순 같은 느낌이 들지만 여기서는 이런 사소한 문제보다는 "채우다 만 투명한 잔"이라는 말에 귀를 기울일 필요가 있다.

투명하다는 것은 확실하다는 이미지, 정확하다는 이미지가 깃들어 있는 말이다. 또한 잔은 채워지기를 기다리는 도구인데 여기서는 채우다 만 잔, 그것도 투명한 잔이라는 것이다.

채우려고 기도했던 순간이 채우기가 중단되고 말았다는 것은 의도대로의 이행이 어쨌든 어긋나 버렸음을 의미한다. 이것은 다음의 저물녘 종소리와 결부된다. 저물녘은 未解決의 의미를 남기는 시간이며 다음날의 기약을 위한 순간이다. 그러나 여기서는 기약이 배제된 未解決의 의미를 남기는 순간으로 이해되고 만다. 그것은 앞의 "채우다 만 투명한 잔"이란 말과 종장의 "그와의 사이를 가로지르는 종소리"와 결부해서 해석해보면 저물녘은 미해결의 意味를 가진다.

따라서 이 작품은 이루지 못한 未解決의 어떤 情況이 詩로 나타난 것이다. 이 未解決의 情況도 무슨 그리고 어떤 연유로 비롯되었음을 빈칸으로 남겨놓았다. 상대도 어떤 사람인지 모습을 보이지 않는다.

시에 있어서 빈 칸(Leerstelle)은 필연적이기는 하나 이 작품처럼 單首로 집약함으로 해서 빚어지는 여유 있는 빈칸은 그렇게 쉽지 않다. 이것은 意味의 完備를 위해서 省略하는 技法(東洋畵에서는 이 技法이 生命이다)이요, 讀者를 보다 적극적으로 詩 속에 함유시키려는 야심이기도 하다.

둘째, 그의 작품 속에는 東洋畵의 Setting이 자주 보인다.

    철길을 걸어서 가는
    삼등열차 창가에 기대

    누군가 찢어날린
    하이얀 戀書를 본다.

    구름은 욕망을 삭히며
    솔바람을 씹는 오후.

―「白鷺」

지금 作中話者는 기차 안의 위치이며 詩의 情況展開를 바라보는 입장이다. 시를 이루는 소재는 백로와 구름과 솔바람이다. 이것은 구름이 날리는 상황 아래에 老松이 있고 거기에 백로가 깃드는 전형적인 東洋畵의 Setting이기도 하다.

    차마 가슴은 뜨거워서
    어깨 위에 내리는 달빛

    너는 내 청각 밖에
    저승도 끌어올 모양
    뱉어서 가득한 갈망을

명주실로 감는가.

—「귀뚜라미」

여기서도 달빛이 있고 거기다 풀잎 끝에 귀뚜라미가 있는 듯한 東洋畵를 쉽게 연상시키는 작품이다.

사실, 동양화는 보통사람의 눈에는(특히 서양사람들의 눈에는) 소재의 반복과 같이 단순하게 보이고, 그리하여 권태를 느낄 수도 있다. 그러나 東洋畵의 묘미에 익숙한 사람들의 눈에는 단순한 소재와 그로 인한 構圖 속에서 무한정한 내면적 의미를 해석해 낸다. 표현은 단순하면서도 의미는 완전한 기풍이 바로 동양화라 할 수 있다.

閔詩人은 바로 이같은 동양화의 Setting을 통한 의미 축출을 무섭게 노리는 詩人이다.

외로 지킨 月曆 한 장을
언 가슴에 접어놓고

땀 개인 손금 밖으로
葉書처럼 날아든 땅

꺾어 문 갈대 한 잎이
핏빛으로 물이 든다.

—「기러기」 부분

동양화 속에서의 기러기는 갈대 줄기를 입에 물고 날아가는 경우가 흔하다. 이는 기러기를 잡기 위해 그물을 쳐 놓았을 때 이 그물에 걸려들지 않게 하기 위해서 갈대줄기를 입에 문다는 것이다. 그러나 사실은 기러기가 실지로 갈대줄기를 입에 물고 飛行을 한다고는 할 수 없다. 이것은 豫見者的 存在로서 기러기를 認識하려는 東洋畵家들(나아가서는 동양시인들)의 기러기에 대한 애착으로서의 表現일 뿐이다.

이같이 閔詩人은 畵風으로서의 詩를 생각하기 때문에 그리고 이것이 詩 속에 투영됨으로 해서 그의 詩를 한층 더 個性있는 作品으로 승인받게 된다고 볼 수 있다. 이것은 畵家이면서 詩人인 閔詩人이 이룬 독특한 한 경지라고 해도 좋다.

Ⅱ.

詩는 讀者에게 詩的 命令(Poetic Fiat)을 가한다. 일상적인 생활을 영위하던 사람이 일단 시를 대하는 독자가 된 순간, 그는 시가 요구하는 사항을 준수하려 든다. 다시 말해 독자는 시 속의 인물과는 실제로 상당한 거리 밖에 있지만 시 속의 人物이 저지르는 행위를 독자가 승인하도록 詩는 끝없이 요구하는 것이다.

閔詩人이 만들어낸 詩 속의 人物(이를 詩人의 탈이라고도 한다)은 참으로 섬세하고 착한 人物들이다.

> 기약도 바람이 불면
> 갈꽃처럼 날리는 것
>
> 정적이 쏟아진 둥지를
> 여여히 달빛은 들고
>
> 십리 밖
> 겨울행 막차로
> 산도 바다도 떠나고 있네.
>
> —「에덴공원의 황혼」 부분

하나의 정경의 시(Panoramatic poem)라 할 수 있으리만치 섬세하고 정감있게 묘사되어 있다. 이같은 섬세함의 發言者는 굳이 閔詩人의 탈이랄 것까지도 없다. 그는 늘 人間의 삶을 퍽 조심스럽고 또 빈틈없이 갖추고 살려고 하는 (그래서 그는 퍽 예의를 차리는 사람이기도 하지만) 마음의 소유자다.

그는 또한 선량한 기품의 소유자임을 그의 시는 말한다.

검은 치말 허리 두르고
잡목림에 안기는 저녁
남 몰래 탑심을 끌어와
설레이는 작은 별들은

신앙의
내안을 지켜온
탄혼과도 같은 것.

왁자하던 그 길목에
외롭게 돌아서서
말없이 잔을 권하는
네 가난한 시선 밖은

나룻배
뒷산을 싣고
은빛 축복을 건넌다.
떠나는 것끼리 모여
파장을 걷는 모습

밤 새워 일어서는
꿈의 씨를 뿌렸다가

기러기
감춘 하늘에
순정의 탑을 쌓는다.

―「떠나는 것끼리 모여」

閔詩人에게는 오염되지 않은 原始의 풀빛이 보인다. 그래서 그런지는 몰라도 그의 시는 人間的이다. 純正性(또는 純情的)이라는 것이다. 이러한 경향은 그의 시의 주류를 이루고 있다.

詩가 이 고도한 산업사회의 비인간적 상황을 정확하게 表出함으로써 대중에게 현실인식을 바로하게 하는 일도 중요하지만 잃어버리고 놓친 인간미의 재현을 챙기는 일은 더 값진 것일 수 있다.

閔詩人의 시조작품에 대해서는 더 하고 싶은 이야기가 많지만 행여 나의 近視眼 때문에 작품을 그르치는 경우를 낳을까봐 이만 붓을 삼가야겠다.

확실한 것은 그의 시조작품이 한국시조단에서 차지하는 비중이야말로 만만하지 않다는 점이다.

閔詩人의 文運을 빌며.

接合術과 인정 美

- 柳泉론-

Ⅰ.

　詩人은 體驗을 소중한 재산으로 삼는 사람들이다. 체험을 자기만의 것인양 또 어떤 때는자기 것이 아닌 남의 것인양, 꾸미기를 잘 하는 사람도 시인이다.

　柳泉의 시조에서 보이는 체험은 자기 것처럼 혹은 남의 것처럼도 보이는 이중성을 보인다. 그리고 체험의 시적 처리가 잘 되어 있다.

　체험의 시적 처리란 단순한 체험의 기록 또는 체험의 보고가 아니라, 美的 情緒를 수반한 체험의 세계를 말한다(시는 이렇게 해야만 독자에게 공감의 여지를 제공하게 되는 셈이다).

　　설운 눈물도 없이
　　허리 접고 앉은 三冬

　　傷寒을 다독이며
　　골을 우는 산꿩인양
　　치부책 갈피갈피에

도랑물이 녹는다.

―「待春」 부분

初章에서는 三冬(계절의 의미와 生活上에서 느끼는 의미가 含有되어 있다) 속에서의 蟄居, 中章에서는 傷寒인데도 골을 울리는 산꿩의 행위(傷寒을 의식하지 않으려는 행위), 終章에서는 詩的 自我가 생활의 기록을 통하여 얻고자 하는 所望의 세계로 구성되어 있다.

여기서 눈여겨 보아야 하는 것은 詩的 自我와 산꿩을 일치시켜 놓은 일이다. 이 관계를 圖式化하면 다음과 같아 진다.

산꿩 ― 傷寒 속에서의 존재
골을 울리는 행위자(봄을 기다리는 신호의 발설자, 또는 겨울을 거부하는 거역자)
시적 자아 ― 허리를 접힌 三冬속의 존재
치부책을 펴는 행위자(삶 속에서 봄을 기다리는 자 또는 현재의 三冬같은 삶을 거부하는 자)

이렇게 볼 때 이 시조는 자연에 대한 단순한 관조가 아님을 알게 된다. 그는 이같은 자연현상을 해석하고, 해석한 그 결과를 시적 자아와 나란히 並列시켜 놓고 있다.

그의 시조에는 이같은 接合術이 자주 보인다.

깊은 샘 地心 씻어
무지개 심은 눈망울

타는 갈증 온 삭신 비벼
이슬 한 모금 갈구하도
언제나 헛발질하며
파리 쫓는 소가 된다.

―「인형살이」 부분

여기서도 앞에서와 같은 유형을 보이고 있다.

파리를 쫓기 위해 헛발질을 하는 소와 타는 갈증을 해소하기 위해 헛되게 삭신을 비비는 詩的 自我와 竝列의 형태다.

이 같은 詩的 自我는 사실 柳泉 자신과 아주 흡사하게 접근되어 있는 탈인 것 같기도 하고, 그렇지 않은 일반 대중의 얼굴인 것 같기도 하다. 어찌했건 체험을 나타내되 독자의 공감을 위한 여지를 늘 남겨놓고 있다. 그렇기 때문에 작자 자신의 體驗의 詩化였다 하더라도 讀者는 마치 독자 자신의 체험인양 느끼게 된다.

II.

現代詩에서의 詩的 自我는 몰인정하고 각박하다. 너무 둔탁한 금속성의 소리를 낸다. 이것을 評者에 따라서는 기계문명의 살벌함을 그대로 반영하는(고발하는) 표현이라고 말하기도 한다. 그러나 柳泉의 경우엔 고도의 산업사회일수록 人情味(人情美)를 발휘해야 한다는 태도이다.

> 에미는 온낮을 비우고
> 애비는 밤도 비우는
>
> 새장 속 갖혀 맴을 도는
> 착해서 미운 아들아
>
> 겨울이 심심할수록
> 자꾸 그리거라 눈사람.
>
> 애비는 어렸을 적
> 썰매로 허기 채우며

골목도 얼음 들판도
발바닥 먼저 키워주다

외롬이 동산만 하면
구름 따라 연도 띄웠지

—「겨울밤에 부친편지」 부분

여기서의 시적 자아는 父性愛로서의 자상한 모습이다.

겨울이 심심할수록 눈사람을 그리라는 것은 눈사람과 대화로서 심심함을 극복하라는 것이다. 이것은 외롬이 동산만하면 연을 띄워서 연과의 대화를 통해서 외롬을 극복하였다는 시적 자아의 幼年을 재생시키는 일이다. 아들에게 무언가 위안을 주려는 父性愛의 모습은 역력하다.

어쩌다 늦잠들은 얼굴에
잠시 머문 수줍은 눈길

남창 밖 거닐다 엿보던
한오큼 햇살이 앉아
초라한 나의 이름을
서럽도록 投射하고 있다.

—「그대 얼굴」 부분

나의 이름을 投射할 수 있는 사람이란 아내다. 시적 자아는 자신의 초라함으로 인하여 아내까지 초라해 보인다는, 어쩌면 自虐的인 愛妻像이다.

한 마디로 그의 시 속에 나타나고 있는 시적 자아는 인정어린 사람들이다.

앞에서도 말했지만, 現代詩는 너무 살풍경한 固體性을 보여주고 있는데, 柳泉의 시조 속에는 아직도 인정어린 原始의 꿈이 있다.

진정한 행복과 삶의 진지성

Ⅰ.

책을 읽는다는 것, 특히 그 중에서 시를 읽고 분석한다는 작업은 시인의 정신적 세계를 자신의 의식과 하나로 만드는 데에 있다. 보통 이상의 감수성과 의식의 수준 없이는 이에 도달하는 것은 매우 힘든 일이다. 그럼에도 이 단계가 분석의 최종적인 지점이 아니라 단지 시작이라는 것에 어려움이 있다.

그런 능력에 대한 회의 속에서도 이 시집의 서평을 적을 수 있게 된 것은 시인이 아주 친절하면서도 쉽게 자신의 시정 세계 속으로 독자들을 이끌어가는 흡인력을 크게 보여주고 있기 때문이다.

추창호 시인의 시 세계는 너무 깊이 내려가지도, 너무 높이 올라가지도 않은 곳에 자신의 시적 세계를 만들어 놓고 있다. 이는 시가 가진 가장 적당한 위치를 의미한다. 시는 철학도 신학도 자기비탄도 아니다. 시는 형이상학도 형이하학도 아닌 그 중간에 위치한 장르라는 점을 이 시집은 일깨워준다. 다시말해 추창호 시인은 『낯선 세상 속으로』에서 현실에 함몰되어 자기비탄에 빠지지도 않고, 현실에서 벗어나 낭만적 이상에 빠지지도 않는다. 그는 현실과 이상 사이의 적당한 거리에서 그의 시적 세계를 펼쳐 보여준다.

Ⅱ.

이 시집은 인간 현실보다는 좀 더 자연 쪽으로 그 방향을 잡고 있는 듯하다. 이는 표면적으로 좀 이상한 듯한 일이다.

그러나 한 인간이 인간이기 이전에 하나의 자연이라는 사실에서 의문은 그 방향을 잡아간다. 그러면 인간이 자연이라면 그 자연이 만든 산물로서의 인간 현실도 또한 자연이 아닌가.

어느 비평가는 이러한 인간 현실의 자연을 원초적 자연으로부터 분리하기 위해 '제2의 자연'이라는 말로 부른다. 이 '제2의 자연'은 제도와 규범에 의해 지배되는 '멀어진 자연'이라고 할 수 있다. '멀어진 자연'으로서의 인간 현실을 가장 단적으로 드러내는 이미지는 콘크리트의 메마름과 딱딱함이다.

> 녹색의 허리춤은 난타하는 포크레인
> 피멍든 살점들이 갈기갈기 찢겨지고
> 실세의 아파트 군단 수면 위로 부상한다
>
> 죽지 꺾인 풀잎들이 암장된 환부마다
> 승리의 축배처럼 놓여지는 보도블록
> 갖가지 바람몰이로 마당극을 펼쳐낸다.

—「新도시」 부분

야성은 거세되고 옹벽은 더욱 높아 가는 (「新도시」) 문명의 세계는 기계적 폭력이 난무하는 곳이다.

포크래인 거친 날에 풀꽃이 잠을 깬다
와그르 무너지는 어머니 가슴 같은 산
부러진
날개 저 죽지
떨어진다 살점이...

—「宅地 개발」 부분

　기계의 폭력으로 상징되는 문명의 파괴에 소박한 大地母로서의 자연은 사라지고, 인간 현실은 메마르고 삭막해진다. 자연을 몰아내고 그 자리를 가득 채운 문명들은 인간에게 풍요함과 행복의 기호로서 자신들을 몰아내고 표상하고 있다. 그러나 시인은 도시가 문명의 기포들로 가득 찰수록 더 깊은 절망과 공허에 빠진다.

깎아 세운 차운 빌딩 그 수척한 키만큼
불 밝히던 그리움 층층이 꺼져 있다
그물에 걸리지 않는 바람 번화가를 질주한다

—「낯선 세상 속으로」 부분

　콘크리트의 그 견고한 두께는 절망과 소외도 그만큼, 아니 그 이상으로 인간에게 선물한다. 이상스럽게도 인간은 자신이 만든 사물들에 친숙해지지 못하고 점점 낯설어지면서 그 사물들에 억눌리는 이상한 풍경이 만들어진다.

　바로 여기서 내재된 시선의 이동 ─ 자연에의 동화가 생기는 것이다. 왜 인간은 자신이 만든 사물에서는 낯설어지면서, 자신이 만들지 않은 자연에로 기울어 가는가. 이는 시인에게 있어 자연, 혹은 자연과의 동화란 어떤 의미를 가지는가라는 물음으로 대신할 수 있다.

세상사 비껴 앉은 조그만 야산 하나
오고 간 많은 사연 숲길에 갈무리고
푸른 품
가만히 젖혀
바람소리 듣고 있다

—「야산」

    현실의 일상사에서 한 발짝 비껴 나 있는, 아니 비껴나게 하는 그것
이 바로 자연이다. 그러면 시인이 자연을 발견하는 것은 다만 현실에
서 한 발 비껴 삶의 여유를 가지기 위함일까. 그렇다면 시란 너무 안이
한 것이 아닐까.

    시인에게 자연과 그 속의 사물들은 인간의 순박한 본성에 대한 하나
의 代喩다. 아니 그보다는 인간의 소박한 삶과 그 진실의 거처일 것이
다. 인간이 소박한 자연 속에서 벗어나 제 2의 자연인 사회 속으로 편
입되자 인간의 원초적 삶의 소박함은 사라지고, 시인의 탐색은 시작된
다. 시는 바로 이 잃어버린 자연에 대한 탐색의 산물인 것이다.

담쟁이 넝쿨 사이
얼굴 내민 팔방미인
흰 구름 받쳐놓고
하늘 한 폭 동여놓고

진초록
그물을 짜는
저 직녀의 환한 웃음

—「나팔꽃」

Ⅲ.

　시인은 그 자연 속에서도 아주 작은 사물들을 선택하여 그 속에서 순수한 삶의 원형을 발견하고 있다. 이 작은 사물들은 주로 꽃들이다. '나팔꽃', '호박꽃', '파초', '감', '풀' 등 아주 작은 사물들이 시인의 자연이다.

　이들은 세계의 진실을 열어주는 문이자 그 진실이 인간을 바라보는 눈이다. 인간이 잃어버린 '환한 웃음'을 알려주는 '나팔꽃', '둥그런 정을 건네며 둥글둥글 살라'하는 '호박꽃', 인간의 가슴 밑바닥에 숨은 넉넉함을 일깨워 주는 감나무의 '까치밥' 등, 시인은 바로 이런 자연의 자그마한 사물들 속에서 인간의 본연적 삶의 모습을 발견한다.

　작다는 것은 연약하고 왜소한 것이 아니다. 그 작은 사물들은 세상의 거대한 벽을 뚫고 자신의 생명을 요구하고 만들어낸다.

> 돌담가 외진 자리 버려진 호박씨 하나
> 질박한 자궁에서 끈질기게 살아남아
> 태극선 푸른 잎새로 조선 하늘 열고 있다.
>
> ―「호박꽃 산조」 부분

　시인에게 삶의 현실은 생명을 잉태할 수 없는 '자궁'에 비유된다. 현실은 스스로 더 이상 생명을 피워낼 수 없다. 오히려 현실은 살아있는 모든 것을 파멸시키는 죽음의 힘이다. 그러나 아주 작은 호박씨 하나는 그 현실의 무자비한 힘을 이기고 자신과 우주를 연다.

　그렇다고 해서 시인이 현실의 삶을 버리고 자연 속으로 자신을 숨기는 것은 아니다. 그가 자연 속으로 나아가는 것은 다시 삶의 현실로 돌아가기 위함이다. 갈기갈기 찢겨진 삶의 절망을 이기기 위해, 그리고 그 속에서 삶을 포용하고 치유하기 위해서다. 그래서 시인은 절망 앞에서 항상 새로운 생명의 기운을 발견하는 것이다.

거세된 야성만큼 옹벽 더욱 높아 가는
햇살도 숨이 가쁜 그 견고한 절망 앞에
담쟁이 여원 너울이 낮은 포복 중이다

―「新도시」부분

바로 여기가 시인의 시조가 지닌 전반적 특징이 드러나는 곳이다. 절망에서 희망으로의 전환, 이 책에 인쇄된 대부분 시조들이 가진 형식적이고 내용적인 구조가 바로 이것이다. 태풍이 지나간 폐허는 다시 삶이 시작되는 장소라는 역설적인 삶의 인식이 시인의 깨달음이다.

믿음은 저항 앞에서 너무 쉽게 무너졌다.
폐차장 풍경처럼 짓이겨진 길을 따라
허구로 다져온 실체 그 상처를 확인한다

휩쓸려 떠난 것은 집뿐이 아니었다
든든한 대들보가 사체로 누워있는
움푹 팬 뻘 구덩이가 殺意로 번득인다

뻥 뚫린 가슴팍에 젖먹이는 칭얼댔다
황톳물 설움으로 긴장 다시 곧추세운
폐기된 삶을 일구는 저 무한한 삽질 소리.

―「우기를 지나며」

IV.

시는 문명과 자연 사이의 대립을 지칭하는 언어가 아니라, 문명과 자연 사이 그리고 삶의 현실과 희망 사이에 벌어진 간격을 기워내는 진지한 몸짓이다.

　시인이 자신의 시에서 이러한 간격을 메워내는 작업으로 선택한 것이 바로 '공구적 상상력'이다. '工具'라는 것이 암시하고 있듯, 이는 시인이 얼마나 현실적인 삶에 밀착하여 있는 지를 잘 보여준다.

　　　힘 벅찬 삶의 질량
　　　꺾이고 휘인 날들

　　　등허리 한 번쯤은 펴고도 살아야지

　　　꽉 다문
　　　어금니 소리
　　　녹슨 과거 절단한다
　　　　　　　　　　　　　　　－「아름다운 공구를 위하여2 － 펜치」

　'펜치' '몽키스페너' '톱' '대패' 등은 그냥 인공물들을 만드는 수단이 아니라 삶을 수선하고 치유하는 것들이다. 아픈 과거, 삶의 상처, 좁힐 수 없는 인간들의 관계들은 바로 이런 공구적인 것들의 힘을 통해 치유해내고자 하는 것이 시인의 의지다.

　　　녹 슨 생각 하나 벌어진 틈새만큼
　　　몽키의 믿음으로 조이고 풀어 가면
　　　서릿발 돋은 가슴은 물소리로 흐른다

　　　생살이 문드러진 피멍의 나날들
　　　혼신의 힘을 다해 자르고 깎아 내면
　　　무늬木 선명한 결이 햇살로 반짝인다

　　　　　　　　　　　　　　　－「아름다운 공구를 위하여1」

이 삶을 치유하는 공구가 바로 자연(혹은 그 속의 사물들)이다. 자연은 인간을 삶의 절망과 상처 속에서 더욱 강하게 만든다. 인간을 담금질하여 강하게 하는 것은 시련이 아니라(시련일 수도 있겠지만, 그러나 그보다는) 행복이다.

자연 속의 사물들 하나하나는 시인을 행복의 정점으로 데려간다. 시 속에서 그 행복의 다른 이름이 바로 행복한 유년의 추억이다. 이 유년은 시인의 존재를 강화시켜 준다.

시인은 작은 자연 속의 사물 하나하나에서 그의 유년을 발견한다. 그 사물들 속에서 시인의 유년은 아련하게 '실루엣처럼 흔들린다'(「감」).

소슬바람 불어오는 도심의 텅 빈 하늘
가슴 속 향수마저 회색빛에 물드는데
담벼락 외진 자락에 활짝 웃는 맨드라미

과일마다 가을빛이 소담스레 스밀 때쯤
어머니 주름치마 그 한 끝을 잡아들면
속정도 어우러지게 올망졸망 살라던

잊혀진 얼굴들이 언 듯 설핏 다가선다
신명난 굿 장단에 어깨춤도 흥에 겨운
노랗게 물든 얘기가 지천으로 피고 있다.

―「맨드라미」

V.

삶은 진정으로 살아가는 자에게만 자신의 속내를 드러내 보이는 것일까. 시인들은 우리가 바라보는 삶의 현상에 감추어진 속내를 언뜻언뜻 드러내 보인다. 추창호 시인의 시조들도 그런 작품들이다. 웅변이 아니라 가만가만한 속임으로 독자들에게 들려주는 목소리는 가히 아름답고 진지하다. 그것은 그저 현상적인 아름다움이나 비참함에 취해 감정의 토로에 그치는 감상이 아니라 인간의 진정한 행복과 삶의 태도를 진실한 어조로 전달하고 있기 때문에 감동적이라 하겠다. 삶을 진실하게 살아가는 시인의 어조이자 「낯선 세상 속으로」라는 시조집 전체의 주제를 아래의 시는 잘 드러낸 준다.

<blockquote>
녹색의 바람들이 두런두런 먼길을 떠난다
할퀸 상처가 깊을수록
따듯한
산의 속삭임
동화처럼 오리라
</blockquote>

- 「宅地 개발」 부분

　이 짧은 서평을 통해 시인의 정신적 내면의 지도를 다 그릴 수 없다. 다만 시인의 정신을 살짝 훔쳐 본 정도일 뿐이다. 시인이 무엇을 말하고자 했고, 이 시조집의 대략적인 내용이 어떠한 지를 어설프게 헤아려 본 정도다. 여기서 언급한 시들 말고도 가족에 대한 시들, 가벼운 일상들을 통해 삶의 진실을 전달하고 있는 시들, 사랑에 대한 시들 등 많은 다른 작품들은 독자들이 직접 접해보길 바란다.

　끝으로 어느 것이나 시를 향한 진지성과 시의 밀도를 위한 각고가 잘 드러나는 그의 작품세계는 독자들에게 많은 호응을 얻기에 충분하다는 말을 남기고 싶다.

童心의 순수

-주강식론-

Ⅰ.

문학은 작자가 작품을 통해서 독자에게 던지는 담화이다. 그러므로 發話者는 話者이고, 또 作者의 지향하는 의미가 청취되도록 記號化한 것이 文學作品인 셈이다.

이럴 때, 제일 먼저 문제 삼을 수 있는 것은 作者의 지향하는 의미가 누구에게나 다 청취가능한 것이 아니란 것이다. 기초적인 설명으로는 문자해독 또는 언어해독이 가능해야만 可聽이 되는 것이다. 그 다음 문제는 독자의 취미나 이해능력에 적합한 장치를 포함해야 하는 것이다. 그러니까 손쉬운 말로 문학작품은 누구를 겨냥한, 누구에게 소모되기를 위한, 누구를 위해서 만든 商品이라고 해도 크게 틀리지 않는다.

童話作家는 어린이의 세계를 잘 이해할 수 있는 사람으로서 그런 세계에 흥미를 가지는 사람들, 또는 바로 어린이들을 독자로 모시고 싶어 하는 문학인이라 할 수 있다.

성인소설은 독자가 성인이어야 하는 이유가 소설 속에 내포되어 있어서 어린이들에게는 이해가 되지 않거나 흥미가 없는 문학세계이므로, 어린이들은 자연히 청취자(독자)가 될 수 없는 문학이라고 할 수 있다.

두 번째로 문학이 독자를 겨냥한 작자의 음흉한 담화라고 한다면 무엇을 어떤 방식으로 담화하고 있느냐하는 문제이다. 이야깃거리 중에서 왜 하필이면 그런 문제를 그것도 그런 방식으로 이야기해야 하느냐하는 것이 문제가 된다는 것이다. 그런 문제라고 할 때의 그런 문제는 주제의식에 해당되는 것이고 그런 방식이라 할 때의 그런 방식은 語調, 스타일, 修飾, 등에 관한 문제인 것이다.

Ⅱ.

이 시조집의 作者 周詩人이 요망하고 있는 讀者層은 누구일까. 과연 그는 누구에게 읽히기를 기대하면서 이런 勞役을 했을까?

이 문제는 물론 문학작품 내부에 담겨있는 것이기 때문에 그의 작품을 뜯어보면 대략 감잡을 수 있는 일이다.

첫째, 그의 작품은 동심의 순수를 꿈꾸는 층을 겨냥하고 있음을 손쉽게 발견할 수 있다.

> 참으로 몇 년만에
> 고향마을 찾아가니
>
> 산들은 우쭐우쭐
> 개울도 눈 뜨더라
>
> 포장된 동구 앞길엔
> 마중 나온 어린 시절

—「고향길」부분

> 토란잎 피마자잎

           뒤웅박 속 잡곡도 넣고

           달집에 소망을 담아
           정화수를 받쳐드니

           둥두렷 떠오른 한 해
           억조창생 굽어본다

―「정월 대부름」부분

　여기서 보듯이 周詩人의 시에는 幼年의 시절을 다시 회상하게 함으
로써 잊혀버린 鄕心을 다시 불붙게 한다. 이것은 동심의 세계로 다시
원위치시키는 일이기도 하다.
　세월의 부피가 두꺼워지면 질수록 동심의 순수와는 거리를 두고 살
수 밖에 없는 오늘의 이 産業社會를 원망이라도 하듯이 그는 동심의
순수를 고향을 통해 보여주기도 한다.
　한편으로는 동심의 기억으로 돌아가서 사물을 바라보는 순수세계
가 있다.

           연두빛 잔디밭에
           하늘빛 마음들이

           손에손에 손을 잡고
           가슴을 열면

           온세상 불빛이 고운
           초록빛 마음된다

           일렁이는 고운 숨결
           강물되어 흐릅니다
           내 가슴 묵정밭에도

푸른 피가 돕니다
한 뜨락 가득한 숨결
하늘로도 흐릅니다

—「5월의 잔디밭에서」 전문

파랗게 바라보면
파랗게 밀물지고

노랗게 바라보면
노랗게 밀물진다

그 맛에
때묻은 하루
나날이 지켜선다

—「신호등」 부분

달걀만한 목숨들이
대지를 채우려고

생명의 소리소리
뜰안 가득 외친다

한 씨알 담긴 목숨이
저리도 넉넉한가
햇살도 민망한
저맑은 눈동자에

아직도 피가 서툰
샛노란 부리들이

한사코 빼앗고 빼앗는
기가 찬 먹이쟁탈

—「병아리」 전문

그의 시세계의 대종을 이루는 것은 이같은 동심적 시각이다. 素材
또한 동심을 불러일으키기에 넉넉한 것들이 많고 心象 또한 마찬가지
다.

이처럼 周詩人의 시세계는 동심의 순수를 잘 보여주고 있으며 이러
한 세계를 憧憬하는 독자층을 위한 헌신적 노력이 엿보인다.

둘째로 周詩人의 작품에서는 사물을 단순구조로 파악하려는 마음
의 소유자를 요구하고 있음을 알게 한다.

그의 詩는 점층화되고 다층화된 기계문명 속에서 이것과 대처되는
단순구조적 의식을 부르짖는다고도 할 수 있다.

　　　강원도 가는 사람
　　　강원도 보따리

　　　전라도 가는 사람
　　　전라도 보따리

　　　보따리 보따리 마다
　　　사연 다른 가슴들

―「역」부분

　　　경상도 대추 생강이
　　　전라도 토주 속에 잠기면

　　　온 몸에 스미는 정
　　　씨눈까지 열려서

　　　지리산 경계 같은 것
　　　그 껍질도 허물어진다

　　　따끈한 모주 한 잔

가슴이 열려지고
내장을 데우는 정
하늘빛이 새로워

불현듯 안경을 벗고
맑은 눈을 마주한다

─「전주모주」 전문

  그의 시는 의식의 표층 쪽을 지향한다. 심층적 복합적 의식을 따지려 드는 작품들이 아주 적다. 外的事物의 심층적 분해를 주저하는 시인이 바로 周詩人이란 말이다.

  왜 그는 이처럼 外物의 世界를 可視化 하는 데에 중점을 두고 있는 것일까. 그의 시적능력으로 보아 좀 더 심화된 외면세계를 나타낼 수도 있었는데 이처럼 外物의 세계를 가시화하는 일에 몰두하는 고집을 보일까.

  이러한 의문은 그의 시를 읽고 난 독자이면 한번쯤 품어볼 만한 의문이기도 하다.

  이 문제는 그의 시 전체를 통해 중요한 물음이 되기도 한다. 그러나 문학이 한 가지 정서 한 가지 방법으로만 이룩될 수도 없고, 또 여타의 作風에 무조건 추종할 수만도 없는 것이 문학이라는 점에서 보면 이러한 물음이야말로 가장 周詩人의 作風이라고도 할 수 있는 것이다. 단순성으로서 획득될 수 있는 이미지의 선명성 또는 詩的事實의 명료성을 강조하려고 할 때에 이와 같이 사물의 단순구조적 파악이 일어나게 되는 것이리라. 이렇게 본다면 이것은 그의 개인적 집념에 해당되는 일이지 다르게 설명될 일이 아니다.

  다시 말하면 이것은 사물을 단순구조로 파악하려드는 진솔성의 독자에게 신선감을 주려는 그의 시적 노력이라해도 무방하게 된다.

Ⅱ. 현대시조의 미적 가치 127

Ⅲ.

시에 있어서 語調(tone)는 주어진 시적 상황 속에서 작중인물의 인물됨을 보여주는 발언행위다. 이 발언이 독자로 하여금 동조자 또는 증인으로서의 역할에 참여하도록 작중인물로 하여금 태도를 독자에게 보이는 것이다.

이럴 때 작중인물은 대상에 대해 비난하거나 칭찬을 한다. 또한 겸손한 표현으로 우대하거나 냉정한 말로 비판하는 발언을 하게 된다. 이러한 작중인물의 어조에 독자는 동조자 또는 증인이 되는 것이다. 그런 역할을 독자가 거부한다면 독자는 시를 읽을 수 없게 된다. (이것을 독자의 text 거부권 행사라 하지만)

그의 시가 지닌 어조는 현실을 냉철히 비판하는 高調를 우선 들 수 있다.

바다의 아픔은
파도로 일어섰다

깨어지고 부서져도
일고 또 일어서서

절규는 불꽃이 되었다
던져진 자유가 되었다.

―「태산을 넘는 파도」 부분

성긴 햇살 사이
비집고 드는 찬바람

창자를 휘젓고
속살까지 시리게 한다

얼음 속 키워온 목숨
차가울수록 날이 선다

―「겨울 모퉁이」 부분

국회의원 박○○ 조○○씨
단일화를 위해 삭발했다

말로서도 글로서도
진리가 통하지 않는 오늘

살 깎고 피를 흘리며
목숨까지 걸어야만 드는 정신

―「삭발」 부분

여기서 보듯이 그는 "아픔", "절규", "던져짐"의 파열음을 보이는 시어를 통한 격앙된 목소리를 보이고 있다. 또한 "찬바람", "얼음", "남이섬"으로 연결되는 냉혹이 보이는가 하면 "삭발", "살깎음", "피 흘림", "목숨을 걺"이라는 단호한 결단이 보인다.

이러한 그의 시적 태도는 周詩人의 비판정신이 단호하다는 점을 여실히 드러내는 말이기도 하다. 그러나 이같은 격정이 소멸되고 이제는 따뜻한 인간적 태도로 섭렵되는 한 경향이 있으니 이것이 두 번째 그의 시가 지닌 tone에 해당된다.

아내의 젖은 손이
밥상 가득 정담으면

지쳐서 허리를 꺾는
하루를 부추기며

망각의 거리를 열고

마주하는 환한 미소

ー「가로등」부분

하늘로 하늘로 치닫던
여름의 자람에서

아득한 하늘빛 보며
낮아지는 가을산

낮추는 마음만큼이나
정다와지는 이웃들

ー「가을산」부분

　여기서 보듯이 그의 작품 곳곳에서 문득문득 확인되는 것은 이런 인간애적 태도이며, 흔한 말로 바꿔 말하면 휴머니티의 시인이란 말이 가능하다고 하겠다.

　周詩人은 저 朝鮮巨儒 眞濟 周世鵬 先生의 후예로서의 자긍이라도 하듯이 사람살이가 모범이고 그의 시세계 또한 모범된 삶의 세계를 보여준다.

　이 외에도 밝혀야할 사실들이 한둘이 아니지만 紙面관계도 있고, 또 筆者의 아둔함 때문에 여기서 그의 시를 소개하는 일을 마감하기로 한다. 다만 그의 시는 이 시대의 아픔을 통감하면서 어떤 땐 달램으로 자기 승화를 계속하고 있음은 명백하다 하겠다.

푸르름 속에서 꿈꾸는 하얀 몽상

- 손무경론 -

1.

　진보라는 이성의 역사 아래 감추어진, 아니 짓밟힌 감성과 정서의 역사를 보존하는 것이 바로 서정의 꿈이고 시의 존재 이유다. 인간이 현실에서 잃어버린 꿈, 유토피아의 흔적을 서정은 자신의 형식으로 복원시킨다.

　손무경이 자신의 시조집『이 푸르른 절망』에서 보여주고 있는 세계는 화해와 용서 그리고 맑은 정서와 감정의 서정적 세계다. 여기서 서정이라는 단어는 관용적인 의미에서가 아니라 본질적인 의미에서 그러하다.

　그러나 서정은 현실의 삶에서는 존재하지 못한 채 다만 한줌의 책 속에서 외롭게 자신을 담아 놓고 있다. 그것도 누군가가 읽어주지 않는다면, 지층에 감추어진 화석처럼 페이지 사이에서 잠들어 있을 것이다. 우리는 이 짧은 글을 통해 손무경의 시집에 들어있는 완벽하게 재생해 낼 수 없는 것인지도 모른다. 그것은 독자의 꿈 속에서 비슐라르의 말로라면 꿈 꾸는 자의 몽상 속에서만 그려질 수 있는 것인지도 모른다.

2.

『이 푸르른 절망』의 시적 화자를 상상하면 떠오르는 이미지 하나가 있다. 서정주의 「국화 옆에서」에 나오는 한 세월의 고비를 넘기고 세월의 연륜이 아름답게 주름진 '거울 앞에선 내 누님'의 이미지다. 시적 화자는 사십 전후의(「불혹의 언치에서도 ─ 「눈물」) 중년 여인이다.

그런 만큼 이 시집에서 표현되고 있는 시조들은 고뇌와 격정의 몸부림이 아니라 조용하고 차분한 어조를 보여준다. 그러나 이런 차분함은 노년은 그것과는 틀려 아직도 지나온 것들에 대한 그리움과 다가올 것들에 대한 기다림으로 살아있다. 다만 젊음의 그것과 다를 뿐(아마 이 다름은 경험들이 마련해 준 것이리라) 그들이 가진 모든 것을 가지고 있다. 아직도 무언가 아지랭이같이 가슴을 타고 오르는 게 있다.

늘
채워지잖는
갈증만도
아닌 듯
늘
머물지 않는
사랑만도
아닌 듯
이도 저 아닌
무엇이
가슴을
아리게 한다

─「방황」

아마 이 방황이 시인으로 하여금 시를 적지 않고는 못 견디게 하는 어떤 원동력일 것이다. 그리고 아마 바로 그 원동력 자체가 시 그것일지도 모른다. 그리고 그 '무엇'은 인간으로서 살아있도록 만들어주는 그 무엇일 것이다.

그것은 '사랑'만은 아닐 수 있어도 사랑일 수도 있다. 아주 넓은 의미에서의 사랑이라면 시인이 노래하고 있는 시들을 단 한마디로 한다면 바로 이 사랑에서 출발하고 그것으로 귀착된다고 할 수 있기 때문이다. 시인은 다음 시에서 이를 노래하고 있다.

참으로
오랫동안
기다려 왔습니다.
참으로
오랫동안
꿈꾸어 왔습니다.
아마도
끝나지 않을
내 작은
노래일 것입니다.

한 곳에
정박하지도
서둘러
가지도 않을
그릴 수 없는
빛의 유영(琉泳)
늘 그리운 섬,
섬이었어.
아미도 끝나지 않을
내 작은
노래일 것입니다.

―「사랑」

살아 있음이 끝나는 날까지 아니 그 이후에도 '끝나지 않을' 것이 사랑일 것이다. 이는 사랑하는 연인을 향한 사랑일 수도 자기 존재에 대한 믿음일 수도 있을 것이다. 그러나 시인의 사랑은 이 모든 것을 포함하며 넘어선다. 그것은 세계에 존재하는 모든 대상물들에 대한 깊은 애정의 결과이다. 애정, 즉 사랑의 눈길은 대상들을 깊은 잠에서 깨어나게 한다. 이렇게 대상들이 잠에서 깨어나면서 이 모든 것들은 시로 변한다.

『이 푸르른 절망』은 식물과 자연 현상과 자연물들로 뒤덮여 있다. 이런 시의 소재들은 단순히 존재하는 것이 아니라 그 고요한 무의미에서 살아나 시인에게 말을 걸고 자신의 존재가 가진 비밀을 알려준다.

> 아마, 한(恨)도
> 부질 없는 것일레라
> 안주하지 못한
> 영혼의 몸부림 같은
> 그대의
> 맑은 함몰을
> 우러러
> 기다리는……
>
> —「먹구름」

살아있지도 않은 이 '먹구름'이 시인을 유혹하는데 하물며 살아있는 꽃들과 나무들은 어떠할까. 시집이 꽃들의 전설책처럼 보이는 것은 바로 이 이유일 것이다. 애완 동물들을 사랑하는 치사한 현대인들의 감정이 아니라 진정한 사랑은 바로 우리들 주위에서 자신을 열고 인간이 다가설 때, 그 역시 자신의 비밀을 내다보이는 꽃들 나무들과의 교감이 아닐까. 이 시집에서 이 꽃들의 이름을 다 열거하는 것은 책의 목차를 복사하는 것이나 다름 없으리라. 잠시 나열하면 다음과 같다.

진달래, 망초꽃, 동백꽃, 칡꽃, 살구꽃, 나팔꽃, 개망초꽃, 민들레꽃, 억새 ······

이 모든 것들이 말을 걸고 자신을 내보이는데 어찌 시인이 시를 적지 않을 수 있을까. 어찌 모든 것들의 유혹 앞에서 시인이 돌아서 현실에서만 살아갈 수 있을까. 아마 다음 시조를 통해 이 유혹 앞에서 시에 대한 혹은 시인으로서 본능과 욕망의 발견을 본다는 것은 필자의 착각일까.

> 참으로
> 꺾이지 않는
> 山이 하나 있었네.
> 풍화작용 속에서도
> 이지러지지 않고
> 끝없이
> 솟기만 하는
> 山이 하나 있었네.

─「욕망」

존재하는 모든 것들이 시인을 유혹하여 노래 부르게 한다. 이런 유혹을 외면하고 현실을 살아가기에 시인의 운명은 너무 본질적이다. 살아있지 않은 사물들, 무의미한 현상들, 그저 풍경에 불과한 것들이 시인에게는 인간과 다름없는 손짓과 깨달음을 보내온다. 이런 유혹 앞에서 시인은 자신이 시인임을 깨달을 수밖에 없고 자신 속에 감추어진 욕망을 인식한다.

이 욕망을 우리는 여러 다른 말로 번역할 수 있을 것이다. 사랑, 근원적 존재에의 그리움, 결핍 등. 우리는 시인 속에 감추어진 욕망을 느낄 수 있을 뿐 그것을 말로 표현할 수는 없을 것이다. 그러나 이 욕망들은 일상인들이 현실의 세계에서 가지고 있는 욕망과는 다른 무엇이라는 것을 알 수는 있다.

그날
문득
내 속 뜰에 걸린 글썽임
풍요가
진저리 치는
도시의
무거운 그늘
멈춰서
바라다 봐도
일렁이는
그리움

―「작은 연가(戀歌)1 ― 까치집」

물질의 풍요, 성의 범람 등 인간의 한계를 넘어 선 곳까지 나아가는 현대 문명의 질주하는 진보의 속도와 그에 내재된 어두운 그림자. 시인이 꿈꾸는 것은 그런 '무거운' 욕망은 아니다. 시인이 시를 통해 꿈꾸는 것은 작고 가벼운 것들에 대한 맑고 아름다운 욕망들이다. 이는 현대 세계에 의해 가치 없음의 범주로 밀려 난 것들 속에 존재한다. 그 속에 존재하는 단순 소박함에 대한, 그 속으로의 회귀가 시인의 꿈이자 욕망이다.

하늘을
지쳐가는
구름이
되었다가

문득
나를 깨우는 바람이 되었다가
눈부심
그 작은 소박
꽃별로
지고 싶다.

—「작은 연가(戀歌)3 — 물망초」

단순 소박의 세계는 유년 시절 인간이 세계 속에 안주하는 꿈을 가진 자아, 바슐라르의 언어로 우주적 자아의 삶 속에 존재하는 공간의 성격이다. 그 공간 속에서 인간은 자신의 존재 이전의 상태를 바라볼 수 있다. 이 세계에서 인간과 자연은 서로 삼투하고 포용한다. 아마 시인의 시쓰기의 기초에는 바로 이런 유년의 세계의 발견이 놓여 있을지도 모른다.

내 유년
종아리엔
피멍도 맺혔으리
온 몸으로
받아 내며
일구어 온
세월이란
꽃밭에
그것도
먼 — 먼
뒤안길
이제사
눈을 뜨는……

—「작은 연가(戀歌) — 꽃밭 —」

삶의 과정에서 잃어버린 한 순간, 그 때는 자아를 향해 눈을 뜨기 이

전에 먼저 세계로 눈길을 보내는 시기다. 바로 이 순간으로 되돌아가기 위해 시인은 시를 쓴다. 아마 우리가 말하는 서정이란 바로 이 아이의 눈길을 이론적으로 명칭하는 것인지도 모른다.

이런 이유 때문인지는 몰라도 시인이 시의 기본 색조로 사용하는 것은 하얀 색과 푸른 색이다. 세상에서 가장 투명한 색을 찾아오라면 대개 아마도 푸른 하늘과 구름과 파도의 흰 물거품을 떠올릴 것이다.

푸른색의 기원은 하늘이다. 하늘은 바다를 물들이고, 산과 나뭇잎을 물들이고 마침내 삶을 물들인다. "푸른 눈물"(「봄비」), "꿈꾸던 푸른 삶"(「칡꽃」), "한줄의 등 푸른 절규"(「지평선」) …….

시인이 꿈꾸는 세계는 푸른색이 서로 서로를 물들이는 곳이다. 따라서 시인은 이 푸른 세계를 자신의 집으로 삼고 안주할 수 있는 것이다.

> 푸른 산
> 푸른 물 베고
> 염주알을
> 굴리듯이 ……

—「등산(登山)」 부분

이 푸른색과 어울리는 것이 하얀 색이다. 하얀 색은 푸른 세계의 마음이다. 하늘의 마음은 구름이고, 바다의 마음은 파도의 물거품이고, 땅의 마음은 흰 꽃("하얗게 피운 갈꽃"「고향서곡(序曲)」 중에서)이고, 이 모든 것을 이어주는 세계의 마음은 흰 눈이다. 그 속에서 인간의 마음도 하얀 색이다. 그 하얀 색의 마음은 바로 '맑고 차가운' 사랑의 색이다.

> 구름 자락

겹겹 여민
홍류동 골 깊은 자리
돌 틈
풀을 헤치고
방울로 핀
옹달샘처럼
사랑은
그렇게 맑게
그렇게도 차가운건지.

—「무제1」

이런 푸른 색의 세계와 그 마음으로서의 흰색의 조화로 이루어진 단순 소박함의 세계가 바로 유년의 세계이고, 이 시에 형성되고 있는 서정의 세계이다.

3.

이 시집이 가지고 있는 아름다움과 정결한 정서들이 이 몇 마디 말들로 다 표현될 수는 없다. 다만 이 시조들이 가지고 있는 가치에 대해서는 다음과 같이 말할 수 있다.

현대 문명이 등장하면서 인간에게 내놓은 약속들 — 물질의 풍요를 통한 인간의 행복이라는 약속은 이미 그 파국적 모습을 우리에게 보여주고 있다. 올바른 인간들 간의 소통이 없는 물질만을 통한 인간 제국의 건설은 출발에서부터 왜곡을 가지고 있었다. 그것이 이웃한 것은 물질들만의 거짓된 풍요의 세계로, 착취와 경쟁과 폭력으로 인간들이 서로 적으로 변한 거대한 아수라다. 이런 상황 속에서는 자연마저도 저 근대적 풍경의 왜곡된 영상을 반영하고 있는 것일까?

아파트
놀이터에
다발로 핀 개나리
아직도
귤빛 봄은
먼―먼
기다림인데
서둘러
다퉈 피는 건
이 시대
정서인가

그 순박
그 무구함
어디에
접어두고
혼돈과
무질서에
너까지 편승하여
노래 할
가슴도 없이
철저히
굴절하는가

―「12월과 개나리」

만인이 서로 적이 되어 싸울 수밖에 없는 자본주의의 혼돈과 무질서
에서 인간이 가진 순박성과 무구함은 이제 그 존재 기반을 잃어버린
다. 기껏 그것이 남아 있다면 대중매체의 상업성에 포획된 상품의 형
태 하에서다.

그 속에서 시는 바로 사라진 인간들의 순수한 정서를 간직하는 장소
다. 시를 펼침으로써 독자는 바로 자신의 잃어버린 삶의 한 측면을 발

견하게 된다. 사회는 너무 빨리 인간들을 어른으로 만들고 정서와 감정의 개별적 차이를 실용성과 효용과 사치의 이름으로 지워버린다. 시는 바로 사회가 배제한 이런 것에 관심을 기울이고 보존하는 것을 자신의 임무로 한다. 바로 이런 이유가 시가 읽히지 않는 사회에서도 시가 존재해야 될 필연성이다.

손무경의 시집『이 푸르른 절망』은 사회 속의 현실적 삶에서 인간이 잃어버린 정서와 감정의 순수함을 시조를 통해 복원해내고 있는 것이다.

흔적에 대한 그리움
- 하주용론 -

1. 흔적, 그 살아있음의 무게

우리의 근대는 서구문화의 절대적인 영향 속에서 하나의 충격으로 강제되어, 말 그대로 막무가내로 덮어씌워진 문화적 혼란기였다. 이로 인하여 '문화적 정체성'이라는 명목은 극도의 카오스적 긴장을 겪어야 했고, 이의 회복을 위한 대대적인 반성적 작업과 노력으로 오늘에 이른 것이다.

이러한 근대적 혼란은 현대의 '방임적 불규칙'과 이어졌고, 이것은 되레 근대 이전의 규칙과 질서에의 욕망을 자극하게 되었다. 이는 곧 한국적 보편성을 지향하고자 하는 욕망의 일종으로 작용하여 시조문학에 대한 묘한 향수를 표출하는 작용을 했다. 즉, 안전한 과거로의 귀환을 욕망함으로써, 새롭게 시조를 호출하게 된 것이고, 육화(肉化)된 정서의 확인으로서 시조를 선택하게 된 것이리라.

하주용 시인의 작업은 이처럼 새롭게 호출된 시조의 지류와 닿아 있다. 살아온 시간들을 뒤돌아 볼 나이가 된 시인이 그것을 담을 수 있는 문학적 양식을 찾아 나섰을 때, 시조와의 조우는 어쩌면 당연한 것인지도 모르겠다. 그것은 시조문학에 내재해 있는 미학적 가치의 발현이며, 또한 지난 전통의 정서적 거리에 잇닿고 싶은 시인의 존재적 갈등의 대안이라고 할 수 있다. 이러한 하주용 시인의 작품에서는 현대적 시조의 한 주제적 경향인 '존재함'에 대한 인간적 고뇌가 잘 나타난다. 그의 작품은 과거 흔적들에 대한, 그의 말대로 "찡한" 그리움의 정서로 일관하는데, 하주용 시인에게 있어서 과거는 곧 어제에 대한 미련이자 그리움이다.

이는 「대둔산에 올라」에서처럼 "살아온 시간만큼/ 육중한 나이테 무게"로 실감하며 견뎌낸 인생 자체에 대한 그리움인 것이다. 시인에게 기억이나 추억, 그리고 살아온 날 동안의 흔적이 표상하는 것은 그것 자체로 삶을 말하는 것이며, 이는 과거로 지워지려고 하는 생(生)에 대한 그리움과 안타까움, 혹은 미련의 정서를 통해서 울음의 허탈감으로 종결되고 있다. 하주용 시인에게는 "나는 생각한다, 고로 존재한다"(cogito ergo sum)란 데카르트식의 실존적 잠언이 '나는 기억한다, 고로 존재한다'라는 인식으로 자리바꿈을 하고 있다.

이때 「흔적」은 이러한 '살아있음의 과거'에 대한 기록이자, '살아있지 못할지도 모를 내일'에 대한 불안함의 표출이다.

흐릿한 초점의 끝 언제쯤의 모습인지
어설픈 배경으로 시선마저 어그러진
지워도 지울 수 없는 해묵은 자국들

일상의 조각들을 쌓다가 허물다가
회색빛 야윈 뜨락 잠겨 버린 시간 속에
빈 가슴 닦아낸 자리 잔영 다시 모여 든다

—「흔적」 전문

여기서 흔적은 결코 밝지 않다. 그것은 "흐릿"하거나 "어설픈", 혹은 "회색빛"의 "잔영"에 불과하다. 그럼에도 그것들은 "지워도 지울 수 없는" 살아온 날들의 "자국들"이다. 그러나 이 흔적들은 오늘을 살아가는데 에너지가 되는 것이 아니라, "해묵"거나 "야윈" 것으로 되레 "빈 가슴"에 쓸쓸한 흉터로 남았을 뿐이다. 이때 흉터라는 것은 삶을 무사히 견뎌낸, 혹은 견뎌내고 있는 존재자의 실존적 훈장으로 기록될 수 있다. 이처럼 살아온 시간들이 낳은 매순간의 일상은 마치 "쌓다가 허물"기를 반복하는 생의 벽돌쌓기처럼 무력하다. 이는 곧, 영원히 살지 못하는 유한자적 숙명이 낳은 불안함이며, 살아감의 지울 수 없는 흔적인 것이다. 만약 이 흔적들을 지울 수 있다면, 인간은 결코 유한자에 머물지 않아도 좋을 테다. 하주용 시인의 '흔적의 미학'은 '죽음/삶'이라는 실존적 갈등의 도식을 보여준다. 그렇기에 상처의 흔적은 곧, 실존자로서의 시인 내면의 풍경의 표상인 것이다.

이러한 시인의 존재론적 고뇌는 황선하 시인이 「암 병동 1123호에서」라는 작품을 통해서 "이승이 아닙니다/ 저승도 아닙니다/ 공중 높이 떠 있는/ 바다 한 가운데/ 하얀 바위 섬입니다"라며 삶과 죽음의 경계에 닿아 있음으로써 보다 절박한 심정이 되어 인간적 실존을 들여다 보았던 것과 유사하다.

하주용 시인에게 있어서 이러한 실존적 무게는 "발자국만 남은 세상"(「눈 오는 밤」)이라는 흔적을 통해서 암시되고 있다. 이는 '살아감의 존재'만이 아는 생의 밀어(密語)가 낳은 치명적인 이명(耳鳴)이며, 덫이다. 그 안에서 존재는 꺼져가는 생에 대한 그리움의 무게로 "절로 울"(「서란(瑞蘭)」) 수밖에 없다. 곧 추억에 젖은 그리움은 찡한 감성을 자극하여 "가슴 온통 물빛"(「추억」)으로 흥건하게 만드는 '울음의 정서'로 귀결된다. 시인이 시집 전체를 통해서 말하고자 하는 이러한 주제적 정서는 「청령포에서」에 집약되어 있다. 즉, 살아가는 동안의 "인연"과 "흔적"들은 돌이킬 수 없는 그리움의 "설움"이 되어 "통곡"하고 "울"고 있는 것이다.

이때의 울음은 죽음을 인정하는 것이며, 동시에 존재론적 유한성을 수긍하는 것이다. 역설적이게도 이러한 울음을 통해서 시인은 비로소 인간적 한계로부터 자유로워지려고 한다. 이는 곧, 하이데거가 말했듯이 "죽음에 대한 인식이야말로 인간에게 자기의 존재 의미를 부여하는 것"이다. 죽음이 울음의 극단적인 수긍을 통해서 우리에게 인식됨에도 불구하고, 그것 자체가 살아갈 수 있게 하는 힘인 것이다. 마치 니체의 超人이 항상 죽음을 인식하면서 사는 것과 같이, 어쩌면 죽음은 삶과 가장 잘 어울리며 그리하여 가장 자연스러운 삶의 목적이 되는 것인지도 모른다.

2. 삶과 죽음, 그 시간적 미학으로서의 풍경

이러한 시인의 정서는 산이나 절, 바위, 그리고 가을, 낙엽, 나목, 혹은 고향, 새벽, 안개, 노을, 일몰과 같은 풍경들을 통해서 표출된다. 식영정에 있는 송강 정철의 비문에 쓰인 "위대한 시인은 종이가 아니라/아름다운 풍경 위에 시를 쓴다"라는 말을 굳이 빌리지 않더라도 시인은 자연의 풍경 속에서 호흡하는 존재이다. 즉 "위대한 공간은 존재의 친구이다"라고 확언한 바슐라르의 말은 옳은 것이다. 그러나 하주용 시인에게 있어서의 풍경은 바슐라르가 말한 바 있는 어떤 공간적 미학을 양산해 내는 것이 아니라, 단지 시간적 흐름에 동조하고 있는 조형물이자 시인 자신의 대치물로 작용하고 있다. 이것은 나이듦/늙음에 대한 시인의 집착을 볼 수 있는 일면이기도 하다.

곰살가운 오죽 사이 햇살 잘게 부서지고
무심한 바람꽃이 시린 가슴 헤집는데
마당에 나는 은행잎 세월 함께 날려본다

회화나무 걸친 낮달 호수 속에 살랑이고
오십천 고운 물빛 천 년 세월 잠겼는데
죽서루 추녀 끝 풍경 저 혼자 한가롭다

―「죽서루 풍경」 전문

즉 「죽서루 풍경」의 "낮달"은 "호수 속에 살랑이고"는 있지만, 진정 시인이 보고 있는 것은 "천 년 세월"에 잠겨 있는 과거의 현재적 낮달일 뿐이다. 이처럼 낮달이 있는 풍경은 하늘의 공간적 미학이 아니라, "세월"이라는 시간적 미학과 닿아 있는 셈이다. 또한 이러한 시간적 미학은 "추녀 끝"에 혼자 울고 있는 풍경(風磬)처럼 존재적 고독에 의해 규정되고 있다. 이때의 낮달은 김춘랑이 「서울 낮달·1」을 통해서 보여준 "마포 샛강 진창에 빠져 쉿물 독물 들이키고/ 시름시름 배앓이 하다 피 토하는 서울 낮달"의 이미지와는 확연히 다르다. 즉 김춘랑은 낮달 자체를 의인화함으로써 현대도시문명의 심각한 문제점들을 들추어내는 것에 치중했다면, 하주용 시인의 낮달은 쓸쓸한 존재감의 표출로 형상화되고 있는 것이다. 그만큼 하 시인은 대상과 자신을 밀착하여 自와 他의 거리를 좁히고자 한다.

「未明에」나 「포구에서」에서 볼 수 있는 "미명"의 새벽이나 "안개비 젖은 포구" 등은 쓸쓸하거나 "측은"하게 "그리움을 앓"고 있는데, 이는 살아감의 생에서 길을 잃은 듯 지난 생을 "다시 불러 세"우는 유한자적 미련이 내재되어 있다. 이것은 곧 늙음에 대한 단상이다. 삶의 밝고 환함을 돌아와서 늙음을 맞이하는 순간, 시인에게는 모든 것이 흐릿하게만 보인다. 그렇기에 미명의 시간적 미학은 곧, 늙음에 다다른 시인의 생애적 지점과 맞닿아 있는 것이다.

　박완서의 「너무도 쓸쓸한 당신」에서의 화자는 늙어버린 남편의 육체를 혐오스럽게 바라보면서, 동시에 자신의 메마른 육체에 대해서는 연민을 쏟고 있다. 이러한 이율배반적인 모습만으로도 늙어감의 무기력함을 충분히 느낄 수 있다. "팬티만 입은 남편의 하체가 보기 흉했다. 넓적다리에 약간 남은 살은 물주머니처럼 축 처져 있었고, 툭 불거진 무릎 아래 털이 듬성듬성한 정강이는 몽둥이처럼 깡말라 보였다. 순간적으로 닭살이 돋을 것처럼 혐오스러웠다"고 고백하는 화자의 목소리는, 결국 늙음에 대한 자조적 수긍인 것이다. 곧, 이것은 죽음을 수긍하기 위한 준비 단계라고 할 수 있는데, 하 시인의 늙음에 대한 쓸쓸함도 이러한 맥락에서 이해될 수 있을 것이다.

　"나 하늘로 돌아가리라/ 아름다운 이 세상 소풍 끝내는 날,/ 가서, 아름다웠더라고 말하리라……"고 읊조리는 「귀천(歸天)」의 시인 천상병에게 있어서 삶과 죽음의 경계는 고작 소풍이라는 휴식적 유희로 정의되고 있다. 이는 "나는 부활이요 생명이니라. 나를 믿는 자는 죽더라도 살 것이요, 살아서 나를 믿는 자 누구든지 영원히 죽지 않을 것이다"라고 외치던 예수의 목소리와 닮았다. 이는 생사의 존재론적 고뇌에 빠져 있는 하주용 시인의 존재자와는 다르게 삶과 죽음을 모두 긍정하고 있는 태도이다. 이처럼 살아감이 단지 즐거운 소풍이기만 한다면 더할 나위 없이 좋겠으나, 마냥 소풍으로 긍정하기에는 존재의 무게가 지나치게 무거운 것이 사실이다. 『티베트 사자의 서』에서 말하고 있듯이, 죽음은 결코 끝이 아니며 인간은 삶과 죽음 사이에 걸쳐 있는 과정적 존재이다. "삶의 방식으로 죽음도 결정 된다"는 달라이 라마식의 잠언을 빌리지 않더라도, 죽음을 규정하는 것은 절대적으로 삶의 태도에 달려 있다. 그럼에도 하 시인은 아름다운 풍경을 보고서도

그 공간적 미학이 자아내는 흥에 취하지 못하고, '세월/늙음/죽음'이라
는 유한적 시간성에 잠식되고 만다. 그만큼 그는 미화된 세계관을 버
리고 현실에 충실하고, 또한 삶에 충실하며, 덩달아 시간에 충실한 시
인으로 존재하고자 한다.

「노을 눕다」나 「일몰」에서의 저물녘 역시 공간적인 미학을 말하기
위함이 아니라, 그 시간적인 '저물어 감'을 말하기 위해서 사용되고 있
다. 이 작품들을 통해서 시인이 말하고자 하는 것은, 늙음으로 인해서
젊음의 "열정 거두고/ 긴 여정 찬란하게 고요한 슬픔으로" 침묵할 수
밖에 없는 인생의 저물녘에 대한 단상이다. 별 마중을 나가야 하는 저
물녘의 시간에 시인은 죽음을 준비하는, 혹은 생을 마무리해야 하는
인간적인 숙명을 마주하고 있으며, "내 죽어 묻힐 그 곳"을 보는 것이
다. 이는 죽음의 법칙이며, 동시에 삶의 법칙이다. 우리는 사는 동안 유
한한 생에 불안하고 초조하지만, 죽음으로써 삶을 완성할 수 있다는
것을 알고 있다. 그렇기에 "새로운 생명을 지필 불덩이"로 삶을 완성
할 준비를 하는 것이다. 쇼펜하우어의 말대로 "죽음은 인생의 진정한
목표"인 셈이다.

시인은 지금 인생의 낙엽을 밟고 가을에 안착해 있다. 나목의 시인
은 살아온 젊은 날의 생에 대한 서툰 울음으로 늙음의 쓸쓸한 정서를
대신하고 있는 것이다. 「나목(裸木)」에서 보여 지듯이 "나목"은 시인
의 자화상이다. "터질 듯 못 삭인 울음"을 간신히 버티고 서 있는 알몸
으로써 늙음에 대해 기록하고 있는 것이다.

이러한 "나목"에 숨어 있던 시적 화자는 「가을 아침에」에서 "겨울"
을 "준비하는 까치들"로 옮겨간다. 즉, 인생의 "서늘한 냉기"가 들이
닥칠 순간을 준비해야 하는데, 그러지 못하고 있는 "게으름을 다그친
다." 이는 곧 "낙엽으로 흩어"지는 생에 대한 위태로움의 표출이며, 동

시에 생을 정리하거나 혹은 죽음을 준비함으로써 생을 완성하고자 하는 숙명적인 의지인 것이다.

그리고 「낙엽의 꿈」에서는 나이가 들수록 추억의 무게로 살아간다는 말을 실감할 수 있다. "황갈색 추억을 물고 저 갈 길을 재촉"하는 존재자의 운명일지라도 저마다 "되돌아 갈 날들"을 꿈꾸게 되는 것이다. 이것이 유한자가 꿈꿀 수 있는 최대한의 영원한 삶의 모습이다. 이처럼 유한적 인생이라는 시간에 갇힌 시인의 풍경은 그것 자체로 삶과 죽음을 대변해 주고 있는 것이다.

3. 죽음의 극복

무라카미 하루키는 "죽음은 삶의 일부분으로서 존재"하는 것이라고 했다. 죽음 그것 자체가 또 하나의 존재자 규정이며, 그렇기에 '죽음＝살아 있음'이라는 묘한 등식을 성립시킨다. 이러한 살아 있음 속의 죽음이 주는 존재적 갈등과 혼란을 극복하기 위해서 시인은 두 가지 방안을 모색하고 있다.

먼저 지적하고자 하는 것은 탈속 혹은 지상의 질서로부터 도주하기 위한 불도(佛道)의 지향이다. 하주용 시인은 '한뫼'라는 그의 호에서도 알 수 있듯이 '산'을 가까이 하는 면모를 보인다. 인자요산(仁者樂山)이라는 말을 굳이 빌리지 않더라도, '산'을 좋아하는 심성의 맑음을 여러 선인들을 통하여 보아 왔던 터이다. 고산 윤선도에게 있어서 산수는 은둔과 위안의 그것이었다면, 하 시인에게 있어서는 속세의 지상적인 질서와 불심의 천상적인 질서를 매개하고 있는 듯 보인다.

풍경(風磬) 마저 안개비 속/ 고즈넉이 잠든 산사(山寺)
천도영가(天道靈駕) 목탁소리/ 억겁을 건너뛰듯

무아경(無我境) 호수 속 목어/ 물그림자 외롭다

인연 따라 가는 길/ 속인들 알리 없고
꿈결인양 가지마다/ 잡지 못할 이슬꽃
뜨거운 가슴 불 식혀/ 무심으로 돌아간다
—「산사에서」 전문

「산사에서」라는 이 작품은 불교의 무심(無心)을 통해서 속세의 외로움과 그리움, 혹은 그 안의 모든 인연들을 승화시키고자 하고 있다. 이러한 불심에의 천착은 삶과 죽음, 즉 생사의 굴레에 갇힌 인간적 숙명을 극복하고자 하는 한 방편이 된다. 흔적으로 표상되는 살아감의 존재적 불안이 천상적 질서로 귀의하면서 완화되고 있는 것이다.

승려 조오현이 「비슬산 가는 길」에서 "비슬산 굽이 길을 스님 돌아가는 걸까/ 나무들 세월 벗고 구름 비껴 섰는 골을/ 푸드득 하늘 가르며 까투리가 나는 걸까//……/ 절은 또 먹물 입고 눈을 감고 앉았을까"라고 말할 때, 그가 산사(절)를 통해서 형상화하고자 하는 것은 속세와의 단절과 깨달은 자의 그것이다. 반면 하주용 시인에게 있어서는 오히려 존재적 피난처로 상정되고 있으면서, 有無相生 혹은 有非相同과 같은 노장사상에 뿌리를 두고 있다. 이때의 無는 '있음'과 '없음'의 경계에서 오로지 사념과 거스름이 없는 '없음'의 경지를 지향하는 것이다. 그렇기에 무심은 단순히 비어 있음을 의미하는 것이 아니라, 되레 존재적 속박을 벗어난 새로운 존재를 잉태한 없음이라고 할 수 있다. 불교에서의 무상은 하나의 변화를 의미하는 것이다. 붓다는 이 세상에 변화하지 않고 영원한 것은 존재하지 않는다고 말한다. 그렇기에 삶과 죽음 혹은 생성과 소멸은 서로 밀접한 관계를 맺고 있으며, 이는 무상이라는 영원한 변화의 과정일 뿐이라고 보았다. 이처럼 그는 노장사상과 불교철학 사이를 배회하는 듯이 보인다.

이러한 탈속의 지향은 시인이 속세의 질서, 지상의 질서로부터 '도주'함으로써 존재적 고통을 극복하고자 하는 한 방편인 것이다. 이때 '탈주'가 아닌 '도주'인 것은, 시인이 아무리 존재함의 질서로부터 벗어나고자 해도 완전한 궤도 이탈은 불가능하며 어떤 방식으로든지 돌아옴과 도망감을 반복할 수밖에 없기 때문이다. 시인이 산과 절과 바위 따위의 높거나 외진 곳에 있는 것을 지향하는 것은 속세로부터 먼 곳, 그리하여 천상과 더욱 가까운 것을 지향하고 있기 때문이다.

다음으로 지적하고자 하는 것은, 시인이 늙음과 생사에 대한 불안을 극복하는 또 다른 방편으로써 '아이되기(동심 찾기)'라 하겠다. 이는 일명 피터팬 증후군이라고 할 수 있다. 동화에 나오는 피터팬은 어른 사회로부터 벗어나기 위해서 공상의 섬으로 떠난다. 이때 피터팬은 꿈나라에서 영원히 모험하는 '영원한 소년'으로 설정되어 있다. 이는 곧 어른의 아이되기라고 볼 수 있으며, 또는 아이의 어른되기 거부라고 할 수 있다.

하 시인에게 있어서 이러한 아이되기는 어른되기와 늙음, 그리고 죽음에 잇닿는 일련의 생의 성장을 거부하는 것에서 비롯된다.「이앓이」에서는 치아가 약해지는 늙음의 징후에 안타까워하고 있다. 이것은 존재자로서 감내해야 하는 늙음의 무게이다. 시인은 이 무게를 견디지 못해 "아내에게 동정 얻기"를 위해 어리광을 피우지만 "아프면 병원"이나 가라는 아내의 반응에 "가슴 한 쪽"이 시려지는 것을 느낀다. 늙음은 혼자 남겨진다는 것에 대한 불안이자 외로움이며, '늙음의 아이되기'는 보살핌이나 애정에 대한 희망이다. 이처럼 늙음의 무게는 결국 '아이 되기/모태로의 귀환'을 희구하게 된다.

「아이들(1)」과 「아이들(2)」에서는 또 다른 시선에서의 '아이되기'

를 꿈꾼다. 아이들이 노는 모습을 보며 그저 흐뭇하게 "미소만 짓는" 것은 "늙음 = 아이되기" 공식의 그 이전 단계로 '아이 사랑하기'이다. 이것은 아이야말로 애정 받기에 적합하며 바라보기에 흡족한 대상이기에, 늙음으로 하여금 동심으로 귀환할 것을 희구하게 하는 것이다. 또한 "소꿉놀이"는 놀이로서 동심의 노동이다. 이를 통해서 아이는 아직 어른들이 구성해 놓은 세상에 완전히 발 들여 놓지 않은 순수한 존재임을 알 수 있다. "흙 반죽/ 밥을 짓고/ 풀잎 뜯어 나물 내"는 아이들의 놀이야말로 지상적인 인간적 질서에 완전히 편입되기 전의 모태적 자연체임을 대변하는 것이다. 결국 이와 같은 '아이되기'를 통해서 시인은 "먼 선사로 돌아갔으면"(「고래 축제」) 하는 인간 본연의 귀환을 희망하고 있는 것이다. 아니면 童心이 善이라고 했던 낭만주의적 취미에 몰두하려는 것인지도 모른다.

 T.S.엘리엇이 "현재의 시간과 과거의 시간은 모두 미래의 시간에 있을 것이며, 미래의 시간은 과거의 시간이 담고 있을 것이다"고 말한 것은 적절하다. 그러고 보면 존재자는 결국 시간의 미학에 갇힌 삶을 담보로 하고 있다고 볼 수 있다. '살아가는 존재'의 흔적에 대한 그리움이나 미련에 대한 정서들을 정형의 형식적 시조미학을 통해서 승화하고 있는, 하 시인의 작품은 시리운 현실 문제를 타개하려는 야욕보다는 비끼어 관조하려는 태도이면서 동시에 현실을 두둔하고, 이에 타매하려하지 않는 순박한 시인임을 확인하게 된다.

인고 忍苦 하는 삶의 결정체
- 황다연론 -

Ⅰ.

시의 형식은 시의 내용을 外化한 것이다. 그러므로 시의 형식은 내용의 결정체라고도 할 수 있다.

흔히 사람들은 정형시는 형식의 완고성 때문에 詩想의 올바른 전개가 억제당하고 차단당한다고 여겨서 自由詩를 짓기 시작했다고 말하곤 한다. 그러나 이런 생각은 근본적으로 틀려 있다. 시의 형식은 시의 내용을 어느 방향으로 힘차게 견인하기도 하고 또 심도 있게 밀착하기도 하기 때문에 시의 형식은 가장 강력한 시로서의 촉구 또는 가장 시답게 만드는 적극적 존재라 해야 옳다는 것이다.

시조는 3장 구성이라는 형식적 제약을 받는다고 말하지만 이것이 제약이 아니라 시조답지 않은 방향으로 행진을 차단하면서 시조답게 만드는 적극적인 추진력이 된다는 말이다.

시조가 連作으로서의 한편이거나 單首로서의 한편이거나 간에 3장으로서의 완결의 미를 생명으로 한다. 이것이 詩行의 분방함이 있는 자유시에 대한 강점이다. 물론 자유시는 자유율을 기반으로 하기 때문에 詩想의 전개가 자유로워 시적 논의를 풍부하게 할 수 있는 강점을 가지고 있다. 그러니까 형식은 시조답게 혹은 자유시답게 만들도록 하는 적극적 존재라 하겠다.

Ⅱ.

황다연 시인은 시조시인으로서 자리가 굳어진 터이지만 자유시의 작품도 상당한 양을 준비해왔던 시인이다. 그런 그가 이번에 시집을 상재하면서 시조와 자유시를 같이 실어서 시인의 제 모습을 제대로 비추고자 한 것은 그 나름의 이유와 가치가 있다고 본다.

앞서도 잠깐 이야기가 있었듯이 자유시는 律의 자율성 때문에 3장 구성에 국한한다는 시조에 비해 박진감이 덜하지만 자유분방한 시상의 전개라는 시조가 갖지 못하는 강점을 갖고 있다. 그렇기 때문에 시조로서의 응집력을 발휘하고 있는 그의 詩心과 자유시로서의 자유 분방을 발휘하고 있는 그의 詩心이 한 시집 안에서 공존함으로써 독자로 하여금 색다른 문학적 의미를 취득하게 한다.

> 1) 수심리
> 　비틀거리는 마음
> 　꽃도 피지 못한
> 　우울한 봄 하오
> 　몇 천년쯤 묵은
> 　성터에 이른다
>
> 　아무것도 알고 싶지 않다
> 　오늘 나의 발길도

푸른 적막
연한 풀향기
연한 풀향기
내 한 줌 흙일 몸
산다는 게 무엇인지
부복하지 못하는
젊음이 안타깝다

―「안타까운 봄」 전문

2) 홑몸 아니었나요
   풀대궁 피리소리
   징검다리 건너가며
   실려보낸 그대 마음
   그 핏빛 동토를 지나
   또
   소금기둥을 지나

   우련한 불빛으로
   다시 찾아온다 해도
   되깨우지 못할 대지
   강물소리 길을 막아
   귀울음 환청의 숲엔
   풀이끼만 무성하다

―「가는 봄」 전문

1)은 자유시이고 2)는 시조다.

1), 2) 모두 적막한 봄을 노래하고 있지만, 1)에서는 2)에 비해 감정을 풀어놓은 상태다. 우울한 심경을 비틀거리는 마음으로, 아무 것도 알고 싶지 않은 무관심으로, 흙으로 돌아갈 허무로 비겨 나타내었다. 말하자면 우울한 심경의 비유가 여러 번 중첩될 수 있었고 그리하여 논의가 단순하게 끝나지 않을 수 있었다. 2)에서는 풀대궁 피리소리,

강물소리가 자아내는 의미는 서로 다르므로 의미의 반복이 아니다.

1)에서처럼 자유시에서는 의미의 확고성을 나타내기 위해 비유(이미지)의 반복이 가능해지고 이것이 시의 강점으로 나타날 수도 있었지만 2)의 시조에서는 의미의 확고성을 이미지의 반복으로 나타내는 것은 말의 낭비에 해당된다.

이처럼 황시인은 자기감정의 詩化에 있어 두 가지 방법을 취하면서 그것이 비록 비슷한 주제라 해도 의미되어지는 결과는 다르게 나타날 수 있도록 자유시와 시조를 아울러 창작하였던 것이다. 물론 이렇게 두 갈래 길을 걷다가 보니 1)처럼 시조율의 흔적이 역력하게 나타나게 되고 그것이 또 자유시로서의 분방성을 다 살리지 못하기도 하지만 이런 길 자체가 자유시에 시도되어야 한다는 입장에서 보면 퍽 시사적이라 할 수도 있다.

Ⅲ.

황시인은 하나의 시적 대상에 대해 끈질긴 집념으로 투시하는 버릇이 있다. 그것은 「밀물」5, 6, 7,8, 9, 「결빙」1, 2, 「행렬」1, 2, 「水蓮」1, 2, 「소용돌이」1, 2, 「내설악 곁에서」1, 2, 「공백기간」1, 2 등에서와 같이 시적 대상에 대한 다각적인 탐구심을 나타내기도 한다.

   3) 깊은 산
     정적되어
     눈을 감고 지샌 거리

     점점이 붉어가는
     그 밤 가득
     올을 풀어

고독한
님의 목소리
물 위에다 띄운다

—「水蓮1」 전문

4) 누구의 가슴에 피는 정성입니까
　　누구의 가슴에 숨은 순정입니까
　　고아한 옷깃 여밀어
　　가만히 선 당신은

　　마디마디 엉킨 매듭 살을 저미는 회한인데
　　묵연히 타는 눈빛 누구의 생애입니까
　　얼마의 세월을 견뎌
　　그 미소를 띄웁니까

—「水蓮2」 전문

3)에서 수련은 님의 목소리로서 현현된 결과물로 보았다. 시는 사물의 속성을 근본적으로 뒤바꾸는 작업이다. 수련의 시각성이 님의 목소리라는 청각성으로 자리바꿈할 때, 독자는 수련을 통한 역력한 그리움의 소리를 듣게 된다.

4)에서 수련은 미지칭하고 있는 그 누구의 순정과 정성의 결과물로서 또는 인고하는 다른 삶의 결정체로서 바라보았다.

3)에서 못다 밝힌 것을 4)로 나타내었다고도 하겠는데, 3)이 수련에서 얻은 단순한 이미지의 표현에 그쳐 있다면 4)에서는 복잡한 정신세계를 의미하는 事物로서의 수련을 그리고 있다.

황시인은 몇 번이고 되풀이되는 시적 대상이라고 해도 그것의 새로운 탄생을 위해 각별한 노력을 하는 드물게 보는 시인이라 하겠다.

5) 허구의
    물결 속에
    떠흐르는 꽃잎일 뿐

    빗길 따라 가며서도
    아무래도
    모를 마음
    차가운 이슬밭에서
    가듭 만난
    이 죽음

―「결빙 1」

6) 창포 피어나는 호수
    연수정
    바람이리

    굳게 가둔 그대 언어
    미어지는 인연길은

    솔향기
    강을 이룬 곳에
    숨이 지는 노을이리

―「결빙 2」 전문

　5), 6)은 모두 인연에 따라 피고지는 인생역정을 노래했다. 이를테면 因緣說이 바탕되어 있다 해도 좋다. 이런 의미에서 그의 시적 기반의 상당 부분이 불교와 연관되고 있다고 해도 좋다. 여하간 5), 6)은 같은 주제다. 그러나 같은 주제에 도달하는 접근은 서로 다른 방법이다. 5)는 虛構로 이름지어지는 허무혼의 세계가 主調라고 한다면 6)은 창포꽃 향기, 연수정의 맑음, 솔향기의 그윽함, 강줄기의 연연함이 자아내는 수채화 같은 서정이 主調다.

그러니까 황시인은 같은 주제라 해도 이렇게 서로 이면충돌하게 하는 색다른 작품세계를 보여주곤 하는 것이다. 그것은 그의 시에 대한 집념이며 애착이라 해야 할 것이다.

IV.

고래로 中國에서는 훌륭한 詩를 두고 天籟라 했다 白髮三千丈하는 식의 과장기가 있는 말이기는 하지만 아름다운 시를 두고 놀라워하는 감탄의 소리는 작을 수가 없다는 뜻으로도 해석되는 말이라 하겠다.

그런데 이런 말을 썼던 중국시인들의 詩作法의 일조는 시는 자연스러움을 중히 여긴다는 말이다. 이 말에는 몇 가지 뜻이 담겨 있다.

첫째는, 시인은 진솔하게 사물을 대하고 그 느낌을 진솔하게 표현해야 한다는 말이다.

시에 있어서 최고의 기교는 무기교라 할 수 있다. 그래서 예부터 인위적인 作爲性의 보이지 않는 시를 최고의 기교를 부린 시라고 하였다. 조탁의 극치는 천연스럽게 접근된 것이라는 말이 바로 그 뜻이다.

둘째는, 자연은 道와 法을 대변하거나 그것의 암시물이라는 道法自然의 측면이다. 이때의 자연은 인간 삶에 모범되는 실체이므로 이러한 자연이치를 시 속에 실었을 때를 의미한다고 보겠다.

첫째 경우를 가지고 황시인의 작품을 더듬으면 다음과 같은 작품을 들 수 있겠다.

> 7) 회미한 시선이
> 수직으로 교차한다
> 낮은 바이얼린 소리의 공허감

잊었던 필름 끝에서
봄비소리 들린다.
찻잔에 고인 침묵
길이 보이지 않던 곳

영하로 치다르는
무수한 애증의
파편

화진포 바다기슭에
새도 날지 않았다.

―「숲」 전문

7)에서는 화진포 앞바다에 당도한 시인의 눈앞에 펼쳐진 서경을 느낀 바대로 솔직히 보여주려 하고 있다.

공허감과 침묵이 감도는 화진포는 愛와 憎의 교차지점이다. 국경 아닌 국경 근방에 위치하면서 동포로서의 愛와 우리와 다른 이념의 신봉집단으로서의 憎이 한자리에서 교차되는 지점에서 시인의 느낌을 담담하게 나타내었다. 시가 공감을 얻을 때는 감정의 범람도 감정의 조탁도 아닐 때인 것이다.

황시인은 사물을 편견 없이 바라봄으로써 욕심을 다 채우는 시인이라 함직하다. 그것은 시인만이 가진 자유요 특권이라 할 수도 있지만, 다른 여타의 시인들이 시의 욕심을 조탁에 근거하거나 관념의 지배를 떨치지 못하고 있을 때, 황시인은 가급적 이러한 인위성을 눈에 띄지 않게 숨기려 했던 시인이다.

둘째의 경우를 가지고 황시인의 작품을 더듬으면 다음과 같은 시조를 들 수 있다

8) 물이 되고
   싶었다
   숲이 되고
   싶었다

   꼭 다문 너 근심
   알고 싶지 않았다

   넉넉히
   나타나는 해탈
   사랑하고 싶었다.

-「내설악 곁에서 1」 전문

물, 숲 그리고 이것을 끼고 있는 내설악을 해탈한 부처님의 넉넉한 모습으로 비춘 작품이다. 자연은 말없는 교훈을 웅변하는 實體로 봄으로써 道法自然의 이치를 살리는 작품이라 하겠다.

이상 몇 가지 관점에서 황시인의 시의 면모를 살펴보았다. 그의 인품이 조용하듯이 그의 시는 내란을 보이지 않는 順利의 法治國家다. 시의 步法도 급하지도 느리지도 않은 적절한 자기 조절을 하고 있는 자연의 질서다. 그러나 그가 노리는 욕심은 한 순간에 명멸하고 마는 그런 시 굽기를 아니하고자 하는 아픈 노력이며 이 점이 그의 시 속에 숨어 있음이 확인된다는 점이다.

준비된 몇 개의 탈(mask)

- 김용태론 -

Ⅰ.

모든 시는 많든 적든 허구적인 데가 있다. 그러나 또한 시인 자신의 진실을 담고 있기도 하다. 다시 말하면 詩人은 자기 모습을 착실히 보이려고 노력하지만 자기 모습과는 확연히 다른 모습을 보이려고도 하는 묘한 사람들이다.

그렇기에 시인은 작품 속에서 가끔 자기변신을 꾀하는 것이다. 金詩人도 예외는 아니다. 그의 시는 그가 몇 번씩 탈바꿈을 하고 있음을 알도록 해 준다.

> 누군가 돌에 맞아 피 흘리고 섰습니다
> 흘릴수록 착해지는 어진 짐승이 하나
> 제 오던 길목을 바라 발자욱을 지웁니다.
>
> —「日沒以後」부분

> 잎 지면 그 아픔이
> 하늘을 덮는다더니

꺾일 듯한 虛氣 위에
무시로 쏟아지는
저것은 빗발이 아니다
그냥 젖지 못할 가슴.

—「豫感」부분

金詩人은 위의 작품들에서처럼 아픔과 아픔을 대변하는 피를 보이면서 처절한 자기 학대를 겸한 인고의 탈을 준비하고 있다.

그의 인간적 곤경에서 오는 모순에 대하여 투쟁하기 보다는 참고 견디는 삶의 형태를 취한다.

그래서 필경은 스스로가 수축해 가는 시적 자아를 보여주기도 한다.

나는 자꾸 여위고
눈은 왜 가물거리나
파리야,
죄없이 손발을 부벼문지르는
이렇듯 혼자되는 날
나는 왜 자꾸 여위냐.

—「나는 자꾸 여위고」부분

II.

金詩人은 자기 감정을 애써 숨기려고 하는 절제자이다.

그대 보낸 뜨락을
복사꽃 한 가지가

無心히 눈길을 주며
紙燈처럼 흔들린다
言約의 푸른 풀밭 위를

만갈래로 흔들린다.

바람마저 잠이 들면
思念은 노을로 피고

아 그대 눈웃음이
깃털처럼 쌓이는 벌판

복사꽃 한 잎 한 잎이
구름다릴 건너고 있다.
—「그대 보내고」 전문

이별은 허적한 인간의 마음을 의미한다. 그런데도 金詩人의 시 속에
는 이별의 이같은 의미를 감추어 버렸다. 오히려 이별을 등불같은 어
떤 빛(밝음)으로 나타내었으니 일반적으로 통용되는 이별의 어두움을
거부하는 형태다. 곧 감정을 헤프게 내뱉지 않은 냉정이 그의 시 속에
는 살아있는 셈이다.

이것은 다음과 같은 작품에서도 발견된다.

살 고운 어느 女人
그 짙은 속눈섶 그늘

두 겹씩 세 겹씩
잠겼다 뜰 때마다

東海가 섬들을 안고
바다 밑으로 갈앉는다.
—「멀거니 눈 뜨고도」 부분

여기서도 女人의 형상에 대하여는 설명을 줄였다. 수다스러운 수식

없이 여자같은 바다의 속성을 조용히 보여 준다.

그의 시에는 이렇게 감정의 억제가 보인다.

Ⅲ.

金詩人은 原始의 바다냄새를 즐기는 詩人이다. 그가 노래하는 테마
는 原色의 그것에 거의 한정되어 있다.

> 아버진 나를 안은 채 바닷쪽으로 向
> 하고 있었다.
> 배를 깔고 길바닥을 기어다니던 내
> 幼年은
> 바위를 오르내리던 참게 바로 그것이
> 었다.
>
> —「아버지는 自由였다」부분

그는 스스로를 人間이고 싶어하지 않았다. 인간이면 自由가 보장되
지 않는다. 인간 세계에는 관습이며 도덕이며 법률이 있어 인간을 인
간답게 만들지만 원래 원시인이 가졌던 자유는 인간이기 때문에 포기
되어야 한다. 그는 아직 문명의 불빛에서 먼 동물(또는 원시인)이고 싶
어하는 것이다. 곧 자유의 실체가 되고 싶어한다.

그래서 그가 노래한 바다는 문명의 흔적이 없는 바다 그대로를 보여
주려 하였다. 또 그릇을 노래한다고 해도 솔가지로 구워 만든 옹기를
노래한 것이고 인간을 노래하되 아기를 노래했던 것은 다 이런 이유에
서 비롯된 것 같다.

> 남들은 저 달을 보고 휘영청
> 뜬다 한다.

말갛게 비 갠 날 못 속을 들
여다보듯
아기의 눈망울을 보라 달이 그
득하잖은가.

—「아기와 달」 부분

그의 시 속에는 "아기의 눈망울"에 가득한 "달"을 보라고 하듯이 순수함과 원시성을 추구하는 작품들이 다수 있다.

이상과 같이 김시인 작품의 몇 가지 특성만을 밝혔을 뿐, 그의 人間적 면모나 작품의 질에 대한 구체적 탐색까지는 언급하지 않았다, 인간의 문제는 시가 웅변하였다고도 할 수 있어 설명을 줄이는 것이 당연하다 하겠다. 그러나 작품의 質문제는 여전히 남아 있다.

詩集의 끝에 붙는 말은 늘 필요 이상의 수식적인 데가 있어서 오히려 시인을 욕되게 하는 결과를 누누이 보아 온 필자는 이 점도 독자의 판단쪽으로 맡겨버리고 싶었다.

한 가지 분명한 것은 그가 다름아닌 現代時調의 時調詩人이라는 점, 다시 말해서 現代라는 의미에 대해 다각적인 詩的 解釋을 가하고 있다는 점이다.

가령 익숙한 도회지 삶을 거부하면서 원시로 향하는 破片化된 순간적 진실을 시 속에다 끌어넣은 것은 여타의 시에서 보기 힘든 그의 시가 지닌 큰 강점이라고 보아진다. 또한 몇 번의 자기 變身을 계속하면서 끝없이 다양하면서도 새로운 면을 제공하고 있다는 의미에서도 그의 시는 살아 있는 셈이다. 그러나 이런 이야기조차 설명한다면 우선은 金詩人에게, 다음은 독자에게 실례가 됨직해서 사심없는 讚辭가 있지만 줄인다.

삶과 소통

- 전일희론 -

1. 자연을 통한 실재와의 소통

삶과 소통하는 일은 문학 일반에 주어진 과제이다. 창작자가 어떤 방식으로 삶을 재현하느냐에 따라서 그 소통 양상이 상이하게 드러날 따름이다. 특히 시조를 통해 삶이 재현될 때, 삶은 시조의 형식적 통제를 받게 된다. 이때 형식적인 통제라 하는 것은 시조성을 바탕으로 삶을 재현해야 한다는 의미이다. 아무리 훌륭한 사유와 참신한 표현력을 갖추었다 해도 그것이 시조라는 명명 아래 놓일 때는 당연히 시조의 형식미학을 우선적으로 성취해야 한다.

'전일희는 시조시인이다.' 너무나 당연한 정의인 듯 보이지만 이 정의에는 많은 것이 함의되어 있다. 무엇보다 시조라는 정형의 형식미학을 통해서 사유를 재현해 내야한다는 의무가 부여된다. 시조의 형식미학을 살리지 못한다면 굳이 시조시인이라고 명명될 필요가 없을 것이다. 다음으로 시대를 읽어내야 한다. 시조는 그 태생에서부터 시절가(時節歌)였다. 시대에 대한 예각화된 시선이 없다면 시조의 묘미를 살리기 힘들 것이다. 마지막으로 현대적 감수성을 지녀야 한다. 장르는 시대와 호흡해야 하며, 창작자의 감수성에 부응해야 한다. 그 형식미학이 전통의 것이라고 해서 그곳에 담는 내용까지 구태여서는 안 된다. 이처럼 시조시인이 갖추어야 할 역량은 다소 까다로운 편이다.

서정시에서 자연이 소재가 될 때, 그것은 주로 이상을 표상하는 방식으로 제시되었다. 이는 곧 현실 너머에 존재한다고 믿는 실재성에 대한 갈망이었으며, 현실의 부조리를 극복하는데 상정해 놓는 표상이었다. 자연은 신의 섭리를 지상에 재현해 놓은 것으로 인식되어 이상과 동일한 의미맥락을 가지기도 하였다.

김상옥 시인이 말했듯이, 시조는 '멋'이다. 손으로 만질 수는 없지만 마음으로 느낄 수 있는 실재가 곧 멋이며, 이 멋을 보여주는 것이 시조인 셈이다. 그렇기에 멋이란, "인생을 껍데기로 핥는 것이 아니라 알맹이로 음미하는 방법"10)의 하나이다. 고시조에서도 자연은 이 멋을 제대로 표현할 수 있게 하는 매개였으며, 현대시조에 이르러서도 그러하다.

이제는 벗이여 휴대폰을 꺼 놓고/ 강 건너 마을까지 잔물결로 번져가는/ 저 들판 어린 염소가 우는 소릴 듣고 싶다.// 정말로 벗이여 안경일랑 던져 두고/ 이웃들 사연이 송사리떼 헤엄치는/ 소 굴뚝 피우는 사연을 깨알처럼 읽고 싶다.// 벗이여 이제는 이 지겨운 양복을 벗고/ 장다리꽃 쇠똥밭을 훨훨, 날아오를/ 한 마리 호랑나비로 저 산을 넘고 싶다.
—「휴대폰을 꺼놓고」전문

분명 문명은 소통을 보다 편리하게 만들어 주었다. 하지만 간편해진 소통은 오히려 개개인의 고립과 소외를 야기했다. 인간은 문명 속에

---

10) 김상옥, 「멋의 주형(鑄型)」, 『한국시조선집』, 한국시조작가협회, 1967.

갇히게 되었고 존재끼리의 소통보다는 자기 내면에 침잠하기 시작했다. 그러다 보니 자연적으로 진정 들어야 할 것들을 놓치고, 읽어야 할 것들을 보지 못하게 되었으며, 가야 할 곳을 지나쳐왔다. 문명은 인간을 편리하게 만들어준 대신 정서적 여유를 앗아 갔고, 근원적으로 자연인 인간을 자연으로부터 차단해 왔다. 시인은 이러한 지점을 포착함으로써 궁극적으로 인간이 지향해야 할 바는 "저 들판" 자연에 있음을 명시하고, "대지와 함께 숨쉬"(「허수아비」)어야 함을 강조한다.

> 내사 죽어 푸른 하늘/ 고추잠자리 될란다.// 청산 밖을 유유히 떠/ 흐르는 구름이 될란다.// 흘러서 부끄럼 태우는/ 노을로 질란다.
> —「내사 죽어」전문

> 시냇가 풀밭에/ 흑염소 한 마리// 방금 돋은 어린 뿔에/ 떠받친 낮달이// 하얗게 쏟아져 내려/ 온통 들꽃 천지다.
> —「염소 한 마리」전문

자연은 삶의 경계 너머에 있는 이상적 세계로 상정된다. 죽음으로 치닫는 삶 속에서 자연은 관조의 대상이었다. 그러나 죽음 너머에 있는 미지의 공간에서 시인이 추구하는 것은 애초 관조의 대상이었던 자연이다. 이는 자연이 삶의 한계성을 극복할 수 있는 이상적 대상임을 인지한 것에서 비롯된다. 혼종적인 일상의 공간 너머에 있는 여유로운 공간인 자연을 동경하다가, 죽음이 다가왔을 때 애초 동경의 대상이던 자연이 되고자 희구하는 것이다. 이때 자연은 곧 실재를 상징한다. 결국 시인은 자연을 통해서 실재와 소통하는 서정성을 보여주고 있는 것이다.

> 명왕성의 '보이저'가/ 전송한 사진 한 장// 아득한 우주서/ 가물가물 點

滅하는// '훅' 불면 날아갈 저 별이/ 숨을 쉬는 地球란다.// 그 먼지 속 어디엔가/ 너와 내가 호흡할 터// 흐려오는 안경알을/ 자꾸 닦아 보면// 흐르는 섬 안에 갇힌/ 쪽배 한 척 가고 있다.// 참으로 있고 없음이/ 카메라 속 마음 한 점// 태양계를 향하여/ 한껏 팔을 벌려보자/ 영원을 꿈꾸는 流星도/ 티끌로 타는 찰나

—「명왕성 근처」전문

그대도 저 별에 앉아/ 귀 기울이지, 내 노래를// 눈 내리듯 차곡차곡/ 쌓이는 순백의 삶// 그렇게 살다 가자고/ 속삭이지./ 반짝이지.

—「별나라 통신1」부분

이렇듯 우주를 기준으로 보면 존재가 "숨을 쉬는 지구"가 얼마나 보잘 것 없는 지 헤아릴 수 있다. 그렇기에 삶은 "'훅' 불면 날아갈" 버릴 것처럼 위태롭다. 이토록 위태로운 지반 위에서 영위하고 있는 유한적인 삶 역시 그 얼마나 위태로운 것이겠는가. "영원을 꿈꾸는 유성"조차도 "티끌로" 사라져 버리는데, 하물며 삶과 죽음의 경계에서 위태롭게 살아가는 인간이라는 미물은 어떻겠는가. 우리가 절대적이라고 믿고 있는 삶의 터전이 얼마나 빈약한 것인가 말이다. 그런 탓에 우주의 목소리에 "귀 기울이"고 그 "속삭"임과 "반짝"임에 매료될 수밖에 없다. 별나라 통신은 곧 실재에 대한 인간의 욕망이다.

시인은 이러한 존재의 유한성이 주는 불안을 자연에서 위로 받는다. 자연은 존재가 알고 있는 것으로는 풀어낼 수 없을 정도로 불가사의하다. 그렇기에 시인은 해석되지 않는 자연에서 서정적 안식을 찾는다. 존재에게 안식과 희망을 주는 자연은 이상화될 수밖에 없으며 곧 상징계 너머의 실재계를 표상할 수 있는 재료로 인식되는 것이다. 결국 자연은 인간이 실재와 소통할 수 있게 하는 서정적 근원이다.

2. 시대에 말걸기

시조는 역사와 소통해야 한다. 이는 시조라는 장르 자체가 시대흐름에 민감하다는 것을 통해서도 명백하다. 종래 시조의 존재의의는 음악으로 가창하는 데서 출발하였다 . 그러나 근대기 국민문학파에 의해 문학양식으로 재등용됨으로써 온전히 언어적 양상으로 전환된다. 사대부들에 의한 시조 향유가 주로 자연적이고 사상적 성향이었다면, 후대로 오면서 그 향유층이 다양화됨으로써 그 주제도 다양해지고 자연스럽게 그 형식미학도 변화를 거듭한다. 제시형식이 노래에서 언어로 전환되면서 시조는 정형적 형식미학 속에서 시성(詩性)을 획득해야 했다. 그리고 이 형식 속에 시대에 대한 사유를 담아야 했다.

전 시인의 작품 속에서 역사적 과거와 소통하는 현재적 자아를 보자.

> 다도해 파수꾼인 연대봉을 오른다./ 섬을 떠난 짚신들이 잔물결로 밀려와/ 불타는 임진년 봉수대에 꽃구름을 토했다.// 저건 분명히 조총에 터진 입술이다./ 아니다, 홀어미가 오백 년 흘린 눈물이다./ 바다는 竹槍을 세워 깊숙이 찔렀다.// 조개껍질로 엎드려 살던 뱃사람의 너른 聖殿./ 한 줄 비문조차 허락 않는 장군의 바단가./ 아니다, 뻘밭에 닻내린 백정의 고향이다.// 그 고향은 푸른 궁전, 고래수염 휘날리는/ 꽹과리 북소리로 차오르는 鎭海灣은/ 살갗이 찢어진 하늘에 핏방울이 낭자하다.
>
> —「연대봉 진달래」전문

> 신라 하늘이 파란 色紙로 떠다니는/ 부처님 나라로 가는 길은 아득하고/ 에밀레 자욱한 전설에 토함산이 묻힌다
>
> —「석굴암 가는 길」부분

장소는 인간이 잊고 지내는 기억들을 환기시키는 매개가 된다. 장소애[11]를 가질 수 있다는 것은 결국 특정 장소에 대한 직·간접적인 경험이 전제된다. 시인은 연대봉 진달래가 핀 풍경을 "살갗이 찢어진 하

늘에"서 토해내 "핏방울이 낭자하다"고 표현하고 있다. 이러한 감각
적 표현이 가능했던 것은 이곳에서 시인이 "임진년"의 모습을 재현해
내고 있기 때문이다. 그렇기에 이 작품에서 진달래는 "조총에 터진 입
술"이나 "홀어미가 오백 년 흘린 눈물"로 표현되는 것이다. 결국 시인
은 임진왜란이 있었던 과거의 역사적 사건을 현재의 풍경 속에서 재현
해 내고 있는 셈이다. 이는 시인의 시대인식이 바탕 되지 않는다면 창
작될 수 없는 작품이다. 시인에게 예각화된 시대인식이 전제되었을 때
장소는 그 장소의 특정 기억 아래 재탄생하게 되고, 현재적 자아와 소
통하게 된다. 「석굴암 가는 길」에서도 마찬가지다. 석굴암에 가 본 사
람은 그곳에 도착하기까지 걷게 되는 길에서 많은 것을 느끼게 될 것
이다. 특히 안개 낀 풍경은 "자욱한 전설"을 환기시키기에 충분해 보
인다. "부처님 나라"라는 신비함과 "신라 하늘"이라는 태생을 두루 갖
춘 곳이 석굴암인 것이다. 그렇기에 석굴암이 지니고 있는 역사성으로
인해 더 많은 시간의 굴곡이 지상을 지나간다 해도 그곳은 신라의 부
처님 나라로 기억될 것이다. 이처럼 장소는 현재와 과거를 연결해 주
는 역할을 하며, 나아가 현재적 자아가 역사와 소통할 수 있게 돕는다.

> 한 바탕 눈바람이 휩쓸고 간 조선마당/ 천지(天地)는 시위(弦)를 마구 놓
> 아 백설(白雪)인데/ 장송(長松)의 등뼈 한 가지가 허공에서 휘였다.// 강물
> 조차 파들파들 떨려오는 얼음장시절/ 고적(孤寂)이 서릿발로 초가를 에우
> 지만/ 세 그루 참솔의 묵언(默言)은 잿빛 하늘을 뚫었다.// 칼바람에 멍든
> 옹이 맑은 기운이 서려/ 세상에서 제일 푸른 솔잎으로 촘촘 돋아/ 정일품
> (正一品) 드높은 생각을 빗질하고 섰구나.
>
> ─「참솔의 추억 ─세한도(歲寒圖)에 붙여」 전문

---

11) 장소애(토포필리아topophilia)는 투안의 용어로, 장소 경험을 의미한다. 이─푸 투
　　안 지음, 구동회·심승희 옮김, 『공간과 장소』, 도서출판 대윤, 1995.

—「'두류산 양단수' 생각」부분

추사의 세한도를 보면 "고적"하기 이를 데 없다. "초가" 한 채와 고
목 네 그루가 그림의 전부이다. 그 중에서 확연하게 앙상한 "등뼈"가
드러난 아름이 굵은 고목이 있다. 그런데도 살아 있다. 한 쪽 가지의 끝
을 보면 참솔잎이 돋아 있는데, 세한에도 살아있는 고목의 "묵언"은
그 곧음을 느끼게 한다. "한 바탕 눈바람" 다음의 "조선마당"의 풍경
이 마치 손에 잡힐 듯 눈에 밟힐 듯 묘사되어 있다. 시는 이러해야 한
다. 굳이 대상을 눈으로 확인하지 않아도 시만으로도 그 형성을 그려
낼 수 있게 해야 한다. 그런 점에서 이 작품은 완성도가 높은 작품이다.
시인은 그림이 가지고 있는 시간성을 놓치지 않고 세밀하게 포착했으
며, 그 안에 추사가 표현했음직한 "생각"들을 언어로 재형상화하고 있
는 것이다.

「'두류산 양단수' 생각」역시 이러한 작업의 연속이다. 시인은 조선
시대라는 역사성 아래 남명 조식선생이 형상화했던 두류산의 풍광을
재현한다. '두류산 양단수를 예 듣고 이제 보니/ 도화 뜬 맑은 물에 산
영조차 잠겼구나/ 아이야, 무릉이 어디냐/ 나는 옌가 하노라.' 남명 선
생의 강호한정가의 일부다. 두류산 양단수의 풍경을 말로만 듣고 직접
와서 보니까 마치 무릉도원과 같다는 감탄이 담겨있다. 시인은 남명
선생이 노래한 실재로서의 자연 속에 역사성을 가미해서 다시 형상하
고 있는데, 이때 시인의 작품에서는 남명 선생까지 시상 속에 들어오
게 된다.

시인이 세한도에 대한 감상이나 남명 선생에 대한 회고에 젖는 것

Ⅱ. 현대시조의 미적 가치 173

은, 현대적 삶의 결핍에서 비롯된다. 세한도에서 볼 수 있는 곧음이나 남명 선생에게서 배울 수 있는 학자적 면모가 이 시대에도 요청된다는 시인의 메시지인 것이다. 특히 새삼스레 남명 선생을 호출하는 까닭은, 그의 지사적 면모와 같은 고고한 정신적 가치를 놓치고 있는 이 시대에 대한 아쉬움에서 비롯되었다. 이처럼 시인은 끊임없이 과거와 소통하고 이를 재현함으로써 역사적 사건이나 장소의 기억을 현재적 의미로 호출한다.

다음으로 현재적 삶과 소통하는 현재적 자아를 보자. 전일희 시인은 일상을 들여다보면서, 한때 굵은 역사적 흐름에 가려졌던 개개인의 삶을 호출해 낸다. 현대 시인들에게 있어서 일상은 성찰의 재료가 된다. 삶의 터전인 일상을 포착함으로써 자신의 삶과 그 삶의 방식들을 반추하게 되는 것이다. 전일희 시인이 포착하고 있는 일상은 인공적인 것과 자연적인 것이 공존하는 현대적 공간이다.

> 늘, 심심한 사내가/ 새 세계로 빨려간다.// 낯선 여자가/ 내 방으로 들어오고// 우리는 패를 사이에 놓고/ 한 판 인생을 건다.// 달아날 곳 있던가/ 외톨이로 떠돌다가// 저도 갈 곳이 없어/ 이 방 저 방 기웃거리다// 서로들 敵意를 싹틔워/ 사이버머닐 노린다.// 때론 설사도 하고/ 피바가지를 둘러썼지.// 주머니가 가벼울수록/ 눈빛은 번뜩이고// 숨겨둔 野性을 일깨워/ 우리는 짐승이 된다.
>
> —「인터넷을 즐기며」전문

이 시조는 현대시조가 갖추어야 할 조건 중 현대성의 면모를 뚜렷하게 보여준다. 현대시조는 시조성뿐만 아니라 현대성을 갖추어야 한다. 각 4음보인 하나의 장이 3개 모여 시조 한 수를 이루는데, 이때 각 장은 유기적으로 결합되어야 한다. 이 작품에서는 이러한 시조의 형식미학을 넘어 새로운 삶의 방식을 포착함으로써 현대적 감수성을 드러내고 있다. 가령, 실제세계와 사이버 공간의 상충이 만들어내는 현대적 삶의 공간을 포착하고 있는 것이다. 새로운 소통의 공간으로서 사이버 공간을 제시하고 있는데 일종의 놀이를 통한 소통을 끌어내고 있다. "사이버머닐" 획득하기 위해서 "서로들 적의를" 키우는 것은 마치 자본화된 실세계와 동일해 보인다. 시인은 "새 세계"인 사이버 공간을 발견했지만 그 안에서 이루어지는 소통은 절대 인간적이지 않다. "낯선 여자가/ 내 방으로 들어"왔지만 그녀는 시적화자의 놀이행위를 대적해 줄 대상에 지나지 않는다. 어디에도 그녀와 인간적인 소통이 이루어졌다는 진술은 없다. "주머니가 가벼울수록" "숨겨둔 야성"이 깨어나 "우리는 짐승이 된다"는 진술에서처럼, 시인은 심심풀이 인터넷 놀이 속에서조차 자본의 논리가 우선적임을 깨닫는다. 새로운 삶의 공간에서 새로운 소통 방식을 발견했지만 그 소통은 인간 대 인간의 소통이 아니라, 실세계에서와 동일한 방식의 자본적 논리로 작동되고 있음을 깨닫는 데는 그리 오랜 시간이 걸리지 않는다. 또한 시인은 인터넷 놀이가 이루어지는 상황과 시적화자의 진술을 담담하게 서술한다. 사이버머니를 획득하기 위한 놀이 행위를 "한 판 인생을 건다"로 표현할 정도로 전체 시의 분위기는 짐짓 심각해 보인다. 허구의 자본을 얻기 위한 사이버 상의 놀이 행위가 보여주는 전투성은 다소 유머러스하다. 주로 긴장을 완화시키기 위해서 하는 놀이 행위와는 대조적으로, 짐짓 심각성을 가장한 문체를 통해서 시적 상황의 긴장감이 유발되는데, 이러한 긴장감이 웃음을 자아내게 한다. 물론 이 웃음은 다소 풍자적이다. 그 이유는 실세계에서의 경쟁적인 자본화가 사이버 공간에서도 별반 다르지 않음에 대한 시인의 자각에서 비롯되었기 때문이다.

거리 모퉁이를 돌면 달콤한 눈물이 난다./ 겨울 난전(亂廛)에서 붕어빵

을 찍어내는/ 아낙네 젊은 얼굴서 단팥 냄새가 폴폴 난다.// 보따리 가게에
는 푸성귀 겨우 몇 단/ 세월도 정직하게 자리를 깔고 앉아/ 할머니 은빛 머
리에 파란 하늘이 자란다.// 빌딩 숲을 질주하는 자동차와 또 사람들/ 어디
로 가야하나 돌고 돌아 제자린데/ 머릿속 엉킨 도로망을 푸른 등이 점멸(點
滅)한다.

—「겨울 산책」전문

가령 저 빌딩들이/ 키 큰 나무 둥지라면/ 물새알 품에 안은/ 포근한 깃털
이라면/ 사랑은 냇물로 흘러/ 가슴마다 넘칠텐데// 가령 도회인(都會人)이/
너른 들판 보리라면/ 종다리 울음조차/ 노릿노릿 영글어/ 풀피리 출렁거리
는 가락/ 눈빛마다 익을텐데

—「都心 속에서 ─봄에 대한 단상」전문

현대 일상은 인공적인 것과 자연적인 것이 공존하면서 다양한 스펙
트럼을 만들어 낸다. 시인은 현대적 일상에 말걸기를 통해서, 물질적
·자본적 현실과 대비를 이루는 자연적·정서적 가치를 지향함으로
써 "도회인"의 정서를 극복하고자 한다. 폭력적인 현대의 스펙터클과
대조적인 소시민의 삶을 구체화함으로써 혼종적인 일상을 재현한다.
"겨울 난전"의 정겨운 풍경과 그 안에서 삶을 영위하는 "아낙네"의 얼
굴을 포착함으로써 시인은 우리가 놓치고 있는 소시민적 삶을 재구한
다. 또한 "보따리"에 겨우 "푸성귀" "몇 단"을 부려놓고 있는 노파를
통해서 동일한 삶의 양상을 들여다본다. 이러한 삶의 풍경은 "정직하
게" "세월"을 살아내는 인간적 가치를 보여준다. 그러나 그 이면, "엉
킨 도로망" 위에서 "빌딩 숲을 질주하는 자동차"를 포착하면서 또 다
른 삶의 양상을 발견한다. 이처럼 현대의 일상은 자연적인 것 그대로
의 삶의 방식과 기계화된 속도로 살아가는 삶의 방식이 혼종되어 있
다. 이러한 혼종적 일상을 보여주는 행위는, 화자가 일방적으로 진리
를 진술하는 방법보다 효과적이다. 즉 시적화자의 일방적인 진술이 행

해졌을 때 놓칠 수밖에 없는 독자들의 자각을 유도하는 것이다. 결국 시인은 현대적 일상의 양상을 보여줌으로써 살아가는 삶의 방식에 대한 성찰을 유발시킨다.

이처럼 화자가 「겨울 산책」에서는 가치판단의 직접적인 진술을 자제하고 있다면, 「都心 속에서 - 봄에 대한 단상」에서는 확연하게 가치판단의 정도를 희망어법으로 보여줌으로써 시인이 지향하는 일상의 면모를 말한다. 결국 시인이 일상을 들여다보는 행위는, 짐짓 시조양식에서 놓치기 쉬운 시대성을 포착하게 해 주고 나아가 삶을 성찰하는 매개가 된다.

3. 이름을 묻고, 말하다

전술했다시피 시인이 일상을 탐색하는 까닭은 삶에 대한 성찰 방식의 일환이다. 나아가 서정적 대상으로서의 자연의 형상화와 그 안에서 역사성을 읽어내는 것 역시 삶과 소통하기 위함이다. 주지하듯이 현재뿐만 아니라 과거와 미래도 삶에 관여하기 때문이다. 이에 시인은 이름을 묻는 방식, 혹은 이름에 의문을 제기하는 방식으로 자기성찰, 나아가 삶을 성찰한다. 이름은 존재의 사회적 탄생을 의미한다. 직함 또한 권위와 위신의 대명사다. 그는 권위를 행사할 수 있는 직함을 가지기 보다는 자유를 선택하여 한다. 전씨 문중의 몇 대손으로 행세하는 것으로부터 벗어나고, 이름이 부여한 자기 삶의 내력으로부터도 탈출을 꾀한다.

스스로 꾸미지 않는/ 잡초 너를 보며// 따사론 볕 비옥한 땅/ 꽃들에 내어 주고// 느긋이 자갈 돌 틈에/ 뿌리를 뻗는다.// 눈길 한번 못 받는/ 무명(無名)의 수수한 얼굴// 충실한 배경으로/ 고개를 조아리고// 모자라 웃자라는 키/ 공터를 점령한다.

―「풀1」부분

내 이름 세 자가// 무거운 때가 있습니다.// 이름에 얼룩 때가// 끼인 까닭입니다.// 무심한 무명행주로// 자꾸 닦아 봅니다.

―「이름」전문

시인은 잡초를 이타성을 지닌 존재로 상정하고 있으며, 그렇기에 제 자신의 이름은 갖지 못하는 존재로 보고 있다. "무명의 수수한 얼굴"에서 알 수 있듯이 잡초는 굳이 "스스로 꾸미지 않는"다. 그러나 인간사에서는 수많은 "이름"을 요구하고 그 이름 앞에 수식어가 붙기를 희구한다. 결국 인간사에서 존재는 "이름 세 자"에 내포하고 있는 존재의 무게감으로 인해 끊임없이 "무명행주로" 차신의 존재 위치를 "닦아"내야할 정도로 엄정성과 자기 결백성에 종속된다. 이는 인간으로 하여금 잡초처럼 주어진 무명의 삶을 즐길 수 있는 여유를 빼앗아 가고 생활의 긴장감과 무게감을 부여한다.

이메일이 찍힌 명함을/ 고추 친구가 주고 갔다./ 금박 넣은 기업 대표/ 덧니 박힌 정치박사님/ 이마에 번쩍거리는 이름/ 여름해가 눈부셨다.// 내 이름 세 자 앞에/ 무얼 붙여야 하나/ 호주머니 빈 날처럼/ 허전한 나이를 돌아/ 사내는/ 이름표도 없이/ 느릿느릿/ 걸어간다.

―「명함」전문

꽃 잔치가 끝나야만/ 겨우 보이는 얼굴.// 길가 낮은 자리/ 한결 편안하고// 아무도 몰래 옹기종기/ 사는 재미/ 알콩달콩.

―「풀2」전문

나를 말하기 위해서는 명함이 필요하다. 현대사회에서 명함은 내가 점하고 있는 사회적 지위가 어떠한지, 어느 정도 성공했는지, 그리하여 나는 누구인지를 말해줌으로써, 인간을 다시 계층화시킨다. 개인이 사회 속에서 소통되는 방식은 무명의 잡초에서 이름을 얻는 것이며, 이름을 얻어야 비로소 사회적 존재로 인식된다. 그러나 시인은 이름이라는 사회적 지위를 요구하는 사회에서 정반대인 무명의 삶을 지향한다. "잔치가 끝나야만/ 겨우 보이는 얼굴"로 살아간다 할지라도 그렇게 자연스럽고 "편안"한 삶이 "사는 재미"라고 생각한다. 시인이 지향하는 삶은, 굳이 가장하지 않아도 되는 무명의 삶이지만 그 안에 무한한 생명력이 살아있기에 언제든지 새로운 유(有)를 창출할 수 있다.

전일회 시인은 시조라는 정형의 장르 속에서 서정성의 확보와 시대와의 조화를 추구하고 있으며, 이러한 방식으로 삶에 대한 성찰에까지 나아가고 있다. 현대사회 속에서 지나치게 자본화되고 계층화되는 권위와 정치성에 반기를 들면서 '이름 없음'즉 無名의 존재이기를 선언한다.

결국 시인은 시조라는 완결된 형식을 통해서 일상을 파헤치고 들어가 현실의 위선과 직면하면서 다양한 삶의 양상들과 주체들을 호출하고 자신의 나이브한 삶을 성찰하려는 꿈을 꾸고 있다. 이것이 전일회 시인의 시작 비밀이고 전 시인을 주목하게 하는 근거라 할 수 있다.

Ⅲ. 동양정신과 현대시조

동양적 서정세계와 동심의 공간

― 배상섭론 ―

Ⅰ.

고시조는 선비들이 자기 신원의 表白으로, 또는 정치적 신념을 문학적 장치로 간접화한 토로의 場으로 활용하는 경우가 많다. 그렇기 때문에 고시조는 현상과 본질을 달리하지 않았다. 애써 은유적으로 혹은 환유적으로 본질을 호도하려 하지 않았기 때문에 단순화된 논리를 갖고 있었는데 이것은 고시조가 쉽게 이해되고 기억하기도 어렵지 않은 이유가 되기도 하였다.

현대시조를 개척한 육당, 노산, 가람 등은 고시조의 이러한 전통을 상당히 인정하면서 시조의 현대화를 위해 많은 노력을 하였던 분들이다. 그러나 오늘날 시조는 함의하는 시상이 많으면 많을수록 또 다의적 해석을 많이 할 수 있으면 있을수록(심지어는 해석조차도 어려운) 시조가 훌륭하고 좋은 시조인 양으로 평가되는 경향이 있어왔다.

시조가 과연 이래야 하는 걸까 하고 의문을 제기한 시조시인 중의 한 분이 지금 소개하고자 하는 배상섭 시인이다. 배 시인은 일단 시인이 느낀 시상이 독자에게 가장 잘, 그리고 되도록 정확하게 전달되기를 기대하는 시의 세계를 보여주려 한다. 그렇기 때문에 그는 시의 해석을 가로막는 모호한 꾸밈의 수사를 배격하고 있는 솔직 담백한 시인이라 할 수 있다.

Ⅱ.

배 시인의 작품에는 맑은 동심이 한껏 고여있다. 어쩌면 유년기의 아름다운 정신세계가 아직 퇴색되지 않고 살아 있어 비록 몸은 이순에 닿아있어도 사물을 해맑게 투시하는 눈동자는 童眼이다.

> 1) 겨울 머문 저 자리를
>   걷어내던 봄 안개가
>
>   귀여운 산새 하나
>   저 강가에 앉혀놓고
>
>   오늘은 뒷산과 하늘 닦아내고 있구나

봄 안개는 그릇을 닦는 행주이거나 바닥을 닦는 깨끗이 씻은 걸레 같은 것으로 보았다. 먼지 앉은 유리창을 입김 불어 가며 수건 같은 것으로 먼지를 닦아내던 우리의 유년을 기억하게 하는 작품이다. 귀여운 산새를 입회시켜 현장을 감시하는 발상도 재미있다.

> 2) 새벽 안개 밀어오는
>   추억 속의 저 뻐꾸기
>
>   가느다란 소리길로

가만히 따라가면

아직도
바람을 타는
고향 하늘 보리밭

　　여기서도 시적 오브제는 동양화의 그것이다. 물안개 새벽 안개가 자욱한 신비스런 공간과 가느다란 소리길(小路), 빤히 뚫린 저 너머로 뻐꾸기 소리, 들림직한 나지막한 산 아래 보리밭 푸른 정경은 확실히 동양화의 정취다 1)이나 2)는 구도를 달리 하고 있을 뿐 풍기는 내음은 동양화의 정취라고 할 수 있고 공해에 찌들지 않은 건강한 자연과 그 자연을 향유하고 자 하는 동심의 세계라 할 수 있다. 이와 같이 배 시인의 시조는 동심적 세계에 대한 건강성을 확보하고자 하면서 상실된 자연성을 복구하고자 하는 노력으로 그 존재가치를 두려고 하고 있다.

　　3) 하늘에 바람 일어
　　　새털구름 쓸어간다

　　　다가온 저 달빛에
　　　뜰 아래 내렸더니

　　　목서향
　　　짙은 그늘 속
　　　귀뚜라미 울었다

　　木犀는 물푸레 나무다. 오월 쯤 잔꽃을 가득 달 때에는 꽃이 마치 새털인양 느껴질 수도 있다. 그것은 또 하늘을 덮는 구름이라 해도 무방할 것이다. 이럴 때 철 이르게 귀뚜라미가 우는 달밤은 고요한 정적의 동양화의 무게다. 이렇게 그는 사물을 굳이 깊이 있게 해석하려고 하지 않고 본 그대로를 가식 없고 구김 없이 그려보려는 욕심의 소유자다. 그러니까 배 시인은 구상화의 그 단단한 기법을 소유하려고 하지 비구상의 방만한 질주를 그리워하지 않는다. 그래서 그의 시의 그림은 늘 건강한 모습이며 풋풋한 향내를 발산하는 실체였으면 하는 것이다. 이해를 초월한 건강한 눈초리가 그의 시를 향한 눈초리라고 할 수 있다.

Ⅲ.

배 시인은 자연을 사랑하는 순수파다. 자연을 신비의 대상으로 보려고도 하지 않지만 향유해야 할 사유의 암시체로도 생각하지 않는다. 다만 자연은 자연 그대로 완상해야할 지고의 가치라 생각할 따름이다.

> 4) 깎아지른 구비마다
>   비파(琵)소리 살아나다
>
>   저 산마루 올라보니
>   거문고(琴) 은은하다
>
>   오늘은
>   소리를 따라
>   구름 속을 거닌다

비슬산을 등반하면서 배 시인은 비피와 거문고 소리를 느꼈을 것이리라. 누가 지은 이름인지는 알 수도 없고 알아 무엇 할 것도 없지만 그 이름에 값하는 골 안 가득 음악소리의 울림을 그는 자각하였을 뿐이다. 이런 경우를 두고 시인의 귀는 음악인의 귀를 능가하고 음악인의 귀를 보완한다고 말하는 것이다.

> 5) 월출산 내린 자락
>   천년이 그대론데
>   무위사(無爲寺) 헛된 단청(丹靑)
>   백년에도 지쳐 있다
>   풍경은
>   저 바람 안고 어느 골로 드는고

인위는 백년에도 지치지만 무위는 천년에도 변함 없음을 월출산에 와서 그는 보았다. 이와 같이 배 시인은 애써 무위의 세계 즉 자연 그대로의 善의 세계를 그려보려 한 것이다.

거대한 과학기술에 반발하고 자연 환경과 친화하려는 욕망에서가 아니라 자연 그것대로의 지고의 가치 즉 善이라 이름 할 수 있는 자연에 집념하고 있다고 할 수 있다.

> 6) 골짜기 흘러든 물 몇 번이나 갈아들어
>
>   맞닥뜨린 집채 바위 저 위에 몸 누이니
>
>   마음은 이미 저 하는 물 소리에 갇힌다.

지리산 의신마을. 아직도 원시가 살아있는 그 곳, 그 물가의 집채 바위에 누워 자신도 물과 하늘과 같이 호흡하는 자연의 일부가 되고자 한다. 배 시인의 시조는 원시를 동경하고 급기야는 자연의 한 부분으로 치환하려는 욕망이 눈에 띈다.

가령 金時習의 遽梧라는 시에 "我爲主人物爲客 相對無言坐終日"(나는 주인이 되고 사물은 나그네 되어 서로 마주 보며 하루 종일 아무

말 하지 않네)에서 보듯이 처음엔 我와 物이 서로 달랐지만 나중에는 物我一景으로 간극이 없어지는 진경을 보여주고 있다.

이처럼 배 시인의 시조는 자연을 일정 거리 밖에 설정하면서도 필경은 분리할 수 없는 혼융의 세계, 저 한시에서 번창한 물아일경을 겨누고 있다.

IV.

그의 처녀시조집 이름을 민통선이라 이름 한 이유는 그가 강원도 민통선에서 군 복무를 하였고 그때 겪은 민족 애환을 시조로 그린 데서 연유한다.

7) 하늘 울린 저 설움이 아직도 남아 있어

봄마다 저 진달래 잊지 않고 피우건만

아직도 못 넘은 고개 봄 바람이 서럽다

봄은 화해하는 잔치의 계절이다. 진달래가 피는 이유는 핏빛 설움을 다시 상기함이라 해도 화해하는 잔치 기분을 도우려는 뜻과도 무관하지 않다고 판단하고 있다. 그런데 봄은 고개를 넘어 북녘 하늘에는 닿지 않고 저 凍土에는 꽃도 없는 양하여 봄이 외려 서러움을 더하는 것으로 느낀 것이다.

8) 이제는 한가한
  구름이나 들러가는
  키 넘는 갈밭 속에
  묻혀버린 내 어머니

되살아
깨어날 숨결
그 날 기다립니다.

세월의 부피는 갈대 크기로 자랐고 내 母土의 傷痕은 아물지 않았지만 언젠가 다시 소생해야할 모토의 숨결을 기대해야 하는 민족애의 當爲 앞에 배 시인은 祈求하는 자세다.

청년기에 겪은 분단 비극의 현장체험이 내처 그의 시심을 자극하는 이유는 무얼까. 사실 필자는 배 시인을 한번도 만난 적이 없다. 그러나 그의 시심에 근거하면 그는 무척 다정다감한 감정의 소유자가 확실하다. 또한 인정을 한없이 그리워하고 인정을 나누기에 그렇게 인색하지 않을 것 같은 예감이다. 왜냐하면 시인은 시 앞에서는 절대한 양심가이기 때문이다. 그가 민통선에 근무했던 분단 비극의 체험이 내처 그를 괴롭히고 있다는 것 하나만으로도 그는 인정에 감읍하거나 인정을 나눌 줄 아는 시인임이 확인되기 때문이다. 그의 시조에는 분노가 없다. 분노를 넘어 기구로 승화하는 것 또한 배 시인의 넉넉한 품성에서 기인하는 것이리라.

9) 밤중에 깨어나서

어둠 속 바라보면

조용히 다가와서

소곤대는 친구 하나
이 한 밤

저도 잠 깨어 나를 찾고 있고나

밤은 일상의 사슬을 끊어주는 해방의 열쇠다. 밤이라야 조용히 자신을 자신에게 물어보고 자기 존재를 확인하게 된다. 이럴 때 일상에 바빠 챙기지 못한 인연들을 챙기게 되는 것은 당연하다. 친구의 돈독한 우정이 심방하는 밤, 그도 그렇거니와 나 또한 친구를 찾아 길 떠나는 안도의 순간을 보여주고 있다.

친구를 아쉬워 하며 마음 속에 담고 산다는 것은 성실한 인간자세이면서 인간애를 간절히 소망하는 자세다. 친구에서건 육친적 관계에서건 그는 인간애의 깊은 뜻을 시조에 심어보려하는 시인이다.

> 10) 어쩌면
> 제 어미를
> 저리도 닮았을까
>
> 검붉어 고운 입술
> 치렁한 저 머리 결
>
> 고운 향
> 머문 가슴은 멀리서도 알겠네

벼랑 위의 나리꽃은 아무래도 육친적 사랑의 대체물이다. 귀여운 딸의 모습이 나리에 비견되어 있는 것이리라. 사랑하는 아내 모습을 빼닮은 딸의 모습을 두고 벼랑 위에 호젓이 피어 있는 산나리에 비겼다는 게 정확한 해석일 것이다. 그는 이처럼 사물을 인정의 대명사로 살피는 버릇이 있다. 이것은 그가 인정을 인사의 최대가치로 보고 있음을 의미하는 대목이라고도 하겠다. 이와 같이 그는 친구든 육친적 사랑이든 설사 민족의 비운의 현장이든 간에 인간애적인 연관에서 풀려고 한다.

V.

이번 배 시인의 처녀 시조집에서는 많은 가능성을 한꺼번에 던져주고 있지만 여기서 빼놓을 수 없는 것 중 하나는 양장시조의 시도라 하겠다. 兩場時調는 주요한 시인이 선창을 하고 그 뒤를 이어 노산 이은상 시인이 가능성을 펼쳤지만 그 후로 몇몇 시조시인의 시도만 있다가 잠잠하여 버린 것이다. 이를 다시 시도하는 노력이 놀랍게도 배 시인에게서 볼 수 있었다는 게 이 시조집이 의미하는 바의 하나가 되고 있다.

양장시조는 시조가 3장으로 구성되어 있긴 하지만 기실 실제 기능하는 의미소는 2장으로도 넉넉하다는 발상에서 비롯된 형식이다. 가령 정몽주의 다음 작품에서 보면 이해가 빠를 것이다.

> 이 몸이 죽고 죽어 일 백 번 고쳐 죽어
> 백골이 진토 되어 넋이라도 있고 없고
> 임 향한 일편단심이야 가실 줄이 있으랴

여기서의 중장은 초장의 부연 설명에 지나지 않는다. 초장의 뜻을 강세하기 위해서는 요긴 하지만 간결 명료를 요구하는 단아한 형식을 주장한다면 군더더기에 지나지 않는다.

> 이 몸이 죽고 죽어 일 백 번 고쳐 죽어도
> 임 향한 일편단심이야 가실 줄이 있으랴

우리 시의 형태는 일본시나 한시에 비해 간결 명료하지 않다는 점에서 새로운 시조형태를 창안한 것이 양장시조인 셈이다. 그런데 내처 몇 시조시인이 이를 긍정하여 시도를 하였지만 그 후론 잠잠한 형편이

었는데 이번에 배 시인이 이를 재천명하는 기회를 가지고 있는 것이
다.

> 11) 마알간
> 아침 호수
> 떨어지며
> 녹는 눈발
>
> 향기론
> 너를 안으니 눈 녹듯한 내 근심

　아기를 안아들면 천진한 모습 앞에 자신도 천진을 닮아가고 번뇌마
저 사라지는 것을 호수에 떨어지는 눈의 자취 없음과 비유하였다.
　인간은 아기와 같은 천진을 닮으려 하나 세속의 속박이 이를 용납하
지 않지만 인간본연의 자리에 회귀하고자 하는 마음이 11)에 잘 나타
나 있다.

> 12) 출근길
> 차창으로
>
> 느닷없이
> 뛰어들어
>
> 가던 길
> 저만치 두고 저랑 함께 놀잔다

　'무학산의 봄 안개'라는 작품이다. 무학산은 학이 춤을 추는 모습의
산이라는 의미를 우선 주목하면서 이 작품을 읽으면 무학산의 봄 안개
가 산을 감싸고 한바탕 봄 잔치를 벌이고 있음을 가정하게 되고, 이럴

때 일상에 바쁜 시간을 훼방하는 봄 안개는 일상을 초월하고 싶은 화자를 유혹하는 대상인 셈이다.

이상 양장시조는 간결하면서도 명료한 시심을 전개할 수 있다는 점에서 강점이지만 아직까지 많은 시인들의 호응을 얻지 못하고 있음이 안타깝고 이를 가석하게 생각한 배 시인이 대담히 양장시조를 다시 시도하고 있음도 놀라운 일이라 할 수 있다.

이상 몇 가지 배 시인의 시 세계를 들여다 보았지만 필자의 어두운 시력으로 꿰뚫어 보지 못한 점이 한두 가지가 아닐 것이지만 이는 뒷날 눈 밝는 후학들에게 부탁으로 남겨놓고자 한다. 아울러 이 시조집을 발간하는 계기가 그의 시조 수업에 커다란 주춧돌 구실이 되기를 간절히 바란다.

동양적 예지 叡智 와 정서환기 情緒喚起

- 許臺론 -

許臺 시조집『살아가는 흐름 위에』, 단수(單手) 100선

Ⅰ.

동양에서는 인간과 자연과의 관계가 영적(靈的)인 교섭을 가진다. 그러나 서양에서는 이 관계가 인간의 우세이거나 자연의 우세로 양단되어 나타나므로 자연과의 부조화를 보인다. 억지로 조화를 꿈꾸던 시대도 있긴 했으나(이를 낭만주의라 한다) 이것 또한 자연과의 합일(合一), 또는 자연과의 융합(融合)과는 거리가 먼 것이었다.

동양인들은 자연을 보는 방식이 현재형이 아니다. 자연을 환원해서 보거나 공간적으로 시간적으로 전후좌우와의 연관 속에서 자연을 보기 때문에 동양에서는 서양식의 정물화나 풍경화가 존재하기 힘들다.

소나무로 몸을 받아
몇 生이나 닦았기에

솔빛 하나로
시방세계 정화하며

하늘 위 하늘 아래서
부처로이 섰는가

—「솔2」

가을물든 잎새 하나
손바닥에 펴봅니다.

노을이 흐릅니다.
생각이 흐릅니다.

나직이 불러본 이름
신자락이 젖습니다.

—「단풍잎」

이 작품들은 솔이나 단풍잎의 외모에 대한 묘사가 아니다. 그것의 이면(裏面)을 그리고 그것이 가능하게 된 세계를 그렸다. 이것은 순수한 동양인 시심(詩心)만이 가능한 세계다.

서양인의 심상으로서는 한 개의 열매는 정물화적 소재이지만 동양인의 심상(心象)으로서는 그것이 거대한 과수원이거나 우주이거나 인생의 의미로 나타난다.

허시인(許詩人)의 시조에는 동양인으로서의 진수(眞髓)가 보인다. 그는 섬세하고 가는 소재에서 우주를 꿈꾸기도 한다. 앞에서 예로 든 「솔 2」, 「단풍잎」에서도 이 점은 확인된다.

물론 이같은 시심을 꿈꾸는 시인이 허시인(許詩人) 뿐이라는 말은 애초부터 성립되지 않는다. 다만 동양적 사고의 틀을 누가 더 많이 나타내고 있는가 하는 물음을 한다면 허시인이 빠질 수가 없다는 말이다. 이것은 다시 오늘의 산업사회를 가능하게 했던 서양의 물질적 사고에 대해 반감을 의미하는 부분이기도 하다. 또 하나 그를 두고 동양인(東洋人)의 진수(眞髓)를 꿈꾼다고 말할 수 있는 것은 그가 즐겨 소

재삼고 있는 사상(事像)들이 전통적인 동양화적(東洋畵的) 분위기에서
멀리 떨어져 있지 않다는 점에서이다.

　　　　내 가슴 저문 뜨락에
　　　　목련으로 피는가

　　　　　　　　　　　　　　　　　　　　　　　　　　　　—「아내 3」

　　　　조용히 미소 머금고
　　　　내 연꽃을 보았어라

　　　　　　　　　　　　　　　　　　　　　　　　　　　　—「연꽃」

　　　　도라지 꽃내음 어린
　　　　이야기도 있답니다

　　　　　　　　　　　　　　　　　　　　　　　　　　　　—「團樂」

　　　　소나기
　　　　지나간 자리
　　　　청개구리 한 마리

　　　　　　　　　　　　　　　　　　　　　　　　　　　　—「청개구리」

　　　　목련도
　　　　야윈 가지에
　　　　구름불러 앉혔다.

　　　　　　　　　　　　　　　　　　　　　　　　　　　　—「봄이 오는 소리」

　　　　기러기 줄져가는
　　　　하늘 끝에 눈이 닿고

　　　　　　　　　　　　　　　　　　　　　　　　　　　　—「신기루」

　　　　철새도 비켜가는 곳
　　　　높이높이 뜬 소리개

　　　　　　　　　　　　　　　　　　　　　　　　　　　　—「한탄강」

이러한 시구들은 동양화에서 본 낯익은 풍경들로 여겨진다.

어쩌면 산업문명으로 인한 매연(煤煙)이 일기 전의 순수의 세계를 그리워하는 허시인은 시대를 거역하고 싶어하는 사람일 수도 있다. 아니면 인간의 모습을 다시 확인시켜 거칠고 메마른 이 시대의 인간들에게 자기가 해야 할 일이 무엇인가를 보여주려는 사람이라 해도 좋다. 다만 그의 시조집『이 時代를 살아가며』에 큰 비중을 차지하는 경향은 순수 동양적 예지와 지각과 시대의 거역 또는 시대를 다스리려는 욕망이다.

Ⅱ.

일반적으로 서경시(敍景詩)나 자연시(自然詩)는 내심(內心)의 세계에 대한 표출(表出)을 하기보다는 외적 사실의 묘사로 끝날 우려가 있다. 다시 말해 외적 사물을 접해서 시인의 마음을 촉발시키는 주관적 정서의 노출 없이는 서경시나 자연시는 실패를 의미한다. 그렇기 때문에 외적 경관(外的景觀)에 대한 직서적(直敍的) 정서세계(情緒世界)의 표출을 통해 독자의 내적 감동을 유발시켜서 독자로 하여금 詩의 자장(磁場)안에 포함시켜야 한다.

어느새 실버들이
눈빛 한결 푸릇하다
저기 봄이 오는 소리
여기 봄이 오는 소리
목련도
야윈 가지에
구름 불러 앉혔다.

―「봄이 오는 소리」

이같이 허시인(許詩人)은 이미지의 심도를 더하기 위하여 외적 경관(外的景觀)에 자상할 때가 있다. 이 작품은 사실 초장이 중장과 종장의 시적 정보(詩的情報)를 다 말해버린 경우로 되어 있다.

'목련도/ 야윈 가지에/ 구름 불러 앉혔다' 란 시적 직관은 상당한 것이었으나 이것이 놓일 자리에 놓이지 못해 말의 허비(虛費)로 끝난 감마저 든다. 이 점은 다음 시조와 대비시켜 볼 때 명확해진다.

아지랑이 어르다가
할미꽃이 졸고 있네

햇살 바른 절 뜨락에
돌부처가 졸고 있네

물소리 흘려 들으며
산도 따라 졸고 있네

ㅡ「봄」

<졸음>이 초·중·종장에 반복되어 나타나므로 이미지의 중복이라 할 수 있지만 졸음의 종류와 질이 다르고, 또 심도(深度)가 다르게 나타나 있고, 또 시적 정서는 종장으로 올수록 심층적이다.

이같이 허시인은 이미지의 심도를 위해 어떤 경우엔 말의 허비도 아끼지 않지만 대부분의 경우엔 시적 탄력이 단단하다. 즉, 할 말을 삼가는 경우가 많다.

또한 허시인은 외적 경관을 순간적으로 포착하여 무리없이 표현하는 강점을 가지고 있음을 본다.

뚝!

그쳤다.
순간에
고요가 숨죽었다
바람도,
꽃도,
새도 깃을 접었다.
소나기
지나간 자리
청개구리 한 마리.

—「청개구리」

짜아한 매리소리
돌틈으로 스며들고
구름도 산도 숲도
바람마저 조는 오후
톡,
톡,
톡,
고요를 딛고
솔방울이 구른다.

—「고요1」

시는 그림에 비해 감각적 사실성과 외면적 명확성이 부족하다. 그러나 시는 이 부족을 보완하는 것을 가지고 있으니 이는 전체적인 내면(內面)의 깊이라 하겠다. 「청개구리」나 「고요 1」은 같은 구조 속에 놓이는 작품이다.

초장과 중장의 시적 상황은 정적(靜寂)이고 그 정적(靜寂)도 숨죽이는 고요다. 그런데 이 상황을 깨뜨리는 그것도 한 순간으로 무화(無化)시키는 청개구리의 도약과 솔방울의 떨어짐이 여기서는 상당히 중요한 기능을 하고 있다. 이것은 찰나의 예리한 묘사이기 때문에 그림으로써는 감당할 수 없는 내면의 깊이가 있다. 즉 한 순간의 포착이 놀랍도록 간결하면서도 예리함으로 인하여 독자는 내적 감동(內的感動)에 스스럼없이 빠진다.

이처럼 허시인의 정적 표현(靜的表現)은 외적인 사물에 대한 무서운 응시력과 그것의 순간적인 포착이 자주 보이고 이것이 그의 시조를 성공하게 하는 요소가 되고 있는 것 같다.

Ⅲ.

고시조는 애초부터 단수(單首)로서 완성을 꿈꾸었다. 고시조는 지(志)나 의(意)를 소중히 하였고, 그 소중함을 직설(直說)로 나타내기 일쑤였기 때문에 정서 환기가 일어날 틈이 적었던 것이다.

허시인이 꿈꾸는 단수로서의 시조는 정서 환기를 무섭게 노리고 있다는 점을 들 수 있다. 어떤 때는 그가 후기(後記)에서 밝히고 있는 것처럼 "눈물을 눈물로 달래려는" 애수(哀愁)가 있기는 하지만 대부분의 시조는 감정의 넘침을 보류하는 냉엄한 정서 처리로 나타나고 또 비유의 적절성으로 인한 시의 울림을 보여주기도 한다.

현대시조가 너무 귀족적 취향을 띠면서 난해해지는가 하면 어떤 경우에는 너무 난삽(難澁)하기조차 하다. 그러나 앞에서 밝혔듯이 허시인은 언어구사에 신중하면서도 그의 독자적 세계를 추구하는 힘이 강하게 나타나므로 이번 『이 시대(時代)를 살아가며』는 시조문단에 의미있는 파문이 될 수도 있을 것이다.

사람의 자리와 동양적 고전의 세계
－ 우홍순론 －

　사라지는 것들과 훼손되는 것들에 대한 안타까움을 시집『연하장』
에서 시인은 우리에게 보여 준다. 시인의 글쓰기는 사라지는 것들에
대한 저항이자 보존의 행위다. 시인의 저항은 현실로 향하고, 시인의
보존은 추억으로 향해 있다. 따라서 시인에게 '시쓰기'는 시간에 대한
저항이다. 그는 시 속에서 흘러가고 소멸하는 시간에 대해 거부하면서
영원한 가치의 질서를 수립하고자 한다. 그러나 시는 완전하게 그 가
치를 보존할 수는 없고, 다만 그 가치의 흔적들을 시를 통해 보존할 뿐
이다. 여기에 시의 한계가 있으며 또한, 바로 거기에 시의 가치가 있는
것이다. 시가 비록 시간에 대해 완전히 승리할 수는 없다고 해도, 시간
에 대해 저항할 수 있는 유일한 장르가 아닐까.

　그러나 이 글에서는 이러한 시의 정신을 드러낼 수는 없다. 다만 우
홍순 시인의『연하장』에 나타나고 있는 일반적인 특징만을 살펴볼 수
밖에 없다. 이 글에서는 시 속에 표현된 현실 세계의 모습 그리고 현실

의 세계에 대한 시적 화자의 태도, 마지막으로 시인이 돌아가는 이상
적 삶의 세계로서의 동양적 고전의 세계를 중심으로 살펴보고자 한다.

타락과 변전의 세계

삶의 세계는 우선 시인에게 '뒤틀린 역리(逆理)'시대이자 '진실이
눈 밖에 나는 슬픈 역사'적(「나목1」)현실이다. 도시적 삶과 자본주의
적 현실은 인간의 삶에서 인간을 추방해 버린 상품과 돈의 지배에 굴
복한 물신의 세계를 활보한다. 따라서 시인에게 이 세계의 인간들은
모두 자신의 고유한 개성과 영혼을 상실한 대량 생산된 복제품들이다.

> 복제한 내 모습 많은 거리엔
> 그저 흐르는 즐거움들
> 밖에 마냥 눈길 주다가
> 밖이 되고 밖은 내가 된다
> 밀폐된
> 이 무대 출연
> 어느 때에 끝날 건가.
>
> —「마네킹」 부분

사람들이 흐르는 거리에서 시인은 '인간'을 발견하지 못한다. 거리
의 사람들은 영혼을 잃은 '인간'들, 즉 인간의 복제품들이다. 그들은
마네킹처럼 자본이 생산한 상품을 전시하기 위해 거리에 디스플레이
된 인간 마네킹인 것이다.

이러한 자본주의적 질서는 물신화의 삶이자 끊임없이 변전하는 가
치 상실의 시대다. 이 가치 상실의 사회에서 유일한 가치는 '유행'이라
는 이름으로 불리는 상품의 또 다른 얼굴이다. 유행은 모든 이전의 것

들의 부정이자, 모든 정신적 가치까지도 상품화하고 외면화한다. 따라서 사회에서는 자기 반성이나 내면의 성찰도 진정한 가치를 상실한 채 유행화되고 만다.

> 마음이 비뚤어진 환자들이 요즘
> 애송한다는 '서시' 한 구절
> '하늘을 우러러 한점 부끄럼이 없기를
> 잎새에 이는 바람에도 난 괴로워했다'
> 귀 열고
> 들어줘야 할지
> 멍청해지네 갑자기.
>
> 시에 단골이 따로 있으랴만
> 도공, 사기꾼, 탐관오리는 어쩐지 ……
> 모시처럼 고운 겨레의 얼이
> 흙탕물에 물들세라
> 뜻밖의
> '서시' 증후군
> 참, 유행인가 당위인가.
>
> —「'서시' 증후군」

자신의 영혼을 상실하고 돈과 상품에 물든 인간이 자신의 부끄러움에 대해 이야기한다는 것은, 아니 이야기해야 한다는 것은 어쩌면 당연스러운 일이리라. 그러나 그가 자신의 주체성 상실을 부끄러워하지도 않으면서 그저 형식적으로 '부끄러움'에 대해 말하는 것이 이 시대의 현실이라고 시인은 말한다. 즉 자기 성찰 없는 '서시 증후군'은 이 시대의 유행이면서 당위인 것이다.

벌거벗음과 인간의 자리

　물신의 노예가 된 인간의 삶과 가치 부재의 현실은 시인에게 겨울의
이미지로 자주 표현된다. 이 현실의 이미지로서의 겨울 속에서 시적
화자의 이미지는 '벌거벗은 나무'다.

> 동상(凍傷)쯤 대수로 아는
> 자학(自虐)은 아니것다
> 대패로도 지우지 못할
> 구석구석 퍼진 독물
> 진실이
> 눈 밖에 나는
> 슬픈 역사의 목격자.
>
> 벗어주고 빈 주먹에
> 벗은 자와 어울려서
> 추운계절 아픔을랑
> 통몸으로 함께 앓고
> 이 시대 역리(逆理)에 입다물은 알몸 시위.
>
> 　　　　　　　　　　　　　　　—「나목(裸木)」

　이 시대는 진실이 인간 삶의 현실에서 벗어난 세계다. 그러나 시인
은 이 세계를 부정하지만, 이 세계에서 벗어날 수는 없다. 시인은 바로
자신의 상처까지도 사랑해야 하는 슬픈 운명의 인간이기 때문이다. 그
는 시대의 겨울 속에서 시퍼런 독물에 온몸을 상하면서도 그것을 견디
면서 이 삶의 부정의 정신이자 사랑의 정신인 것이다. 누구나 쉽게 버
릴 수 있고 팽개칠 수 있는 상처를 시인은 끝까지 끌어안고 가는 것이
다.

　시대의 현실을 알몸으로 끌어안고 구도자처럼 이 세계의 고통 속으

로 시인은 자신의 삶을 뿌리 내린다.

> 섣달 그믐 저녁참은
> 그림자도 바쁜 걸음
> 열두 폭 쌓인 때를
> 못 씻고 해 맞인데
> 당신은
> 아주 빈손으로
> 뜰을 쓰는 노승(老僧)이다
>
> ……(중략)……
>
> 칼바람에 얼어버린
> 빙벽같은 밤이오고
> 시궁창 구르다가
> 설자릴 못찾을 때
> 당신의
> 곧고 넓은 예지가
> 이 가슴의 별이 된다.

—「고목(古木)」

바로 이 '그 자리에 뿌리내리고 흔들리지 않음'이 사람이 있어야 할 자리다. 자신에게 존재하는 고통과 시련의 현실을 거부하지 않고 정면으로 바라보고 맞서는 자세에 바로 인간으로서의 올바름이 있고 시의 정신이 있는 것이다. 비록 시인이 뿌리내리고 선 곳이 물신과 가치 상실의 시대, 즉 인간의 영혼이 얼어버리고 육신들이 추운 겨울 속에서 방황하는 현실일지라도 시인은 바로 그곳에서 인간의 자리를 차지해야 한다.

이때 인간은 비로소 자신의 주변을 사랑하게 된다. 그가 바로 그의 삶 속에서 자신의 자리를 발견할 때, 그는 인간에 대한 올바른 눈을 뜬다. 거기서 그가 발견하는 인간이란 돈과 명예와 권력으로 자신을 소리 높여 드러내는 인간이 아니라 바로 그 소리에 묻혀 가려진 소리없이 흐르는 인간들이다. 그 인간들이란 "포장마차"의 손님들, "벌·개미 닮은 죄로 손해보며 사는 이들", "줄 잘서서 밖으로 밀려난 딱한 이들", "대물림 논뙈기 운명 주름살 골지는", "농사꾼", "장애자"(「소리 없는 자를 위하여」)들이다.

이러한 시인의 시선은 확대되어 통일의 문제로 나아가고, 이 민족의식은 역사의식으로 심화된다.

> 저무는 이승 인연
> 올 추석도 막혔는데
> 반세기 흐른 세월
> 망부석으로 멈춘 시간
> 철조망
> 마디마디에
> 보름달이 매달렸다.

—「귀성길」 부분

> 근 백년 거짓놀음
> 벗지않은 구미호 탈
> 심심하면
> '내 탓이 아니다'
> 버릇아닌 근성이리
> 자초(自招)한
> 당신피해만
> 해외전시 야단법석.

—「원폭피해 해외전시」 부분

분단과 아직도 지워지지 않은 일제 침탈의 역사 속에서 우리는 아직도 민족의 정체성을 찾지 못한 "슬픈 역사의 사생아"(「탈춤」)들이다.

이 슬픈 역사의 사생아들이 사는 현실의 세계는 "전통 파괴", "가격 파괴", "인륜 파괴"의 "구석구석 전쟁터"다. 이 전쟁터의 주인은 "황금 물신"이고, 이 황금 물신은 "하늘같은 사람자리"를 "야금야금 밀"어 낸다(「없어진 빈자리에」). "우주선 달 여행시대"(「없어진 빈자리에」)에 유일한 인간들의 신앙이 있다면 그것은 물신 숭배다.

동양적 고전의 세계

물신 숭배와 가치 상실의 시대에 시인은 현실에서 자신의 가치의 중심을 발견하지 못한다. 그는 인간이 세계의 중심이던 그리고 인간이 자연 속의 조화로운 한 인자(因子)이던 동양적 고전의 세계를 자신의 이상으로 재발견한다. 그 고전의 세계에서 시인이 발견하는 것은 먼저 시조의 삶이다.

> 권세, 명예 다 누린뒤
> 수만리 공중잠적(空中潛跡)
> 의리, 나라 헌신 버리듯
> 목숨 하나 구걸 판인데,
> 당신은 인생을 걸고
> 참된 삶을 말하고 있다
>
> —「秋史의 歲寒圖」 부분

'태풍'에도 흔들리지 않고 '천근 무게'로 자신의 자리를 지키고 있는 눈보라 속의 소나무, 바로 추사 김정희의 발견은 시인이 현실의 삶을 견디어 나갈 수 있는 모델이 된다. 이 눈보라 속의 노송은 바로 산의 이미지로 연결된다. 추사 김정희의 발견이 한국적 선비의 현실에 대한 태도의 인식이라면, 산의 발견은 동양적 자연 즉 진리―道―의 발견이다. 인간이 자연의 부분이듯, 자연물은 인간의 본질적 삶의 모습을 서정적으로 우리에게 제시하여 준다.

> 억겁을 누웠어도 자리값 넉넉히 하고
> 평화는 무단히 오잖고 분수 따라 오리 것을
> 그 모습
> 그대로 있어
> 한결같이 편안하다.
>
> —「산1」

> 태생부터 곱추등처럼
> 엉거주춤 자리잡았어도
>
> 기구한 제 팔자에
> 가슴치는 일 없었다.
>
> 때 되면
> 접어 뒀던 다리
> 높이 멀리 뛸 참인가
>
> —「산2」

자연 그대로의 쓰임새, 無用之用의 발견과 안빈낙도적 달관의 세계가 바로 시인이 산의 이미지를 통해 발견한 동양적 세계다. 이 세계는 원초 그대로의 불변적 세계로 인간이 돌아가 영원히 안주할 수 있는 공간이다. 현실의 세계가 끝없이 변전하고 타락하는 세계로 인간은 그 속에서 어떠한 휴식도 즐길 수 없다. 인간이 자신의 영원한 휴식을 발견할 수 있는 곳은 바로 영원불변의 세계, 바로 자연적 삶 속에서이다.

> 한입에 다 삼켜버릴 무서운 해일에도

한 순간 한 발자국 흔들림 밀림도 없이
억만겁 세월을 안고
편안 자세로 앉았다.

―「섬」부분

어떠한 현실적 삶의 변전에도 굴복하지 않는 세계가 바로 이 동양적 자연의 세계이고, 이 동양적 자연의 세계가 물신의 시대, 가치 상실의 시대, 상품과 유행의 시대를 사는 시인―인간―이 자신의 삶의 중심으로서 재발견하여야 하는 세계이다.

우홍순 시인은 자신의 시집『연하장』에서 인간과 인간의 감정이 메말라 서로의 감정 소통이 사라진 현실의 삶을 자신의 시 속에 재현하고 있다. 그러나 시인은 세계의 단순한 재현에만 머물지 못한다. 그는 그 세계 속의 자신의 모습을 겨울의 시퍼런 추위 속의 '나목'으로만 묘사한다. 그는 자신의 세계를 말 그대로 온몸으로 부딪힌다. 그가 자신의 현실과의 부딪힘에서 발견하는 세계, 바로 동양적 세계로서의 선비 정신과 자연의 발견이다. 그는 그 속에서 자신이 짊어지고 가야 할 현실적 삶에 대한 태도를 발견함과 동시에 우리에게 현대 문명에 대한 하나의 해결책을 암시하고 있다. 물론 이 글은 이 시집에 나타난 모든 것을 말 할 수 없었다. 이 글은 다만 이 시집의 전반적인 개요만을 말할 수밖에 없었다. 예를 들어 이 시에서 자주 표현되는 부모에 대한 사랑도 동양적 사고에 근접한 것이라는 점에서 영원불변변하는 동양적 가치 세계의 하나인 것이다.

시인은『연하장』을 통하여 현대시가 놓치고 있는 사랑이라는 주제를 동양적 세계관과 연결하여 소중하게 우리에게 전달하고 있다.

산승의 가슴앓이, 그 '그리움'의 설운 빛

- 청학스님론 -

1. 뜬 구름위에 선 선재선재

청학스님은 스님이기 이전에 진솔한 한 인간이며 또한 시인이다. 앞서 상재된 『관산유정』에 이어 올 8월에 나온 시조집 『뜬 구름위에 선 선재선재야』를 읽어보면 이 사실은 더욱 더 분명해진다. 시조집의 자서(自序) 부분에서 그는 시심(詩心)이 곧 불심(佛心)임을 신념으로 밝히고 있다.

> 한 삶의 굴레에서 보고 듣고 맛보며 수상행식의 고뇌로움 가운데 진정한 진아의 참된 모습을 찾아야 하는 수행자의 본분을 잠깐 잊어버린 채 주어진 생을 진술하게 참회하고픈 한 점의 얼을 시조라는 형식을 빌어 부처님께 바치고자 한 것입니다.

곧, 그에게는 시(시조)를 쓰는 행위 자체가 도를 닦는 행위와 등가되는 것이다.

시조집에 일관되어 있듯이, 그에게 있어 도의 깨침은 인간사의 번뇌를 철저하게 '인식'하는 태도에 바탕을 두고 있다. 헉슬레이(A. Huxley)의 용어를 빌리면 '옆으로의 자기 초월'의 태도가 그것이다. 다시 말하면 유아론적이고 폐쇄적인 고립주의의 자아 인식이 아니라 세계와 세인들과 관계를 맺음으로써 나타나는 자기 소명을 발견하는 태도를 그는 취하고 있는 것이다. 그래서 그의 시조는 독자로 하여금 쉽고 또 가슴 깊게 공감할 수 있도록 하는 수용의 작품들이 되고 있다.

그의 시조집『뜬 구름위에 선 선재선재야』는 총 5장으로 구성되어 있다. <무상>, <사바 생각>, <편편산조>, <지난날의 하늘>, <산승>등 자아와 세계와의 끈끈한 동일성을 주조로 한 서정의 정신이 시집 곳곳에 배어 있음을 살필 수 있다.

그의 작품세계는 크게 세 가지의 주제로 묶여져 펼쳐진다. 초월·해탈의 표상으로서의 자연에 대한 경외심과 세속적 삶에 대한 그리움, 그리고 세속적 삶의 번뇌로부터 벗어나고자 하는 의지 등이 그것이다. 이 속에서 우리는 산승으로서의 가슴앓이를 애잔하게 느끼고 또 충분히 공감해마지 않을 수 없다.

산사에 사는 스님이면서 또한 아울러 한 '인간'으로서의 성정을 품고 사는 청학스님이 여간 고맙고 다행스럽지가 않다. 왜냐하면 그는 우리에게 '인간으로서의' 구도적 자세가 무엇보다 소중하고 중요한 것임을 일깨워 주시므로…….

2. 초탈적 의지로서의 자연, 그 앞에 선 무념무상

주지하다시피 자연은 '절대 공정함'을 지키려는 태도를 기본으로 삼고 있다. 무한한 포용력을 지니고 있는 듯하면서도 엄하고 냉정할 때는 가차 없는 가혹함을 보이는 것이 자연이기도 하다.

　　이러한 자연으로부터 인간은 살고자 하는 생명뿐만 아니라 지극히
많은 것을 알고 또 갖고자 하는 '이상'도 얻는다. 그러므로 자연은 예
나 지금이나 인간이 경외하는 절대심의 상징 가운데 하나가 되고 있다.
　　이러한 자연이 문학의 가장 명분 있는 소재거리가 되고 있음은 당연
한 일이다. 다시 말하면 자연이 그 존재를 위해 자연 그 자체가 아닌 다
른 어떤 것에 의존하고 있다는 것이 문학에서의 보편적인 자연관이 되
고 있는 것이다.

> 청송빛 푸른 넋이 / 계율인양 서리같고 / 은은한 범종소리 / 번뇌망상 씻
> 어낼제 / 영취는 / 삼매에 잠겨 / 달로 뜨는 연화대.
>
> 　　　　　　　　　　　　　　　　　　　　　　　　　　　─「통도사」 부분

> 운무를 허리춤에 / 둘러멘 연화봉아 / 침묵에 겨운 너는 / 좌선의 트림일
> 사 / 희방은 / 온갖 번뇌를 / 폭포수로 씻구나.
>
> 　　　　　　　　　　　　　　　　　　　　　　　　　　─「소백산에서」 부분

　　그에게 있어 자연은 '다른 어떤 것', 곧 '神'이다. 자연의 존재 근거
가 신에게 있다고 할 때 자연은 신의 피조물이며 자연 그 자체가 신성
한 존재가 된다. 그가 스님인 만큼 그의 정신세계를 철저하게 지배하
고 있는 것은 불교의 사상이고 이를 바탕으로 한 자연관을 그는 보여
주고 있다.
　　종교인의 자연관에서 볼 수 있는 것처럼 신의 창조물로서의 자연은
결코 단순한 자연이 아니라, 종교적 가치나 신성으로 충만된 존재이
며, 구체적 자연물은 이 신성의 모델들이다. 이런 자연관에 입각한 자
연시의 궁극적 제재는 神性이 되고 위의 예문에서 우리는 쉽게 이 사
실을 알 수 있다.
　　그래서 그에게는 "법구경 한 구절도 / 읊어보면 감수로라 / …… /

쩡그렁 / 풍경이 울면 / 대운산이 열”(「무제2」)리기도 하고, “낭랑한 / 목탁소리는 / 별리 되어 빛”(「법」)나기도 하는 것이다.

원래 그는 자연에 대한 애정이 각별한 시인이다. 종교와 관련시켜 자연을 보기 이전에 「산딸기」에서처럼 자연 그 자체의 아름다움과 부드러움을 볼 줄 아는 눈을 그는 처음부터 지니고 있었다.

> 풀이슬 별빛이랑 / 여름 내내 삭히더니 / 달콤한 정이 오른 / 분홍빛 네 목소리 / 이 마음 / 담뿍 젖도록 스며드는 속삭임.

자연 그 자체의 경이로움과 그 속에서 종교적 가치 및 질서를 찾을 줄 아는 그의 심성은 한 인간으로서 뿐만 아니라 종교적 구도자로서의 자질 형성에 아주 중대한 영향을 끼쳤으리라 본다. 다음에 인용한 한 소절은 이상의 그의 시적 태도를 집약해 주는 듯하다.

> 산처럼 / 나도 살리라 / 먼 업인의 곡조따라.
>
> ─「삶」부분

3. 상처의 소유, 혹은 그리움의 강

『뜬 구름위에 선 선재선재야』에서 가장 비중을 많이 차지하는 정서는 바로 과거 혹은 세속에 대한 그리움이다. 여기서 과거란 그에게 있어 결코 쉽게 손에서 놓아지지 않는 *끈끈한 인연밭*이다. 여기서 우리가 주목해야 할 점은, 그의 과거지사에 대한 미련이, 득도를 해야 하는 종교인의 해탈지향적 태도에 해가 된다는 사고를 지양한다는 점이다. 다시 말하면 그에게 있어 종교적 구원의 태도는 ‘상처’를 소유하고 또 그것을 뼈저리게 ‘인식’할 수 있는 자만이 그 상처를 치유할 수 있다는 일종의 상동론적 발상에 기인한다는 것이다.

그에게 있어 '그리움의 강'은 제4장 <지난날의 하늘>에 집약되어
있듯이 유년회상으로부터 시작된다.

> 청보리 꺼끄럽던 / 춘삼월 긴긴 해에 / 진달래 꺾으려고 / 심산을 헤매이
> 다가 / 길 잃어 / 울고 헤매던 / 유년길을 걷고 있다.
>
> ―「봄날」 부분

> 뜰 아래 옛그림자 / 추억을 떠올리면 / 달무리 안개 속에 / 피어나는 길
> 동무들 / 복사꽃 / 떨어지는 밤 / 그리움만 도지누자.
>
> ―「동천」 부분

> 유월의 논배미에 / 한설움 토해내는 / 허기진 배앓소리 / 오누이로 벙그
> 는데 / 서산이 / 들먹이더니 / 앞 내 또한 웁다 // 처   한 구절소리 / 옛날
> 로 돌아서면 / 피보다 진한 울음 / 슬픔만 쌓이는데 / 오솔길 / 외로운 달이 /
> 나를 잡고 웁다.
>
> ―「뜸북이」 부분

유년의 강은 삶의 원초적 색감이 되는, 잔잔하면서도 골 깊은 흐름
을 형성한다. 삶의 근저에 뿌리내리게 하는 지고지순의 맥이면서도 또
한 우리의 의식과 무의식을 통째 지배하는 힘인 유년의 강은 인간의
원천인 고향과도 등가되는 개념이다.

"질화로에 피어나는 / 증조부님 옛 말씀이 / 장지문 풍지 떨며 / 귀감
으로 들리"지만 "우러러 / 청송 높은 뜻 / 뫼실 길이 없"(「질화로」)어진
심정 또한 지나가버린 유년에 대한 그리움을 한층 더 짙게 하고 있다.

이상의 예문들에서 알 수 있듯이 청하스님은 유년에 대한 기억을따
뜻함과 쓰라림의 두 가지로 나눠 가진다. 그러나 그는 유년에 대한 기
억을 따뜻하면 따뜻한 그대로, 아프면 아픔 그대로, 소중히 여긴다. 군

이 종교를 들먹거리지 않더라도 그는 그만큼 포용과 수용의 자세를 근저에 지니고 있기 때문이리라.

이 유년의 그리움에 맞닿아 있는 것이 어머니에 대한 그리움의 기억이다.

> 두고 온 미련이기 / 그리운 사바라 하자 / 한 마음 봇물 가득 / 채워 둔 인연이기 / 이 밤도 / 만월로 떠서 / 저를 보실 어머님 // 이 자식 잘되옵길 / 정한수로 빌던 어제 / 어느새 구름발로 / 저무는 오늘 되어 / 가엾어 / 저민 한 설움 / 사모곡만 <u>흐르고</u>.
>
> —「어머님1」 부분

"적막한 사문길에 / 태산같은 법만 남아 / 쫓기듯 아위움만 / 장삼자락에 감싸안고 / 못다한 / 효를 불사뤄 / 행복을 비"(「어머님2」)는 그에게 어머니의 존재는 "한세상 / 일궈온 시름 / 무명 고은 넋"(「어머님3」)이 되고 있다.

이러한 유년과 어머니에 대한 기억은 자연스레 그에게 고향의 그리움을 유발시킨다.

> 얼마나 가곱던가 / 꿈에도 그리던 생각 / 결삭는 시간마다 / 별로 돋던 고향산천 / 이 밤은 / 어느 산 안고 / 한소망을 짓고 있나.
>
> —「고향생각2」 부분

"올해도 제비 한 쌍 / 법당깃에 둥지를 틀며 / 고향에 / 돌아가라고 / 온 몸을 흔"(「고향생각3」)드는 듯한데, "사바를 / 그리워하는 / 눈물겨운 인애사"(「고향생각1」)로 그의 고향에 대한 그리움은 빛을 잃지 않고 있다. 고향은 유년의 강에서, 어머니의 품에서 비롯된 생명의 근원지이기에, 그 기억 및 추억은 애써 애닯아하며 지워버릴 필요는 없는 것이리라. 비록 그가 속세를 떠나 종교의 길을 걷는 구도자라 할지라도.

한편 그에게는 이른바 사바세계를 못잊게 하는 또 하나의 인연이 있다. 산승인 그를 그토록 가슴앓이하게 만드는 설운 인연이 그에게는 뚜렷이 자리하고 있다.

만나지 않았어야 / 생각지 않을 / 벙어리 냉가슴 / 타는 앓이가 / 심중에 / 모닥불 되어 피어납니다 // 생각지 말았어야/ 그립지 않을 / 머저리 속앓듯 / 타는 앓이는 / 연분홍 / 사랑잎 되어 돋아납니다 // 즘생은 그립어 / 생각는 사랑 / 사랑터질 봇물을 / 채운 까닭에 / 생각는 / 그리움이사 / 가슴터질 서러움입니다 // 지금도 생각는 / 그리운 사랑 / 못이룰 언약을 / 맺은 까닭에 / 천형의 / 가슴앓이를 / 불태우는 엄인입니다

— 「산승(가슴앓이1)」

"그리워 / 생각할 수록 / 너무나도 먼 인애사"(「산승 – 편운」)로 "아 못내 / 그리운 곳을 / 갈 수 없는 하늘이라 하자"(「산승 – 그리움」)는 일종의 체념적 심경을 토로하고 있다.

"비구니라 불러보는 / 그대 이름 앞에 / …… / 인연의 한 굴레를 / 무념으로 새겨놓아 / 인간사 / 인생무상이 / 너로하여 스민다"(「산승 – 그대 앞에서」)는 표현은 어느 사랑 못지않은 애닯음을 가져온다. 어느 사랑치고 시련과 아픔을 겪지 않을까마는, 한 편은 비구가 되고 또 한 편은 비구니가 되어 그들의 사랑을 종교라는 이름으로 승화시켜야만 하는 온 몸 삭히는 끝없는 인내의 사랑이 바로 그가 하는 사랑이다. "오작교 둘레같은 / 가깝고도 먼 그대"인지라 "비련초 / 같은 마음을 / 홀로 안고 가"(「산승 – 오작교」)야만 하는 그다. "청춘은 살처럼 가고 / 내 노래는 바람"인지라 "쓰고 단 가시성을 / 넘지 못해 방황"(「산무

상2」)도 때로 하고 그래서 "회사의 지난 들녘 / 허무만 쌓아놓"(「나그네」)아 삶을 한 폭의 그림자만 뜨고 지는 수채화로 인식하기도 하는 것이다(「관음소엽」).

"그대 있어 꿈이라 하"고 "함께 있어 사랑이라 하"(「만월을 두고」)는데, 이 모든 것을 뒤로 한 그는 "근원을 / 알 수 없"어 "울음 하나로 철썩"이고 "근원을 / 알 수 없"어 "아픔 하나로 철썩"(「바다」)이는 것이다. "세월도 / 가슴이 아픈지 / 오던 길로 되돌아 가"(「들국화」)려 하지만 끝내 그가 궁극적으로 자리잡고 앉아야 할 곳이 출가의 세계임은 틀림 없는 사실이다. "그대는 / 한하늘 날아 / 이 가슴을 떠났"(「산승 — 파랑새1」)지만 온갖 세속적 고뇌를 넘어 마침내 그가 만나야 할 것은 "눈 아린 / 새벽 하늘에 / 아른한 별"(「산승 — 네 생각」)인 것이다.

그가 다른 문학하는 종교인들과 다른 점은, 현실을 깨달아 초월한 듯한 거리감을 느끼게 하는 생경한 종교적 태도를 버리고 세속적 삶 혹은 인간적인 삶을 철저하게 고민하고 되짚어보는 아픈 인식이 함께 자리한다는 사실이다. 이러한 태도는 앞서도 잠깐 언급했듯이, 아픈 현실은 아픈 현실 인식으로서만 그 극복이 가능하다는 일종의 상동론적 발상에 다름 아니다. 그러기에 우리는 그의 작품들에 훨씬 더 큰 공감을 얻고 또 주목하는 것인지도 모른다.

4. 사바세계에 대한 가슴앓이, 그 속풀이의 반성적 명제

이제껏 살펴 본 그의 작품의 주된 정조는 그리움의 짙은 서정성이다. 그러나 이런 서정 틈틈이 역사에 대한 인식이 스며 있어서 우리의 흥미를 끈다.

표적에 쓰인 간지 / 너를 보는 이 시린 눈 / 매화야 그 꽃망울 / 李朝恨을
피워 담아 / 고혼을 / 분신 삼아서 / 하얀꽃을 피워다오.

—「일본 청견사 매화」부분

역사의식을 바탕으로 한 작품으로는 이 이외에도 「조국」, 「고려청
자」, 「이조추조」, 「유모달 재일동포 시인을 생각하며」, 「일본 요꼬스
가 용본사에서」, 「청견사」, 「장릉」, 「갓」 등이 있다. 큰 것을 이루기 위
한 작은 것들의 소중함, 작은 것들이 모여 이루는 큰 것에 대한 두려움
섞인 애정 등이 그의 역사의식의 바탕이 되고 있음을 알 수 있다. 그가
지닌 역사인식을 시조로써 잔잔하게 피워올리는 그의 재주가 고맙고
또 반갑다.

어쨌든 그는 시인이요, 한 사람의 인간이면서 또한 구도의 길을 걷
는 불자이다. "사바의 / 무거운 인연 옷 벗듯"(「봄」) 벗어버리고 그가
가는 길은 "새소리 / 지팡이 짚고 / 물소리는 허리에 끼고"(「비로사 가
는 길」) 가는 청산백운 밟는 기운이다. "조용히 기린 뜻을 / 삼보전에
원력 빌러 / 잡힐 듯 이는 생각 / 무상계에 접어두면 / 한 염원 / 이고득
락할 / 서광빛을 찾으리"(「합장」)라는 그의 기도, 이루어내시길 이 시
조집을 대하면서 간절히 바라고 또 바랄 따름이다.

餘裕있는 詩의 步法

－양원식론－

Ⅰ.

열무김치를 좋아한다는 것은 우선 그가 한국인이라는 이유에서 비롯된다고 말할 수 있을지는 모른다. 그러나 한국인이라면 누구나 열무김치를 좋아하느냐, 또 외국인 중에서도 열무김치를 좋아하는 사람이 있지 않느냐 하는 문제에 도달하면 열무김치와 한국인과의 연관은 필연적이라고는 할 수 없지만, 그러나 한국인이 열무김치를 좋아한다는 사실은 우연적이라고 말하기엔 너무나 거리가 멀다. 열무김치를 좋아한다는 사실은 개인적인 習性에 불과하다. 그렇지만 음식에 대한 습성을 따지고 보면 그의 어린시절에 그를 길들여온 어떤 경험세계, 이를테면 음식을 만들어 주시는 어머니의 嗜好, 형제들의 기호, 그리고 그런 음식이 아니면 안되는 사회적 制約 등등의 문화적 諸要因들과 밀접한 연관을 갖게 되는 것은 정한 이치라 하겠다.

楊詩人의 작품들을 대하면 우선 열무김치를 생각나게 한다. 그것은 우선 詩 중에서도 유독 時調를 고집하는 이유가 따로 있는 것 같아서다.

그는 山水가 빼어난 醴泉에서 태어났다. 家風있는 士大夫집안의 後裔다. 거기다 古來의 法道와 家風을 엄하게 교육시키신 嚴親이 지금도 정정하시고, 嚴親 또한 詩文에 능하신 어른이시다.

이런 분위기에서 자란 楊詩人이라 詩業의 길에 들어선 것은 오히려 당연하다 하겠으며, 우리 것을 따지는 일에 소홀함이 없는 그의 心性은 마땅히 時調文學에의 집착으로 그를 나아가게 한 것이리라. 이것이 楊詩人을 두고 열무김치를 연상케 하는 첫째 이유다.

둘째 이유는 그가 가꾸는 詩의 庭園이 도회지의 그 살벌한 블록담 아래의 비좁은 공간이 아니라, 시골의 돌담 또는 흙담으로 구성된 넓은 마당을 엿볼 수 있다는 이유에서이다.

> 처마밑 빨랫줄에 햇제비 잠이 들면
> 박꽃 이는 초가지붕 달빛도 철이 나고
> 건들매 바람 한 끝이 멍석 위로 떨어진다.
>
> —「七月에」부분

> 주름살 걷어낼 햇살을 움켜쥐면
> 켜켜에 갈무리한 참버들 피리소리
> 봄 갈고 오는 소등에 초승달이 실려온다.
>
> —「씨앗을 심어두고」부분

이처럼 그의 詩에는 시골의 싱싱한 풍경이 숨쉬고 있다. 어쩌면 이런 그의 詩風이 도시산업사회의 살벌함을 역설적으로 對照시키고 있는 것 같은 느낌마저 든다.

Ⅱ.

楊詩人의 작품의 진가는 우선 저 가람선배가 일구어 놓았던 格調에 있는지 모른다.

詩의 步法이 급하지 않고 언어의 압축에 너무 신경 쓰지 않고 있다는 이유에서 가람시조와의 비교가 가능하다고 본다.

해 지면 부처되는 할아버님 생시에는
창호지 빛깔쯤은 눈 감고 아셨거니
亞字窓 풍지를 달고 먼 산빛도 줍더이다.

―「秋夜雨吟」 부분

거미줄 칠 수 없어
씨알 푸른 말을 품고
마을을 빠져나와
山心에 젖다 보면
여울물 길을 트려고
돌부리를 흔든다.

―「돌다리 두드리며」 부분

이것들은 모두 한 文章으로 이룩된 작품들이다. 그리고 이미지를 압축하려는 것이 아니라 있는 풍경을 펼쳐서 내보이는 입장이다. 이를 두고 양시인의 시의 步法과 詩風의 특색을 말할 수 있게 된다.

언어의 조탁이 심하거나 시적인 기교가 넘치면 시로서는 格下다. 그런데 여기서 보듯이 楊詩人의 그것은 그의 천성이 그렇듯 여유롭고, 한가롭고, 느긋하여 詩를 읽고나면 어느새 詩가 그린 그림 속에 安住하고 있는 자신을 발견하게 된다. 문학작품은 독자에 의해서 다시 씌어진다. 그렇기 때문에 詩는 이래야만 좋은 詩다 하는 법칙이 성립되기 어렵다. 詩는 늘 상대적 가치를 가지기 때문이다.

이런 이유에서 보면 楊詩人의 無技巧의 技巧는 조탁이 심한 오늘의 시에 염증을 일으킨 독자들에게 오히려 신선함을 주기에 넉넉할 것 같다.

또 하나 楊詩人의 작품에서의 매력적인 요소는 人生에 대한 自覺之
心이다. 그것도 知天命쯤에 도달해야만 얻어지는 人生哲理를 詩化하
고 있다는 점이다.

> 아내가 귓속말로
> 식구 하나 늘었단다
> 심심한 눈빛 속을
> 밝힐 줄 아는 나이
> 흉냄새
> 그리는 마음
> 이제 조금 보인다.
>
> —「난분을 안고 와서」부분

> 춘란꽃 향을 먹인 아지랭이 속엣말씀
> 하나 둘 캐다 보니 나도 한촉 난인 것을
> 흰 장지 여백에 묻은 비구름도 보인다.
>
> —「春蘭꽃 향을 먹인」부분

> 옛 어느 환장이가 먹물 입힌 호랑이를
> 꼬리를 반쯤 감춰 風竹 앞에 세웠기로
> 흰 여백 낮달을 울려 내가 찾는 마음자리.
>
> —「겨울 대나무」부분

이러한 작품들은 모두 그의 自覺之心을 나타낸 作品들이다. 그가 思
惟하는 영역이 넓고 깊다는 점을 의미하는 작품들이라 하겠다. 앞서
그의 작품이 가람풍의 格調를 닮았다고 했으나 그런 것만이 아닌, 楊
詩人의 자기영역을 이들 작품을 통해 엿볼 수 있다고 하겠다.

또 하나 그의 詩의 장점으로는 상상력의 풍부를 들 수 있을 것 같다.
과거 古時調에서의 作詩法은 시가 창조적인 산물, 또는 상상력의 산물
이라는 의미보다는 그것이 얼마나 고상한 문장(polite letters)이었느냐

에 달려 있었던 것이다. 이 때의 고상함이란 특정 사회계급의 가치와 취향을 의미하게 된다. 그렇게 때문에 시적 상상력이 빈약한 것이 바로 고시조였다고 하겠다. 고시조 쪽까지 갈 것 없이 現代時調에서도 시적 상상력의 부족을 흔하게 보아온 터다.

뒷뜰에 흙을 모아 박씨 두엇 심어두고
찬 이슬 외론 마음 새겨듣는 이른 아침
내 오늘 종달이 불러 골목길을 쓸어야지.

─「씨앗을 심어놓고」부분

며칠째 묵었는지
목털 푸른 제비들이
태깔 고운 봄을 풀면
다가서는 경포호수
첩첩산
잔설바람에
가는 길이 무겁다.

─「경포대」

타래실 명을 빌어 한꿈을 일으키듯
금줄 맨 장독 옆에 십어 송이 벌었구나
새색시 연지볼만큼 속을 우려 보이네.

나직한 볕발 아래 아른아른 손을 뻗어
떨리는 가슴으로 까만 씨 받아 드니
울엄마 속눈썹 끝에 이슬인양 고웁네.

─「봉선화」

이와 같이 그의 시에는 상상력이 풍부하다. 어떤 때는 동심적인 먼 동경의 세계가 보이는가 하면, 어떤 때는 사물의 人間化를 통해서 바라보는 가공의 현실이 보인다.

이상 몇 가지 소견으로 楊詩人의 作品을 설명하였지만 혹시 楊詩人의 작품을 그릇되게 評하지는 않았는지 아니면 왜곡된 일은 없는지 두려움이 앞선다. 大成하시기를 바란다.

인간성 회복과 현실 모순의 극복

- 金思均론 -

Ⅰ.

일찍이 시에 질서와 조화를 부여한 터전으로 自然이 등장하였다. 자연은 인간의 창조 행위의 모태이기도 하고 사유 행위의 근간이 되기도 하여 문학과는 긴밀한 연관에 놓여 있는 것이다.

東艸 金思均 詩人의 시조 첫 장은 역시 親自然으로의 立志다. 여기에는 두 갈래의 사유 체계를 보여주는데 하나는 자연을 관조하는 태도가 일체 관념에서 떠나 자연의 순수성에 주목하는 경우고, 다른 하나는 自然을 人間 本然을 회상하게 하는 매개로 보는 입장이다.

우선 전자의 경우를 예로 들어 보기로 한다.

> 1) 純粹가 송이지면
> 　　白木蓮 꽃이 되나
>
> 　　젖내음 흩으면서
> 　　사랑이듯 벙근 미소
> 　　이 아침

어둠을 제겨밟고
먼 데서 오신 손님

―「木蓮」 전문

2) 남으로 트인 창 틈
비단바람 불어 들어

보라색 제비 한 쌍
飛翔이듯 펼친 나래

윤삼월
하늘 한 둘레를
淸貧으로 서는 선비

―「제비꽃」 전문

1)에서는 소복한 한 여인의 연정을 목련을 통해 읽었다면 2)에서는 저 江湖에 앉아 자연의 영원성을 느끼고 있는 선비의 오도한 자세를 제비꽃을 통해 읽었다. 어느 경우든 자연(꽃)은 관념의 대명사도 아니고 향락적 도구도 아닌, 순수를 지향하는 인간 세계의 단명이 드러나고 있다.

자연을 보고 다만 무엇과 같고 무엇과 닮았다는 인지는 자칫 도구적일 수가 있거나 자기 편의적일 수도 있다. 그러나 東州는 자연을 목적 없이 바라만 보고 있을 뿐이다.

후자의 경우를 예로 들어보기로 한다.

3) 화롯불 다독이며
情 한 줌을 따수면
마실 온 이바구사
실타래로 늘어나고
동치미 놋쇠대접에

서걱이던 살얼음

—「겨울밤」 전문

  4) 매캐한 모깃불에
     풋감자 익는 저녁

     개똥벌레 서너놈이
     벌똥이듯　아오고

     한여름
     이슥한 밤을 뜬눈으로 새던 그 때

—「歸依自然」 전문

3), 4)에서 보듯이 東洲의 시조 구석구석에는 화롯불, 실타래, 동치미, 놋쇠대접, 모깃불, 풋감자, 개똥벌레로 이어지는 원시의 또는 자연 그대로의 풋풋한 건강미가 나타나고 있다. 自然 그대로는 善이라는 낭만주의적 근거가 아니라 하더라도 東洲의 사고는 문명에 오염된 오늘이 무척 원망스러운 눈치다. 다르게 말하면, 문명을 몰랐던 어제가 인간 삶을 제대로 영위하게 하고 인간성의 본연을 간직하게 했다는 것이다.

그는 애써 자연의 理法의 심오함을 들추려 하지도 않았고, 자연을 유희 대상으로 보지도 않았으며, 그렇다고 자연을 관념의 대상으로 헤아리려고도 하지 않았다. 자연에 도취하고 자연에 기대어 사는 삶이야말로 지고의 가치로 보려는 것 뿐이다.

Ⅱ.

老子의 道德經에 '사람은 땅에 따르고, 땅은 하늘에 따르며, 하늘은 도에 따르고, 도는 자연의 길에 따른다.'고 하였다. 자연은 우주에서

일어나는 모든 것을 이름이고, 道는 우주의 제일 원리로서 천연적으로
작용하는 것이다. 그러니까 道는 우주 속에 작용하지만 본질을 헤아릴
수 없는 힘이고, 그 힘은 힘으로 작용하지 않지만 현상화시키고 생산
화시키고, 자기 주장이 없지만 행위하며, 지배하지 않지만 변천시키고
있다.

　東艸는 老子的 順理를 신봉하기 보다는 自然理法이 모두 그 현상의
이면에는 반대 또는 모순이 있음을 절감하고 있는 것 같다. 가령 生에
死가 포함되어 있고, 빛에 어둠이 기약되어 있음과 같이 현상은 모순
을 내포함으로써 존재한다고 보고 있는 것이다.

　　　5) 또 하나
　　　　꽃이 핀다
　　　　언약이 없었는데

　　　　세월의 밭이랑에
　　　　무서리로 피는 꽃은

　　　　저녁놀 달래며 크는
　　　　눈물보다 슬픈 훈장

―「저승꽃」 전문

　　　6) 눈가에 깔아놓은
　　　　마디 굵은 멍석 위로
　　　　난파선 잔해로 뜨는
　　　　긴 강물의 소용돌이

　　　　그 뉘의 잘못도 아닌데
　　　　눈물 한 잎 핑 돈다

―「주름」 전문

저승꽃은 그야말로 저승행을 예고하는 기미다. 그것은 언약도 아니고 우연히 맞닥뜨려지는 우연도 아니다. 다만 生者必滅이라는 순리의 신호일 뿐이다. 그래서 그는 인생을 살만큼 산 사람의 슬픈 훈장으로 자위하고 싶은 것이다. 주름 또한 마찬가지 논리다. 그것이 난파선의 잔해로 인식되리만큼 기울어진 삶을 현실감 있게 징표하는 근거일 뿐이다.

5), 6)은 모두 順理에 따르고 복종할 수밖에 없는 자연계의 이치를 노정시키고 있다. 이같은 그의 감각은 다음의7), 8)에서 더 분명하게 나타나고 있다.

> 7) 냇물은
>   발이 있어도
>   거슬러서 오르잖고
>
>   바람은
>   나래 없어도
>   구름을 몰고 오니
>   석양에
>   내 그림자는
>   허위허위 키가 큰다
>
> —「順理」 전문

> 8) 산이 날 불러 놓고
>   알몸되어 살라 하네
>
>   알량한 산빛일랑
>   바람으로 되보내고
>
>   벗고도 입은 겨울산이
>   저를 닮아 살자 하네
>
> —「山이 날 불러 놓고」 전문

7)에서 발과 날개의 行步는 飛翔을 위한 도구로서의 활용인데 그런 활용이 無化된 상태로서의 進前은 자연에 포함되어 있는 道라고 하겠다. 석양에 선 자신은 자연 순리의 순응된 피동체임을 자각하였다는 것이다.

8) 또한 莊子의 "저" 홀로 천지정신과 왕래하며 만물을 투시하는 悟道의 세계이다.

7), 8)은 달리 말하면 老莊까지 들추지 않더라도 佛敎의 '色卽是空 空卽是色'에서의 空思想에 접근되어 있다고 말해도 좋다.

불교에서의 空은 일체 현상계가 존재하는 영원불변하는 법칙이다. 空은 無가 아니다. 空은 애초부터 空이기 때문에 그 무엇으로도 변화 발전하는 대기의 상태다.

般苦必經에서는 이 세상에 존재하는 모든 현상을 텅빈 것으로 이른다. 왜냐하면 존재의 실상이 텅빈 것이기 때문이다.

인간은 존재의 실상을 실상대로 보지 않기 때문에 비극을 연출한다. 이 세상 모든 것은 고정불변하지 않는다. 무엇이든 轉化하고, 作動하고, 다르게 꾸며지고, 또 그렇게 되기 위한 준비 단계이거나 한 것이다. 그렇기 때문에 不固定性이라는 의미에서 空이라고 하는 것이다.

이러한 佛敎哲理를 바탕으로 해서 해석해도 무리가 없는 것이 5), 6), 7), 8)이라 하겠다. 뒤에 다시 이야기 하겠지만 東艸는 불교 전교사로서 활동했던 경력을 가지고 있다.

Ⅲ.

東艸는 경남 의령에서 태어났고, 대학에서 경영·경제를 전공했다. 거기다 한국 불교 전교사 대학을 수료, 불교 전교사로서 직업을 가졌

던 분이다. 이렇게 소개한다면 우리는 東艸의 시조를 간섭하는 정신세
계 중의 하나가 佛心과 유관할 것이라고 쉽게 생각할 수 있을 것이다.

9) 千江에
　천의 모습
　믿음으로 나토시고

　스스로
　어둠 살라
　빛이 되어 오신 당신

　저만치
　막돌로 앉았어도
　길이요
　등불입니다.

—「당신은」 전문

　물론 여기서 당신이란 석가모니 부처님을 이르는 것으로 짐작된다.
진리를 佛性 또는 眞如라 한다. 부처님은 인간이 진리를 깨닫고 본연
의 자기를 회복하여 평화와 화합과 번영이 보장된 사회를 이룩하기를
희망한다. 부처님 말씀이 달이라 할 때 하나의 달이 천강에 그대로 빛
나듯이 모든 이에게 고루 비치어 자신의 번뇌를 씻어야 한다는 것이
고, 번뇌의 어둠을 밝혀야 한다는 것이므로 부처님 말씀은 등불일 수
있다는 것이다.

10) 산 그림자 서둘러 와
　　덧문마자 닫힌 법당

　　풍경은 무심인데

雪中梅는 붉게 피고

山門에 엎딘 신심이
당간 끝에 맴을 돈다

—「山寺小景」 전문

　　설중매는 先頭의 꽃이고, 苦行의 꽃이고, 자기 熱願의 꽃이다. 山門에 엎디어 느끼는 信心은 설중매처럼의 고행과 열원을 수반하는 戒律에 따르려는 고행정진이다. 계율은 처벌이 따르는 강제성도 아니고, 지킴에 획득되는 포상이 있는 것도 아니다. 다만 자기 스스로의 완성을 향한 피나는 노력일 뿐이다.

　　모든 불자들은 먼저 五戒를 받고 수행 신분에 따라 그 밖의 계를 따로 받는다.

　　불교 전교사의 입장에 서면 그가 수행해야 할 계는 막중하여 저 높은 당간 끝에 다다를 부피로 인식될 수도 있는 것이다.

11) 청신녀 죽은 넋이
　　꽃이 되어 솟은 蓮塘
　　윤유월 염천을 이고
　　등을 밝혀 선 자태는

　　뿌리를
　　泥土에 내리고도
　　俗을 벗은 비구니

—「處染常淨」 전문

　　석존이 어느 날 靈山會에서 法座에 올라 연꽃을 한 송이 들고서 말없이 대중을 보았다. 아무도 그 의미를 몰랐는데 마하가섭만이 부처님의 참뜻을 깨닫고 빙그레 웃었다는 拈華微笑.

연꽃은 진흙에 몸을 박고 있어도, 또 水中에서 몸을 맡기고 있어도 연꽃과 그 잎은 진흙과 물을 멀리하고 있지 않은가. 處染常淨이라.

비록 몸은 染界(사바세계)에 있어도 염계의 추악에 감염되지 않아야 하는 마치 연화의 생리를 닮고자 하는 심정을 나타내었다.

IV.

이번 시조집에서는 모두 單首로 일관하고 있는데 단수는 연작과 달리 시심의 압축과 절제가 돋보이는 세계다. 자기 신념과 지향점을 강조하기 위해서도 연작보다는 단수가 유효하다는 의미에서 단수를 고집하였다고 본다.

여하간 동초의 시조세계는 속(俗)을 경계하며, 원시를 사랑하고, 문명을 극복하기 위해 반문명을 동경하고, 자연의 섭리에 순응함으로써 진여에 다다르고자 하는 욕심의 세계가 과장 없이 드러나고 있다고 하겠다.

허산(虛山)과 공심(空心) 동양 정신의 구현
- 정소파론-

정소파의 시조는 한마디로 동양 정신의 구현이라 이름할 수 있겠다. 여기서 동양 정신이라 함은 간단히 자연 친화적인 태도, 암시와 여백의 미학, 그윽함과 순일함, 멋과 풍취를 아우르는 개념이 될 것이다. 서구의 시가 자연과 인간의 분석, 삶의 조건과 문명에 대한 지성적 고찰을 주로 한다면, 동양의 시는 오로지 순일하고 잡됨이 없는 자연 그 자체로의 귀의를 본령으로 한다. 특히 우리 고유의 정형시인 시조는, 그 내용에 있어 자연에 대한 귀거래(歸去來)와 몰입이 대부분을 차지한다 할 정도로 동양 정신이 잘 구현되어 온 시 형식이다.

우선 그는 형식 실험에도 게으르지 않아 양장시조(「바다처럼」등), 엇시조(「妄眼透視圖」등), 사설시조(「지들江 辭說」등) 등을 창작하고, 시의 표기에 있어서도 구별 배행(「白木蓮 幻曲」등), 1장 1연 배행(「歡春羽調」등) 등으로 다양한 시조 형식을 선보인다. 하지만 그 기본 바탕은 언제나 정형시로서의 시조 형식에 충실하고 있어 모범적인 현대시조를 창작하고 있다고 하겠다.

무엇보다도 그의 시조 작품이 가지는 매력은 이러한 형식의 안정성과 더불어 동양 정신의 구현이라는 점에 있다. 그는 전남 화순군 도곡면 운주사 臥佛(「꿈꾸는 臥佛」), 전남 강진군 무위사 벽화(「피리부는 천녀도」), 무등산 풍혈대(「風穴臺·3」), 전남 곡성 태안사 능파각(「凌波閣 小譜」), 만경평야(「旋回하는 만경들」), 오동도(「冬柏의 落魄」) 등 그가 나고 자란 남도의 유물과 자연에 큰 애정을 보여 왔는데, 이 중 「꿈꾸는 臥佛」은 그의 시조를 이해하는 데 아주 중요한 단서를 제공한다. 그는 이 작품을 통하여 눈에 보이는 풍광뿐만 아니라 보이지 않는 초월적 세계까지도 보려는 궁극에 대한 열망까지 표출한다.

천년 雨露 하늘 바라
눈 뜬 채 누운 미륵.
새벽 닭 울자마자
못 세워 버린대로
도솔천
우러러 지쳐
솔바람에 자는가

봄 가을 산새 소리
속절없는 세월 속에
떠가는 구름 바라
하염없는 눈길 주며
언제나
깨어 일어나
바램 이뤄 볼 것인가!

하나는 立像으로
또 하난 坐像으로
닿붙여 지은 슬기
행여나 외롤세라
못 일으킨 뜻
누굴 향해 물으랴.

　　미륵불은 인간을 이상 세계인 도솔천으로 인도하는 존재이다. 만난
(萬難)에서 해방되어 자유와 평화를 누리고 싶은 것은 인간의 보편적
꿈이고, 미륵불은 그러한 인간의 사유가 구체적으로 드러나는 사물인
것이다. 그런데 전남 화순 운주사에 있다는 이 미륵불은 누워 있다. 누
워 있다는 것은 좌절을 뜻하기에 비극적 의미에 주목할 수도 있겠지
만, "눈 뜬 채" 누워 "꿈꾸는" 미륵이라는 점이 더 중요하다. 그런 의미
에서 이상과 현실 사이에서 고뇌하는 시인의 '비극적 황홀감'을 적실
하게 드러낸 시조가 아닐 수 없다.

　　동양적인 미의식은 현상적인 것에 국한된 분석적인 것이 아니라 그
이면까지 통찰하는 종합적이고 포괄적인 성격을 가진다. 그리고 대상
을 바라보는 시각도, 개별 대상 그 자체의 속성만 강조하지 않고 개별
대상과 어우러진 자연까지 함께 보려 한다.

　　　　어느 넋 들렸길래―
　　　　저렇듯
　　　　고운 가락,

　　　　잔물결 이는
　　　　흐름, 미풍에
　　　　무늬짓듯
　　　　스르렁
　　　　퉁기는 줄에 출렁이는
　　　　그 소리.

　　　　(중략)

　　　　앓아 듣단,

사뿐 일어
팔 내쳐 춤도 추다.
나빈양 접고
앉아, 가는 허리
오르내린……

흰 고기 같은
손길에, 울려
나는 餘韻이여.

―「琴線譜」 부분

　이 시조에서 거문고 소리는 미풍의 흐름으로, 춤추는 모습은 나비의 모습으로, 손길은 흰 고기로 여겨지고 있다. 이처럼 인위적인 것과 자연의 것이 화동(和同)하는 경지를 드러내는 것이 동양 미학의 본령이 되는 것이다. 그리고 "餘韻"에서 알 수 있듯, 끊어질 듯 이어져 나가는 소리의 울림이 더 강조된다. 소리의 울림이 사그라드는 적멸의 순간이 가장 큰 긴장감을 자아낸다는 것은, 클라이막스의 강렬함을 강조하는 서구적 미의식과 확연히 구분되는 정중동(精中動)의 구현이라 하겠다.

하늘 바람
스쳐 갈라
천공 질러 뜨는 맵시

하늘하늘 나부끼는
고름도 가비야이
내비춘
깃옷은 날려
속살 은밀
맑아라.

―「피리부는 天女圖」 부분

‘피리부는 天女圖’에서도 정중동의 미학이 잘 드러난다. 하늘을 제압하고 상승하는 모습보다는 하늘과 어우러져 있는 天女의 모습이 강조되고 있다. 대담하고 노골적인 여성의 모습보다는 은근하게 감추인 듯 드러내는 여성의 육체에서 미의 완성을 파악하는 것도 동양의 미의식이 가지는 묘미를 드러낸 것이다.

이러한 여성미가 완연하게 구현된 대상은 바로 ‘어머니’이다. 그의 시조에는 어머니에 대한 애틋함과 경외가 강렬하게 드러난다. 어머니는 미의 본령이자 마치 자연처럼 궁극적 귀거래(歸去來)의 안식처로 찬양된다.

깃옷 하늘하늘
표표로이 나부끼는……

향맑은 살갗 내음
배어 이는 솔기마다

어리는
사랑의 圓光
빗살 쏘듯
서렸다.

─「母裳戀歌」 부분

옷섶에 풍긴 젖 내음
─해설피 부르는 목소리.

등에 업혀 칭얼대며
단잠 따라 크는 아기.

어머니 드넓은 자애
그 사랑의 깊이 모를 일이외다.

─「慈愛譜」 부분

이처럼 동양적 미의식에 충실한 그의 시조는, 현실 문제를 언급함에 있어서도 직설적인 언급을 되도록 피하고 암시적인 수법으로써 여운이 긴 메시지를 전달하고자 한다. 날카롭고 강렬한 목소리는 한 순간의 도취에는 적합하지만, 독자의 가슴 속에 긴 여운을 남기지 못한다. 낮고 작은 소리가 크고 긴 울림을 줄 수 있다는 동양적 역설의 미학이 여기에서 엿볼 수 있는 셈이다.

> 서글픈
> 三八線을
> 밤새워 넘어가네.
>
> 새벽 달 지새는데
> 깊은 산골 접어들어,
>
> 내 나라
> 내 땅
> 내 길을
> 몰래 갈 줄 뉘 아리.

—「三八線」 전문

국토 분단의 비극을 "달"마저 "몰래" 간다고 말함으로써 그 비극성을 고조시키고 있는 작품이다. 목소리를 높이지 않고도 현실의 문제를 꼬집을 수 있을 만큼 그의 시조는 암시의 미학에 근거하고 있고, 기법이 세련되어 있다. 동양화가 그러하듯 암시와 여백에 의한 의미 창조는 실체에 초점을 두기보다는 사물이 품고 있는 뜻을 밝히는데 효과적인 방법이다.

> 찬 달빛

금물결져 출렁이는
한밤
대숲.
맑은 꿈 깨어 일어
뜨락 바자닌다.

서걱여
부딪는 잎들……
玉佩 서로
닿는
소리.

―「竹風辭」부분

　　댓잎이 서걱이는 소리를 달빛이 내려 쬐이는 대숲에 맑은 꿈이 일어
나 서성거리는 것으로 묘사하고, 옥패의 맑은 소리에 비유하고 있는
작품이다. 순일하고 높은 정신만이 깃들어 있고 어떤 잡스러움도 끼어
들 수 없는 적막 가운데서 맑은 소리를 포착해내는 시인의 심미안이
돋보인다. 이처럼 조용하고 깊은 뜻을 밝히는 데에 작품의 초점이 가
있기 때문에, 인간사의 비애를 다루는 작품에서조차 감정의 직서적 표
출보다는 적실한 묘사와 상징이 두드러지게 나타난다.

너무도 긴 오열이었다.
가슴 앓이 겨울 강물아
받아주지 않아도
제 홀로 가는 밀물처럼
밀리는 벅찬 앙가슴
어디 뉘워 채우랴.

사오나온 나울 때려
할퀸 바위 자국마다
널 쉬게 할 얼음을 넘어

뛰어 넘지 못한 생채기
두꺼운
빙판의 허리
흰 붕대로 감기고 있다.

잔물결 찰삭일 봄은 와도
그 상흔 감싸줄 손길 없어
아리는 쓰린 아픔
소금기 저린 바달 안고
긴 머리
잡혔던 시간에
통곡하는 강물아!

―「겨울 江口」 전문

　　인생을 강물에 비유하는 것은 관습적인 것이지만, 위 시조에서는 새로운 묘미를 얻고 있다. 우선 황혼기의 인간을 피안(彼岸)과 같은 바다로 떠나는 겨울 강으로 설정하고 시인을 좌절시키는 대상을 바위에 비유한다. 여기서 인생의 의미는 이중으로 파악된다. "얼음"처럼 굳어지는 타협과 안주, "밀물처럼 / 밀리는 벅찬 앙가슴"으로 표현된 열정과 도취가 그것이다. 멈추는 것은 안정을 주지만 정신적 죽음에 불과한 것이 되고, 달려가는 것은 설렘을 주지만 육체적 죽음이 가까웠음을 의미한다. 그렇기 때문에 "소금기 어린 바달 안고 / 긴 머리 / 잡혔던 시간에 / 통곡"할 수밖에 없다. 삶을 상처로 파악하여 빙판 같은 세상을 흘러넘는 인생을 "흰 붕대"에 비유한 것 또한 예사스런 표현이 아니다. 삶이 가지는 모순, 삶과 죽음 사이에 놓인 깊은 허적을 경험한 뒤에라야 얻을 수 있는 정신의 경지라고 하겠다.

　　그의 시조가 가지는 품격을 단적으로 보여주는 작품은 「虛山空心曲」이라 이름한 다음 시조이다.

方과 角
어울리어
허공으로 뜨고 보면……
둥그런 圓을 그리며
하늘 둘렌
가뭇 멀다.

한 生이
그 안을 지나
사라지는 그림자.

왔다간
다시 가고,
—갔단 오는 세월 따라,

여위는 산마루도—
흰 구름
이고 선 채,

흐르는 돌물 소리에
귀 기울여
조느니—

어쩌면
이대도록
모두 다 비어 있어……

멧부리 외오 선 자리,
太古로
깊은 山心.

내, 또한
여기에 들면
한결 텅 빈

마음이여.

모 서고
네모 지고,
둥글고, 먼 것이……

끝이 없는 영원 가녘,
닿다 다시
되돌아 와

허허론
산을 휘돌다
내, 안에서
지는가.

―「虛山空心曲」 전문

　동양에서는 우주 원리의 근본을 理라 하고 그것의 구체적 실현을 氣라고 이름 붙여 왔다. 理氣一元論, 理氣二元論 등은 동양 형이상학의 최고봉을 이루는 철학적 사유가 아닐 수 없다. 그는 "모 서고, 네모 지고, 둥글고 먼 것", 곧 "角", "方", "圓"에서 우주를 지배하는 이법을 본다. 그러한 기하학적 어울림의 理 속에서 氣의 구현체인 인생은 변화하고 회귀한다. "멧부리 외오 선 자리, / 太古로 / 깊은 山心."은 모든 것을 거느리면서 동시에 아무 것도 가지지 않은 "허허론 산"이다. 마찬가지로 인간의 삶 또한 모든 의미의 총체이면서 동시에 아무 의미도 지니지 않은 "텅 빈 마음"이다.

　또한 虛山(자연)과 空心(인간)은 일체이면서도 구별되고 구별되면서도 하나인 채로 조응한다. "모 서고 / 네모 지고, / 둥글고, 먼" 우주의 이법은, "끝이 없는 영원 가녘"과 "허허론 산", 그리고 "내 안"을 순환하고 관통한다.

　　지금까지 정소파 시인의 시조 작품을 간략하게 살펴보았다. 우선 형식에 있어 정형시로서의 시조에 충실하면서도 새로운 표기법 실험을 등한시하지 않은 점을 특색으로 들 수 있다. 그리고 그의 시조세계는 한마디로 동양 정신의 구현이라는 점에서 여느 시인과도 구별되는 특색을 지닌다. 보이는 세계 뿐만 아니라 보이지 않는 이법까지 포착하려 한 그의 시조는 궁극을 통찰하고자 하는 동양적 사유의 한 본보기라고 할 수 있을 것이다.

IV. 전통성과 현대성의 변증법

순수성의 고수와 조국애의 집념

─ 民笏 김상훈론 ─

I.

고시조는 음악과 문학이 조화롭게 만났기 때문에 문학으로서도 음악으로서도 중심장르가 되어 장구한 세월 동안 계승되어 왔지만 현대시조에 와서는 시조가 가졌던 고유음악과 결별하고 문학만으로 존재하게 되었을 뿐더러 주변 문학처럼 대접받는 실정이 되었다. 경우에 따라서 현대시조는 옛 가락에 얹어 창하는 경우야 있지만 흔한 일이 못되고 있다. 왜 현대시조는 창을 버렸는가.

그 이유는 첫째, 고시조에 행사되었던 창법을 옳게 전수받은 이가 적고 보급도 활발하지 않았기 때문이다. 둘째, 창 자체가 현대인의 기호와 정서에 어울리지 않고 이것의 현대화하는 작업 또한 이루어지지 않았다. 셋째, 시조의 내용에 따라 곡조 또한 달라져야 함에도 곡조가 한정되어 있기 때문에 시조 내용에 부적절한 곡을 창해야 하는 모순이 생겼다. 넷째, 현대시조 자체가 창하기에 적당한 가사의 역할 수행에 모자라는 경우가 많다. 가사는 일단 노래 부르기 좋고 귀로 들어서 歌意가 청자에게 쉽게 전달되어야 하지만 현대시조 중에는 이것에 충실하지 않는 경우가 많다는 것이다.

고시조든 현대시조든 정형시임에는 틀림없다. 정형시는 일단 律讀(scansion)한 소리가 정형화를 이루어야 하고 들어서 쉽게 이해할 수 있어야 한다. 말하자면 귀로 들어 음악성이 분명한 시가 정형시인 셈이다.

시조의 章은 자유시에서의 행(line)이 아니다. 시조가 3장으로 이루어져 있다함은 세 개의 의미덩어리가 유기적으로 연결되어 있다는 말과 같다. 6구를 이루고 있다함은 한 장 안에 2구가 있고 구는 작은 의미단위로서 2구가 연결될 때에 완전한 의미덩어리로 이룩됨을 말한다. 그런데 현대시조에 와서는 시조의 정형성을 무시하는 경향이 흔하게 나타나고 있다.

시조가 정형시라는 점을 입으로 말하면서 정형시의 실현을 포기하는 경우가 많다는 것이다. 그래서 작자는 시조라고 발표해도 시조 아닌 사이비시조를 발표하는 웃지 못할 일들이 일어나고 있다.

왜 이런 현상이 일어나고 있을까. 그것은 여러 가지 이유가 있겠지만 무엇보다 시조에 대한 올바른 이해가 부족한 데다 현대시의 방종을 흉내내는 것이 현대시조의 그 현대에 값한다고 생각하기 때문이다. 이런 이유가 시조를 변방으로 내모는 원인의 하나가 되었다고 생각한다.

바로 이 때 시조의 정격을 지키면서 시조의 진수가 무엇인지를 보여주는 작품을 논하게 된 것은 다행한 일이다.

民笑 김상훈 시인의 시조는 시조의 형식미에 정확하다. 형식은 내용을 싸化한 것이기 때문에 시조 형식을 파괴하면 시조다움의 내용까지 무너지게 된다는 사실을 民笑은 정확하게 간파하고 있다. 시조의 생명은 형식이라고 하는 말을 예사롭게 생각해서는 안된다. 이것의 확인을

위해서도 民笠時調를 논할 가치가 충분하다 하겠고 앞으로 인용할 작
품들을 통해 독자들은 필자의 주장을 신빙하게 될 것이다.

시조의 형식미는 예문으로 확인될 것이므로 설명을 약하고 그의 시
조의 내용상 특징 몇 가지를 추려 논하고자 한다.

Ⅱ.

民笠時調의 두드러진 특징 중의 하나는 조국애 또는 母土의 讚과 애
착이라 할 수 있다, 그는 일찍이 師道를 걸으며 제자들에게 교육한 내
용의 첫 장이 조국에 대한 사랑이었다고 한다.

> 1) 빈 누리 草昧의 땅도
>   恩寵으로 받든 福地
>
>   한 자리 길이 누릴
>   고운 날을 지켜 앉아
>
>   鷄鳴聲 은은히 여는
>   새벽빛을 기렸네
>
> —「내 母國」 부분

> 2) 夢寐에 못 잊는 祖國
>   불러도 對答은 없어
>
>   滄波에 떴다 잠겼다
>   지긋이 목이 메는가
>
>   漢拏山 常靑 六百李
>   꿈이여! 너 등불이여!
>
> —「漢拏山」 부분

작가 쿤데라는 "시의 목적은 놀랄만한 사고로 우리를 눈부시게 하는 것이 아니라 존재의 한 순간을 잊혀지지 않는 순간으로 또 견딜 수 없는 그리움에 값하는 순간으로 만드는 것이다." 라고 하였다.

1)에서는 鷄鳴聲에 의해 밝아올 조국의 광명을 바라고 있다면, 2)에서는 조국 남단의 방파제가 되고 있는 제주 한라를 조국의 대명사로 활용하면서 꿈꾸는 사이에도 못 잊어 하는 심경을 그렸다.

조국이란 단어의 추상성을 이렇게 구체화시킴으로 해서 잊혀지지 않는 놀라움의 순간으로 조국의 이미지를 새롭게 태어나게 하고 있다.

> 3) 暗愁의 비바람이
> 　　머리 위로 몰아와도
>
> 　　언젠가 맑을 하늘
> 　　눈썹에 와 걸린 자락
>
> 　　그 날의 보람을 안고
> 　　자를 재는 이 凍土
>
> ─「祖國」부분

3)에서도 현실의 凍土가 비바람으로 인해 暗愁에 싸여 있다고 해도 밝은 하늘 아래 전개될 찬란한 미래가 예비되어 있음을 밝혔다. 현실 모순을 모순 그대로 고발하자는 것은 리얼리스트의 정신이지만 현실은 다만 미래를 위한 단계일 뿐이라는 긍정의 현실은 民笑의 시정신이다. 이와 같이 民笑은 포용의 자세를 詩作 태도의 기본으로 삼고 있다.

1), 2), 3)은 60年代의 어두운 현실 속에서 발표된 작품들이다. 60年代는 민주주의와 민족주의적 열망이 폭발하던 시기이면서 냉전, 분단 논리에 대항한 통일논의와 체제수호논리에 대항한 변혁논리 등이 갈

등하면서 5.16 쿠데타로 인한 민주주의의 좌절, 교조적인 국민계몽운
동과 신생활 운동 등의 정리되지 않는 개념들이 충돌하던 시기다. 이
럴 때 시인으로서의 民筑은 냉정하고자 하였다. 이런 현상의 고발은
논설로서 충분히 비판하였으며 그로 인해 적잖은 박해를 받았지만 시
인으로서의 民筑은 치솟는 격정을 다스리려 하였던 것이다. 그는 씨알
이라는 본질은 현상이라는 열매의 가장 안쪽에 자리하여 미래의 발아
를 예비하고 있다는 사실을 시조로서 말하고자 한 것이다. 그것은 비
애가 아닌 기쁨이고 희망이고 꿈이고 불빛이고 보람이라고 예견하였
던 것이다. 탁견이다.

> 4) 봄바람 아늑히 불어 韓半島에 안기는 꿈
> 　　뫼는 솔빛 깨우고 가람은 물빛을 실어
> 　　꽃피는 爛漫한 날을 한 핏줄에 싣는다.
>
> —「福土」 부분

그는 난만한 봄기운을 한 핏줄 모두가 공유하기를 소망하고 있다.
그의 시의 주제는 이렇게 조국애 또는 母土의 讚이지만 비추는 각도를
달리하여 강한 인상을 던져주고 있다. 시인 자신의 일상적 체험을 미
화하는 태도는 신변잡기에 빠질 위험이 있다. 반대로 관념적 문제의
과잉노출은 문학의 순수성과 멀어지는 경우다. 문학의 보편타당성은
인간애의 진실성과 인간내부에 잠재된 수수성에 대질리어 독자가 감
동하도록 하는 데에 있다. 民筑은 불붙는 열정도 증오도 아닌 쓰다듬
어 다독이는 손길이거나 따스한 온정으로서의 삶의 모습을 시조로 보
여주는 일이 사명이라 여기는 시인이다.

> 5) 砲聲이 울다 간 날

피 먹어 찢긴 하늘
簫瑟한 기슭마다
가슴 에인 號哭하며

그 날의 상채기들을
흘려보낸 옛 강물

—「洛江悲曲」부분

　民笠은 6.25 전쟁터에서 위로 두 분의 형님을 잃은 슬픔을 평생 간직하고 산다. 그런 그의 가족사적 불행을 시조 속에서 민족사적 불행으로 치환하였던 것이다.

　앞서 말했듯이 문학은 私談이 아니라 만인 공감의 넓은 터를 확보해야 함을 누구보다 民笠은 잘 알고 있다.

　여기서 다시 한 번 쿤데라가 말한 것처럼 民笠은 비록 남루한 조국이라 해도 견딜 수 없는 그리움에 값하는 대상이 되고 멍들고 상처난 조국이라도 꿈으로 등불로 비춰질 환희의 내일일 수 있음을 존재의 한 순간으로 잊혀지지 않는 그리움의 대상으로 만들었다.

Ⅲ.

　民笠時調의 특징 중 또 다른 하나는 悔의 暗愁라 할 수 있다.

6) 일찍이 狼籍턴 꿈을
　꽃으로 흩날리고

霜落의 가을에 앉아
거둘 것이 없는 寒木

되뇌어

沈重한 뜻으로
이 벌판에 내가 섰다.

―「오늘」부분

좌절과 상실을 당하여 誘因者에 대해 갖는 외향적 공격성이 恨이라고 하면 무력한 자아를 반성하면서 스스로를 책하는 것은 嘆이라고 한다. 民笠은 恨보다는 스스로의 질책에 무게를 둔 嘆을 택하고 있다. 위에서 보듯 그는 嘆하는 자신을 침묵으로서의 나무로 立像하려고 했다.

7) 悔悟를 풀어놓으면 水墨으로 짙은 江물
   暗愁는 비바람에 흔들리며 씻기어도
   明明한 天日을 바라 발돋움해 섰는가

―「古木歌」전문

霜落의 寒木이거나 暗愁에 싸인 古木이거나 간에 볼품없는 묵묵한 나무로서 자신을 내세웠다. 한국적 恨은 소극적이면서 퇴행적 自閉性으로서의 패배주의이거나 체념에 철저함으로써 달관의 경지를 의미하기도 하였지만 6), 7)에서 보듯이 民笠은 自閉的 패배도 달관의 초월도 아니다. 그는 회복, 만회, 보상으로서의 沈重과 발돋움으로서 욕구불충분을 극복하려하는 것이다. 과거에 대한 憾으로서의 嘆이긴 해도 嘆에 한정하지 않고 그것의 극복을 노리는 점이 民笠시조의 독특한 일면임은 확실하다.

8) 차라리 훌훌 다 벗고
   落木으로 서고 싶다

   世上事 온갖 둘레
   刑罰보다 주체로워

朔風의
매운 바람 앞에

촛불로나 떨고 싶다.

—「處」 전문

9) 創業도 종내는 衰亡
　　榮華는 오히려 浮虛

　　隱遁과 起滅 그 본시가
　　森羅의 哲理인 것을

　　彷徨속 迷妄을 깨쳐
　　내 나무로 서야겠다.

—「回歸」 부분

　그는 왜 나무이고 싶어하는가. 그것도 落木으로서의 裸身을 내보이려 하는가. 삶이 주체롭고 영화도 浮虛하다는 논리는, 달관이라면 크고 覺悟라고 하면 적당할 것이다. 사물의 도리나 이전의 잘못을 깨쳐 알아냄은 賢者의 길이다.

　民笠時調에 보이는 嘆은 憾으로서의 嘆이고 覺悟로서의 嘆임을 다시 확인하였다. 이것은 民笠時調를 특징짓는 한 요소이면서 자칫하면 嘆을 여느 시에서 볼 수 있는 평면적 해석으로 오해할 수 있는 부분이기도 하다. 그러나 그의 시조를 꼼꼼히 따져 읽어보면 비로소 그의 嘆의 실체가 단순하지 않음을 헤아릴 수 있게 된다. 어쩌면 시대의 한 先覺的 위치에서 사물을 관조하고 자신을 뒤돌아 본 연후의 자기 성찰이기 때문에 단편적 정서로서의 嘆에 국한하지 않는다는 말이 더 정확할 것이다.

IV.

民笠時調의 또다른 특징은 鄕愁와 安住의 태도하고 할 수 있다. 고향이란 양식을 공급받던 토양이고 심미적 희열의 대상이고 정신적 뿌리의 터전이라고 슈프랑어는 말하고 있지만 인간은 고향 상실의 현존을 확인하면서 고향에 대한 本來性을 회복하고자 한다.

民笠은 處所的 고향을 들먹이지 않는다. 교육계에 몸 담았던 아버지를 따라 이곳 저곳을 배회하였던 그의 유년의 역사가 딱히 고향이라고 점 찍을 곳이 없게 된 데서도 처소적 고향을 말하지 않았지만 설령 그런 고향을 가졌다 해도 그는 정신적 유대감으로서의 고향의식이면 만족한다는 눈치다. 다시 말해 고향이 有形化될 이유도 없고 지정적 위치에 고정될 필요가 없다는 것이 民笠의 고향관이라는 것이다.

> 10) 忽然히 돌아앉는
>   無常의 길목에서
>
>   구름결 우르러는
>   잃는 날의 나의 鄕愁
>
>   빈 가지 타는 노을에
>   감겨드는 이 歸心
>
> ―「秋夜吟」 부분

물질 문명에 의한 물신 숭배로 인간은 소외되고 인간 본래의 순수성은 상실되었다. 그는 이러한 현대사회에 반역아로서 향수의 불길을 당긴다. 누구나 산업화로 인한 삭막의 도시 생활 속에서 생활하다 보면 유년기를 보낸 遊戲的 空間・童話的 空間은 절대적 가치로 회상 되기 마련이다. 이럴 때 각자가 꿈꾸는 鄕愁의 세계는 다를 수밖에 없지만

民笏이 설정한 鄕愁대상의 기초공사는 기러기 날고 갈대꽃 날리고 귀뚜라미 울고 초가지붕이 보이는 산마을이 필수다. 가급적 문명과 멀리 떨어지고자 하는 것이다.

11) 서리 먹은 찬 하늘엔
雁旅의 여읜 울음

소슬한 바람결에
갈대꽃 흩날리면

귀뚜리 울음에 젖어
돌아앉는 山마을

─「蟋繰」 부분

榮苦의 현대생활인은 위안받을 자연과도 멀어져버렸다. 자연은 인간에게 안도와 휴식과 삶의 자양을 제공하지만 이것의 공급이 차단된 삭막한 도시생활인은 옛날을 그리워하거나 건강한 자연으로 달려가고 싶은 욕망을 한껏 가질 수밖에 없다.

民笏은 신문 論客으로서 항시 예리한 논평을 서슴없이 해야만 하는 직업인이었기 때문에 문명의 피로를 누구보다 많이 느끼고 살았다.

수 놓고 싶었다. 생활의 주변이 허여되지 않는다면 정신의 마당에는 이렇게 귀뚜라미를 울게 하고 갈대꽃이 날리게 하고 소슬한 바람이 불어오도록 하고 싶었다. 그의 욕망은 자연과의 이웃이었다. 이것은 결국 그의 安住의 터가 '親自然' 이었음을 의미한다.

12) 봄이면 처마 밑에 제비 쌍쌍 날아들고
가을이면 섬돌 밑에 귀뚜리가 밤을 샌다
상치쌈 연푸른 맛과 黃菊 익는 그 安住

─「草家三間」 부분

256 현대시조의 정서와 방향

이제 확실해졌다. 그가 安住하고 싶은 곳, 항상 鄕愁라는 이름으로 찾던 安住의 공간은 이렇게 자연과 벗이 되고 자연으로 식사하면서 삶의 터를 이루고 싶은 소박한 욕망의 소유자가 바로 民笊 바로 그라는 점을 확인하게 한다.

> 13) 살구꽃 피는 마을
>   피는 날이 저리 곱다
>
>   피는 꽃 그 너머로
>   지는 꽃도 어여쁘다
>   목숨도 오가는 날이
>   저리 꽃길이고저
>
> —「杏花村」 전문
>
> 14) 바람만 손님처럼
>   말없이 왔다 가고
>
>   낮달을 건주는데
>
>   뜰 앞에
>   고운 봉숭아
>   몰래 섬을 짓는다
>
> —「寂日」 전문

13), 14)는 童時調다운 정서다. 낭만주의자들은 자연 그대로는 善이고 자연에 가까웁던 어린이는 善이라고 하여 어린이다움의 세계관을 동경하였다. 여기서 논리적 이성을 배격하고 문명의 이기를 미워했던 낭만주의의 근성이 보이지 않는가.

현대사회는 물질문명 기계문명과 타협하여 인간 행동은 무차별화 되어가고 생활은 규격화, 정신은 단순화되어 가고 있다. 자유주의는 이름 뿐이고 개인주의는 개성과 거리가 있는 편견주의로 매몰되어가고 있다. 이것을 혹자는 문명진보의 측면에서 불가피성으로 말한다. 그러나 民笭은 왜 그렇게 단호하고 엄격하고 격렬하게 세상을 자(尺)질하며 論筆을 휘둘러서 급기야는 자기 훼손을 감당하기까지 했으면서도 왜 시조에서는 관용과 용서와 화해 정신을 발휘하고 있는지 정말 수수께끼 같은 일이다.

습관이란 무엇이었을까. 교육받은 내용이 무엇이었을까. 아니면 자신을 두고 문책해온 得道는 무엇이었는지는 알 길이 없지만 인간행위가 극단이어서는 안되고 관용, 용서, 화해여야 하며 이것이 인간 가치의 근본임을 밝히고 있는 것 같은 느낌이 든다. 이것이 民笭時調가 무게 중심을 행사할 뿐더러 다시 읽게 하는 것은 아닐까 한다.

인생을 관조하는 순수의 시학 詩學

- 백승수론 -

1.

고향이라는 말은 언제 들어도 가슴 뭉클하고 애절한 사연으로 다가 온다. 고향의 산하는 동심 속의 영원한 그리움이고 영혼의 귀의처로 누구에게나 가슴 깊은 곳에 자리하고 있다.

오늘날, 세상은 하루가 다르게 급변하고 있고 물질적으로 풍요해도 정신적 빈곤의 시대를 살아가고 있는 요즘, 영혼의 귀의처 '고향'의 의 미는 더 크게 다가온다. 이때 고향이란 모태의식과 결부된 본능적 공 간이며, 상상력이 마음껏 펼쳐지는 풍요의 이미지이기도 한 반면 추상 적 장소로서 현실과의 불일치로 인한 도피공간이기도 하다. 따라서 균 열된 사이로 비집고 들어오는 '향수'는 낭만적 향수이든지, 근원적 그 리움의 발로이든지 간에 "현재 공간의 불만족 내지는 결핍의 요소가 작용하여 발생하는 것12)" 이고 고독의 세계로부터 궁극적으로는 자아 성찰의 기회로까지 연결되기 마련이다. 90년대 이후, 우리시는 실험시

---

12) N. 프라이, 이상우 역, 『文學의 構造와 想像力』, 집문당, 1987, pp.25〜26.

와 해체시들이란 이름으로 모호한 주제를 가지고 횡설수설하거나, 방향과 현실성을 상실한 채 마치 딱딱하게 굳어 먹을 수 없는 돌떡이 되어 삶에 지친 현대인들의 감성을 파고들지 못하고 있다. 산업화 이데올로기가 극심한 분열과 소외, 단절을 초래하고 있는 작금의 현실에서 다시 서정을 노래함은 거의 유일한 대안이라 해도 과언이 아니다. 리얼리스트들의 침묵과 모더니스트들의 침체 속에 서정은 서서히 그 대안적 징후와 가능성을 드러내고 있다. 서정시의 이데올로기는 유토피아지향성으로 요약된다. 서정시는 유토피아에 대한 순수한 열망을 통해 타락한 현실 자본주의의 모순을 비판하고 그 대안을 제시한다. 서정시는 원래가 反近代的 양식이다. 즉 근대 이전의 사회역사적 토대와 이데올로기의 산물이다. 그러나 근대체험 이후, 자본에 의한 무차별적인 파괴와 폭력을 경험한 이후, 서정시는 그것에 저항하는 미학적 기능을 지니게 되었다. 이제 서정시는 자본의 논리와 그것에 의해 빚어진 근대의 부정적인 힘에 대해 완강하게 저항할 수밖에 없는 운명을 지니게 되었다.[13]그것은 바로 근대의 논리에 대한 하나의 '위대한 거부'를 표명하는 것이다. 그것은 단순한 거부를 위한 거부, 추상적 비판이 아니라, 구체적 프로그램을 가진 현실적인 대안이다.

　서정시의 이념, 곧 서정시의 이데올로기가 근대 자본주의 사회의 부정적 측면에 대해 강하게 저항하면서 미래적 비전을 구체적으로 제시할 수 있는 것은 그것이 바로 근원에의 지향성을 지니고 있기 때문이다. 모든 순수서정양식이 지향하는 바 근원은 단순한 과거로 끝나는 것이 아니라 미래지향적인 것으로 나타난다. 이때 근원은 벤야민이 설파한 대로 미래적 비전이고 목표가 된다.[14] 우리가 추구해야 할 이상

---

13) 최승호 편,『서정시의 본질과 근대성 비판』, 다운샘, 1999.
14) 발터 벤야민(반성완 역),『발터벤야민의 문예이론』, 민음사, 1983.

적인 삶의 원형이 역사의 시원에 있었다는 것, 그것을 현재적인 삶의 모습으로 회복해야 한다는 것 등이 서정시의 구체적인 프로그램이다.

서정시의 이러한 이데올로기는 이른바 미메시스적인 미학이념을 토대로 하고 있다. 과거 어느 시점에 완벽한 삶의 유형, 곧 낙원적 삶의 모습이 있었다는 것, 그리고 그 낙원적 삶을 오늘 이 시대 지상에서 회복해야 한다는 것 등이다. 이때 서정시론가들이 꿈꾸는 미메시스의 대상인 낙원은 세계 내 모든 존재들간의 내적 연관성, 곧 생명적 교감이 조화롭게 일어나는 상태로 되어 있다. 이 낙원은 당연히 서정시에서 당위적인 모습으로 나타난다. 지금은 산업화로 인해 훼손되고 파괴된 타락한 현실에서 어떻게 그것을 현재적인 것으로 요청해야만 하는가로 나타난다. 따라서 미메시스를 토대로 하고 있는 순수서정시학은 당위적일 수밖에 없다. 그것이 유토피아지향성을 지닐 수밖에 없는 한 그렇다는 것이다.

2.

백승수 시인의 시조에 나타난 고향의식은 시 작품 전체를 지배하는 큰 줄기로 고향에 대한 회상이 공간의식으로 나타난다. 여기서 고향은 인간에게 있어서 보다 큰 애착의 대상이다. 일반적으로 인간은 행복한 삶을 살아갈 수 있는 장소를 원하며 거주 공간인 집과 고향은 이러한 인간들의 염원적 중심이다. 이러한 시인의 고향에 대한 애착은 궁핍한 현실과 시대적 격변 속에서 자아를 찾고자 하는 욕구와 세계에 대한 총체적 인식을 회복하고자 하는 의도에서 출발한 것이라 볼 수 있다.

백승수의 시는 고향을 구성하는 갖가지 사물과 당대의 관습에 대한 구체적 경험을 바탕으로 그것들에 관한 기억을 형상화하고 있다. 경험은 기억의 심층에 영원히 남아 있고, 그 심층에 의하여 영원한 현재라는 지위가 부여된다. 따라서 회상된 경험들은 그 경험들이 이끌어낸 원래의 모습보다도 더 실제적인 모습으로 떠오른다.[15]

시인은 바로 유년의 체험을 재구성하여 고향의식을 드러내고 있다. 이때 고향 재현이란 이 시를 읽고 있는 독자로 하여금 자연스럽게 고향을 떠올리게 하는 것이다. 백승수 시인이 인식하고 구현한 고향은 크게 두 가지로 나누어 생각해 볼 수 있는데 하나는 자기 충족적인 세계를 고향으로 본 관점이고 다른 하나는 상실감의 대응물로서 고향을 본 관점이라 하겠다.

풋고추 된장에다 열무 등 속 고추장에
까칠한 입맛을 돋워 살금살금 비벼가며
그 옛날 할머니처럼 보리밥을 먹습니다.

허기진 배를 안고 몸서리친 가난이나
그것도 고이 보듬어 한 솥 밥을 지어두고
가무린 한 줄기 은혜를 오늘 받아먹습니다.

삶은 원래 곱삶는 것, 퍼지도록 놔두는 것
오뉴월 타는 더위 껄끄럽던 타작마당
그것도 다 비벼 매운 보리밥을 먹습니다.

멍석 마당으로 서녘 해는 사라지고
구수한 숭늉처럼 동녘으로 달이 뜨던
우리네 하찮은 이야기들 꿈결처럼 듣습니다.

—「보리밥을 먹으며」 부분

시조 속에 담겨있는 것은 단순한 시어가 아닌 한결같이 따뜻하고 포

---

15) 한스 마이어호프, 김준오 역, 『시간과 의식현상학』, 삼영사, 1987, p.82.

근한 생명의 온기이다. 허기진 배를 안고 몸서리친 가난도 이제 시인
에겐 한 줄기 은혜가 되어, 꿈결같이 들려오는 고향의 노래가 되었다.

> 밀물은 또 물을 향하여
> 한 치 한 치 밀려오고
> 생각은 가만히 젖어
> 이 밤 턱을 채우누나
> 잠들면 머리맡으로
> 강물 바다 파도소리
>
> 연잎에 이슬 듣는
> 청청한 그 소리거나
> 아니면 꽃이파리
> 다듬어낸 소리거나
> 고향 산 고향 마을의
> 시냇물 굽이소리.
>
> 높아지고 낮아지고
> 흔들리고 두드려서
> 눈 감고 귀 기울이면
> 흰 구름도 흩날리듯
> 아슬한 다듬이 소리
> 아, 세월 흐르는 소리.

―「다듬이 소리」부분

　　이때 고향은 사랑의 원천이 된다. 서정시란 자아와 세계 간의 동일
성, 공동선의 체험, 황홀감을 전제로 한다. 그가 유년시절에 겪었던 그
러한 원체험이 그로 하여금 각박한 현실 속에서 다시금 낭만적 동경을
하게 만든 것이다. 서구 산업문명의 급속한 발전과 분열과 소외와 갈
등을 낳았고, 이 부정적 측면을 극복할 수 있는 방법은 오로지 우리가

꿈꾸던 자연, 고향, 동심의 사랑이 하나의 비상구며, 현실을 비판하고
새로운 비전을 제시할 수 있는 근원이 됨을 시인은 깊은 시선으로 응
시하고 있다.

　　　　가만히 눈 감으면
　　　　사립문도 다 보이고
　　　　어머니 잉앗대에
　　　　모시 한 필 걸어놓고
　　　　삼동을 잘각거리며
　　　　베 짜던 그 소리, 소리.

　　　　치는 북이 아니라도
　　　　시름은 울려나고
　　　　바다를 건너가는
　　　　배처럼 생긴 것이
　　　　씨줄을 한 줄씩 물고 날줄 섞던 그 삶이여.

　　　　수수하던 한산 고향
　　　　곱디곱던 그 모시베
　　　　고향을 떠났어도
　　　　정과 한은 고대 남아
　　　　오늘은 고향에 와서
　　　　그 북 도로 찾았다.

　　　　잠자리 날개 닮은
　　　　눈물 같은 모시자락
　　　　내 차마 그 모시옷
　　　　아예 입지 않는 것도
　　　　사모(思母)의 정이 얼룩져
　　　　눈 못 뜨기 때문이다.

—「북 이야기」

위의 시는 어머니의 사랑을 중심으로 한 유토피아적 삶의 모습만 순수하게 보여주고 있다. 대신 현실적 고통은 문면 속으로 숨어버린다. 낭만적 동경이 순수한 열망으로 나타날수록 현실적 고통은 작품의 이면으로 깊이 침잠하는 것이다. 어머니의 사랑의 온기를 받은 모든 것들은 이제는 차마 눈 뜨고는 볼 수 없는, 가슴 속 깊이 묻어 있는 존재의 근원이 된다.

3.

백승수 시인의 고향의식은 자기 충족적인 세계를 고향으로 보고 있는 것이다. 그 특징으로 아이를 화자로 하여 공동체적 삶의 일원으로 행복했던 자기충족적인 세계를 그리고 있다. 어린 화자 자신이 주인공이기 때문에 추억에 잠길 필요도 없고 고향상실감에 젖을 필요도 없다. 그에게 있어 고향은 별다른 갈등이 존재하지 않는 유년의 시간, 회귀하고 싶은 공간으로 그려진다.[16)]

서정시가 유토피아를 지향하는 것은 그것이 지닌 미메시스적 속성 때문이다. 미메시스란 결국 본질, 곧 진리의 언어적 반영에 다름 아니다. 즉 언어적 질서를 통해 사물의 질서와 본질을 드러내고자 하는 은유에의 의지와 밀접한 관련을 맺고 있다. 은유의 수사학에 의해 초래되는 미메시스란 결국 기표와 기의의 일치를 지향하는 미적 이데올로기의 산물이다. 언어적 질서를 바로 세우려는 은유에의 의지는 결국 사물들의 질서 회복을 겨냥한다. 그리고 회복될 사물들의 질서의 모델은 역사의 시원에 있었던 근원적인 것으로 상정된다. 인류학적으로 그것은 '낙원'으로 일컬어진다. 순수서정시란 바로 이 낙원 회복을 겨냥

---

16) 가스통 바슐라르, 곽광수 역, 『공간의 시학』, 민음사, 1995, p.117.

한다. 이때 낙원은 본질과 현상이 분리되지 않았던 곳, 기표와 기의가 일치되었던 곳, 소위 '신'이 우리와 더불어 함께하고 있었던 곳이 된다. 따라서 그곳은 소위 '진리'가 존재하며 그 빛을 발하던 공간이 된다. 이 진리적 삶을 타락한 '지금-이곳'의 현실에서 재현하고자 하는 미메시스적 시학이 순수서정시학인 것이다.

> 내 고향 충청남도 남으로 백리 쯤 돌면
> 산 깊고 들 넓어 푸른 익산 그 마을 끝에
> 삼 부처 모신 석탑이 노을 속에 활활 탄다.
> 하나는 새로 세우고 하나는 반(半)을 고쳐
> 겨우 짝을 맞춰 다시 모신 탑이지만
> 산과 못 가득히 메운 옛날 흔적 역력하다.
>
> 오죽해야 나그네가 혀를 차고 한숨 쉬리
> 뜨거운 정성으로 돌 다듬어 안치시던
> 눈 밝은 백제의 석공 숨결 소리 들리는 탑.
>
> 이 밤도 동천(東天)에서 둥근 달이 솟아나서
> 생로병사 회오리가 등불처럼 흔들려도
> 정좌한 꽃마음 하나는 하늘 받혀 서있다.
>
> 언젠가 미륵불 내려 세상 환희 밝힐 소망
> 허망한 세월만 흘러 돌무늬로 얼룩져도
> 오늘은 하늘도 잠시 탑에 내려 왔다 간다.
>
> —「가을, 익산 미륵사지에서」

유토피아적인 원체험을 가능하게 하는 것은 유년시절 고향에서의 삶, 즉 만물과 동화되어 있던 삶이다. 미륵사지를 바라보며, 그의 시작(詩作)에 있어서 고향, 향수의 의미가 평생 시심의 원천이 되고 있음을 짐작하고도 남는다.

옛날 옛날 아주 옛날 우리 태어나기 전에
바닷가 아기새가 엄마 찾아 헤맨 자국
그것이 어쩌다 어쩌다 돌 속에 박히었다.

—「화석을 보며」 부분

풀었다가
도로 감은
명주실 꾸리처럼
내 생각은
한 올 씨실
이 밤 칭칭 감아가며
새하얀
엽서 위에다
마음 새겨 글씁니다.

글자는 소리 되어
말이 새어 나옵니다.
잠시 소곤소곤
정다운 그 얘기 속에
똑똑히
친구를 봅니다.
그 얼굴도 다 뵙니다.

아쉽게 헤어지고
다시 찾는
그 아픔을
오색 색실처럼
찬찬히 수를 놓아
이 아침
밝은 햇빛으로
우체통에 넣습니다

—「엽서」

화석을 보며, 바닷가 아기새가 엄마를 찾아 헤맨 자국으로 보고 있는 시인의 마음에서 그의 마음 속에 숨어 있는 고향의 이미지를 읽어 낼 수가 있다. 또한 엽서 한 장 속에 고향을 담고 있다.

시의 역할은 바로 이런 것이다. 생동감 있게 살아서 움직여야하고 그 작품 세계의 평안함 속으로 독자들을 이끌어 가야하는 것이다. 화석하나를 보며, 자신의 감정을 표현할 때 허비하지 않고 적절하게 함축, 절제하고 있는 것을 볼 수가 있다. 절제한다는 말의 뜻은 시의 본질을 알고 운문의 기본을 철저히 익히고 있다는 것을 뜻하는 것이다. 고로 시인은 자신이 태어나고 고운 시심을 길러준 그 고향을 잊을 수 없어 화석 하나를 보면서도, 엽서 한 장을 쓰면서도 수없이 찾아가 동심에 젖어 뛰어 놀던 어린 소년이 되어 맑고 순수한 언어를 동원하게 되고 어법의 기교를 통해서 감동적인 작품들을 탄생하고 있는 것이다.

4.

이 시조집에 실려 있는 시편들의 주제는 모두 자연, 고향, 동심으로 요약할 수 있다. 즉, 이는 시인의 서정시의 근원을 이루고 있다. 그리고 그것은 엄청난 속도로 치달리고 있는 기술문화시대, 소위 디지털 자본주의시대에 우리의 서정시가 나아갈 바 지표[17]로서의 구실도 하고 있다. 그것은 소위 '오래된 미래'로서 혼돈에 처한, 상실의 시대 우리에게 신생의 꿈을 제시하고 있는 것이다.

시심의 원천이 되고 있는 고향을 가슴에 품으며, 빈곤의 시대, 배고픔을 참아 내던 까까머리 소년에서 인생의 낙엽이 수없이 지며 머리털 수 줄어든 현재에 이르기까지 그의 인생을 함축시킨 작품들인 것이다.

---

17) 에른스트 피셔(김성기 역), 『예술이란 무엇인가』, 돌베개, 1984.

시는 의사 진술(Pseudo‒Statement)이라는 기제를 사용, 시인의 삶과 진실을 표백하는 것인데 시인의 작품들은 여기에 부합하고 있어 독자들에게 읽혀질 수만 있다면 시인이 걸어온 삶의 길과 절망을 극복한 지혜들을 경험할 수 있는 좋은 기회가 될 것이다.

나는 백시인의 시조집을 우리들의 삶에 꼭 필요한 희망과 기쁨을 안겨주는 순수한 작품세계가 밀도 있게 짜여진 꿀항아리 정도로 말하고 싶다. 그 이유는 문명의 오염에 질식된 현대인에게 희망의 안내자로 자욱한 안개 속에 숨어 있는 출구를 찾아내는 역할을 감당할 수 있는 시조집이기 때문이다.

시는 느낌으로 다가오는 파문이라고 말을 한다. 그 파문이 어느 정도인가에 따라서 절망과 슬픔에 젖어 있는 사람들이나 혹은 행복하면서도 그것을 행복으로 알지 못하고 복에 겨운 허무를 씹고 있는 독자들에게 이 시조집은 상당한 영향을 줄 것은 확실하다.

소박한 정조와 유연한 정신세계

― 백승수론 ―

백승수 시조집 『제 2의 돌』

1.

    시조는 주지하다시피 음악과 함께 고려되어야 할 성질의 것이다. 『詩經』의 "詩言志 歌永言"이라는 말에서도 알 수 있듯이 동양시학에 깊이 뿌리를 내리고 있는 우리 시가의 대표격인 시조 또한 음악에 철저히 예속되어 있는 것임은 말할 필요 없다. 이는 '시조창'이라는 말에서도 짐작할 수 있듯이 여느 운문보다 음악성 혹은 가락의 유려함이 단연 돋보이는 것이 다름아닌 시조인 것이다.

    이번에 『제2의 돌』이라는 제목으로 시조집을 상재하는 백승수의 1 이는 물론 작품들에 묻어있는 그의 시적 태도 혹은 그의 삶의 태도와도 결코 무관하지 않다.

2.

    총 64수로 4부로 짜여져 있는 『제2의 돌』은 각각의 部가 별 뚜렷한 변별점 없이 몇 가지의 주제로 구성되어 있다. 기행담, 소박한 자연미 예찬, 모정(母情)을 위시한 향수, 일상성 등이 그 대표적 구성거리다. 그리고 비교적 낙관적이고 긍정적인 정조와 아울러 맑고 따뜻한 서정을 추구하는 것이 그의 지배적인 시적 태도가 되고 있다.

우선, 그의 시조는 많은 기행체험을 담고 있음이 주목된다.

> 정자나무 가지 끝에 달이 훤히 걸려 있고
> 슬픔이 엿가래처럼 늘어나는 밤이 오고
> 하늘도 이 쯤에 와서 한 줌 별만 쏟는구나.
>
> ―「경주에서3 / 첨성대」

위 작품은 「경주에서」란 큰 제목 아래 경주벌에서 안압지에 걸쳐 귀로(歸路)의 여정에 이르기까지 순차적 공간 이동에 따라 1,2,3의 연작형태로 기행체험이 전개되고 있는 작품 가운데 하나다. 주지하다시피 '여행'의 의미는 물론 돌아옴을 전제로 한 것이기는 하지만, '혼'의 떠남, 곧 새로운 정신세계의 승화를 위해 선택되는 가장 진술한 방법 가운데 하나가 바로 여행인 것이다. 시인은 이러한 여행의 의미망 속에서 삶의 여정을 추스려 보고 있다. 곧, 여행체험 가운데 시인은 궁극적으로 실존의 문제에 깊이 천착하고 있는 것이다. 「오죽헌을 지나며 ―자경문」에서 "참으로 놀라운 일은 내가 나를 모름이다"라는 실존의 문제 제기로부터 그 깊이로 혹은 그 넓이로 삶의 반경을 가늠해보고 있는 시적 화자를 우리는 쉽게 만날 수 있다.

이 외에도 「불일폭포에서」, 「경포의 달」, 「가을 보경사에서」, 「천룡사의 밤」, 「송광사에서」, 「마이산에서」, 「울릉도에서」, 「수원지에서」, 「설악에서」, 「울진 석류굴에서」, 「금강산 幻想―통일전망대에서」 등 제목에서 짐작할 수 있듯이 거의 유명지에서 느낀 감회를 바탕으로 시인은 삶의 의미를 반추해 보고 있다. 특히 '통일 전망대에서'라는 부제가 붙은 「금강산幻想」 연작은 지고지순한 자연의 의미를 바탕으로 민족사의 새로운 의미망을 구축하고 있다는 점에서 여간 돋보이지 않는다.

> 청산을 물결 삼아 벽공(碧空)으로 황포(黃布) 떠서
> 이 세월 큰 바다에 배가 되어 가고파라
> 삿대로 찔러도 보고 큰 물결도 갈라보고
>
> ―「금강산 환상 / 배」

　위 작품은 「금강산 환상」 연작 가운데 통일의 희원을 가장 잘 표출하고 있는 작품 가운데 하나다. 삿대로 찔러도 보고 큰 물결도 갈라보는 거침없는 한 처의 배가 되어 분단조국의 단절을 건너 뛰려는 시적 화자의 소망이 아주 간절하게 표현되고 있다. 특히, 달, 나비, 비, 새, 선비, 배, 눈물, 구름, 폭포, 노을 등 자연의 그물망과 함께 서정성이 어우러진 그의 통일 희원 시편들은 뛰어난 시적 감수성과 함께 시인의 시적 깊이를 감지할 수 있는 좋은 기회를 제공해 주고 있는 점에서 주목된다. '나에게로 떠나는 여행' 혹은 '너에게로 떠나는 여행'은 시인의 풍부한 시적 역량과 함께 영혼의 울림을 승화시킨다는 점에서 폭넓은 색채를 구사하는 장점을 지니고 있음을 말할 필요가 없다.

　한편, 시인은 자연에 남다른 애정을 지니고 있음이 발견된다. 서정성의 제일 요건인 동일성, 특히 투사에 초점을 두어 자연과의 합일을 꾀하는 시적 태도는 보다 심원하고 궁극적인 인간성 천착을 위한 하나의 시론이라고 보아도 좋다. 주지하다시피 자연친화는 서정시의 가장 두드러진 제재 선택이다.

　이번에 상재되는 시집의 제목으로도 삼은 '돌'의 이미지는 시인의

대표적 자연애를 반증하고 있는 좋은 거리가 되고 있다.

> 만공(滿空)의 적막을 깨고
> 은빛 두른 이 아침에
>
> 아슴아슴 허물 벗어
> 나는 하나 돌이었다
>
> 창 열고 강쪽을 보면
> 흐르는 꽃 구름바다.
>
> …(중략)…
>
> 누른 돌 검은 돌에
> 모난 돌 또 둥근 돌을
>
> 쑥국새 부리 쪼아
> 돌의 넋은 살아나고
>
> 바르르 너울이 돋아
> 숨결 고른 빛무늬여.
>
> —「제2의 돌」부분

주지하다시피 돌의 이미지는 견고한 속성과 아울러 시간의 유연함을 함께 지닌다. 시인이 이러한 '돌'의 이미지를 시집의 표면에 부각시킨 의도는, 의연하면서도 시간이— 결에 충실한 돌의 이미지를 닮고자 하는 그의 삶의 태도와도 무관하지 않으리라. "간 배인 찔레 덤불 햇비늘로 터오르면 // 영혼은 무게를 더해 / 스스로 속등을 켠다."(「바위所曲」)라는 구절도 돌의 이미지로 꿰뚫어 그의 잔잔하면서도 견고한 삶의 자세를 읽어내기 충분하다. 특히 위선과 겉치레로 점점 경박

해지고 있는 오늘의 추세에 맞서 '속등'을 켜는 자세는 곧 내면세계의
풍부함과 삶에 있어서 보다 겸손한 자세를 견지하겠다는 시인의 인생
관의 표명에 다름 아닌 것이다.

그리고 유난히 시인이 '달'의 이미지에 주목하고 있는 점도 눈에 띤
다.(「수련」, 「삽목(揷木)일기」, 「바위小曲」 등). 달은 풍성함의 주된
상징으로 기원, 소망을 부르는 주된 시적 모티프이다. 달 가운데에서
도 특히 만월(滿月)에 치중한 것은 곧 시인의 긍정적이고 낙관적인 삶
의 태도에서 기인된 것이라 하겠다.

이렇듯 자연을 통해 삶을 조망하는 시적 태도는 이 외에도 여러 자
연물에서 투영되고 있음을 살필 수 있다. 특히 식물 이미지가 지배적
이다.

꽃씨야 풍진(風塵)에 날려
구름처럼 흐른대도

길러 나눠 주고
빼앗겨도 기쁜 마음

빈 마음 빈 생각으로
노을 하나 물들었다.

―「민들레」 부분

"아픈 것 다 비우면 흔적 없는 물결도 된다"(「금니사경전을 보며」)
는 사실 일찍 깨달은 시인이 '무소유(無所有)'의 경지와 함께 삶의 공
존의 의미를 다시금 새기고 있는 시적 태도가 인상적이다. 이러한 삶
의 공존의 의미, 혹은 존재의 실존성은 "가장 작은 눈이라도 / 가장 작
은 입이라도 // 그것이 여럿이 모여 / 저렇게도 크낙한 걸 // 내 마음 아

픈 발자국 / 여기 찍어 두고 싶다"(「해변에서」)라는 구절에서도 짐작
할 수 있는 바다. "낮은 곳을 맴돌다가 / 작은 노래 / 하나 되고 // 높은
곳을 흐르다가 / 다시 내려 / 날아가며"(「고추잠자리」)에서도 사정은
마찬가지다.

　　이러한 삶의 공존의 의미 감지는 미미한 존재에까지 사랑의 마음이
닿는 범신론적 입장에까지 확장된다. 이는 곧 자연친화 사상의 다른
표현이다.

　　　　가장 흔한 것이
　　　　또한 가장 귀한 것을

　　　　이 땅 어디에나
　　　　돋아나는 어린 넋은

　　　　길들인 가난 속에서
　　　　천행(天幸)으로 어질더라.

―「쑥을 캐며」 부분

　　"인생은 미지의 향기 /풀빛 받아 오는 날은 // 미움도 그리움도 / 풀
물처럼 배는 것을" 시인은 이미 알고 있다. 드러내지 않고 찬찬한 삶의
의미를 시인은 추구하고 있는 것이다. "때론 꾸밈 없음이 / 꾸밈보다
신기한일"(「춘우(春雨)」)이 되고 "미온(微溫)의 목숨이되 / 불꽃처럼
피어나서 // 있는 듯 없는 듯이 / 오고 또 가는 것을"(「개구리알1」) 시
인은 진정 소중히 여기는 것이다. 시인의 이러한 범신론적 자연관 혹
은 자연친화 사상이 특히 식물 이미지를 통해 재현되고 있음이 주목된
다. 민들레, 풀, 나무, 쑥, 개나리, 구절초, 들국화, 나팔꽃,. 난초, 고추
밭 등이 주된 예들이 되고 있다. 앞의 식물 이미지의 예들은 모두 하나

같이 소박해서 눈에 잘 띄지 않는 미미한 존재들에 불과하다. 이러한 '작은' 것들에 시인은 한결같은 애정을 부여함으로써 진정한 실존의 질문에 대한 답을 찾아 나가고 있는 것이다. "땅은 어느 누구에도 속하지 않았으나, 그 열매는 만인의 것이다"라는 존 볼의 사상은 이 문맥에서 매우 유효하다.

결국 시인이 지니고 있는 삶의 태도는 긍정적이고 따뜻한 것과 등가된다.

예서체 행서체 너머
초서가 된 풀잎 글씨

가녀린 몸이지만
몸부림쳐 글씁니다

타고난 모양새 대로
뭐라뭐라 글씁니다

풀잎이 써 놓은 글
지울 수는 없습니다

어둠이 가고 나면
그 글들이 살아납니다

둥그런 아침 하늘에
파랗게도 빛납니다.

—「풀밭에서」 부분

참 보기 좋은 것이
사람 사는 모습이야

정한(情恨)도 눈물마저도

다 흘러 간 빈 자리에
강낭콩 어여쁜 무늬만
알록달록 놓이더라.

―「꽃밭에서」부분

위의 두 작품은 시인의 인생관 및 시관을 잘 요약하고 있는 시편들
이다. 작품들에서 잘 나타나 있듯이 그의 삶 및 문학 근저에는 '희망의
원리'(The principle of hope)가 내재해 있다. '변화 속의 존재'(Sein im
Werden)가 희원하는 것은 지고지순의 유토피아이고 여기에 닿기 위
한 버팀목으로 바로 바로 '희망의 원리'가 선택되는 것이다. 여기서 우
리는 시인의 이러한 희망의 원리를 바탕으로 한 긍정적 세계관의 바탕
이 '모성'에서 비롯되고 있음을 살피는 것도 그리 어려운 일은 아니다.
모든 사람들에게 사정은 다 마찬가지겠지만 이번에 상재되는 시조집
에서 시인은 그의 근원적 생명체인 모성의 소중함에 경도되어 다시 한
번 모성을 되새기고 있다.

귀한 것일수록 아끼지 말라시던
어머니 어우리며 타이르신 저녁 하늘
그 노을 아픈 무늬로 피빛 어린 독들이여.

참으로 외론 이에게 맵고, 짜고 비린 장들
진실로 외롭다는 말 아는 자 그 누구랴
돌아와 돌아누운 넋 빛 바래고 금간 채.

오늘처럼 바람 불고 따스한 볕이 들면
생각의 가지마다 잎이 돋고 꽃은 피겠지
삭이운 가슴가슴에 봄이 오고 있겠지.

―「장독대에 서서」부분

Ⅳ. 전통성과 현대성의 변증법 277

　위 작품에서 우리는 어머니의 숨결이 담뿍 배어 있는 장독대에 서서 삶의 의미와 그 방향을 가르쳐 주신 말씀을 되새기고 있는 시적 화자의 모습을 만날 수 있다. 누구에게나 그렇듯이 모성은 존재의 뿌리이자 영원한 안식처다. 시인은 이러한 모성을 그이 삶의 근원으로 다시 한 번 확인하고 있는 셈이다. 이 외에도 어머니의 희생어린 사랑을 되새겨보는 「찬밥을 먹이며」나 「메주 뜨는 날」이라든지, 하염없는 사모곡으로 일관하고 있는 「탈상」 등이 모정을 그리는 대표적 작품으로 살필 수 있는 것들이다.

　한편, 일상성에 주목하고 있는 시편들도 여럿이다. 세계 '밖'에서의 구원이 아니라 세계 '안'에서의 의미 찾기에 시인은 주력하고 이는 곧 세계 내 존재로서 실존성의 탐색에 다름 아니다.

아무리 돌고 돌아도
돌아보면 늘 제 자리

어쩌면 잘 짜여진
리듬에도 잘 흔들려서

목마장 목마울 안에
회전목마(回轉木馬) 돌고 있다.

그래도 그 자리에
꿈의 씨앗 싹이 터서
모종만 잘 받으면
텃밭에도 옮겨지고

민들레 한 두 송이 쯤
피워낼 수 있다.

오늘은 식구 끼리
등짐 지고 산에 간다
강물 한 자락을
고향 앞에 놓아 보며

하루를 건너는 뜻을
다시 한 번 새기려고

―「삶1」 전문

일상성은 현실성의 '구체적' 획득이라는 긍정적 반응을 보이기도 하고 삶의 무의미한 반복성과 타율성, 또는 표류의식의 문제적 양상으로 인식되기도 하는 이중성을 지니고 있다. 이러한 일상성의 양면을 안은 문학은 미학적인 문제와 이데올로기적인 문제를 함께 아우를 수밖에 없다. 즉, 현상과 본질의 궁극적 변별점에 보다 깊이 천착할 수밖에 없는 것이 일상성을 문제 삼는 작품들의 의무인 셈이다.

백승수의 작품에서 보이는 일상성은 대체로 긍정적 입장으로 일관하고 있는 점이 두드러진다 . 곧 차분한 어조로써 생명감을 바탕으로 존재의식의 차원으로까지 일상성을 승화시키고 있다는 데 그의 시적 자질이 놓인다. 때로는 "스승과 제자는 물론 / 에미 애비 자식도 없는 // 부끄런 세상이 싫어 /…(중략)… // 말 많아 죄 되는 세상 / 아예 보고 듣지도 않고"(「거북 考」) 돌아누워 버리는 소극적 저항 자세를 취하기도 하지만, 그의 궁극적 귀착점은 "그래도 조금씩 비쳐오는 / 하늘 보기 위해서"이기에 시인은 삶에서 "구멍에서 틔워내는 / 단소음 같은 소리"도 듣고 또 그것이 "선 고운 나뭇결로도 / 차례차례 살아"(「삶.2」) 남을 알아챈다. 시인에게 삶은 그러므로 "사랑을 의지로 꺾어 / 좌회전도 시도하고 // 어렵고 힘든 일 / 우회전에 맡기지만 // 가끔씩 깜빡이 넣어 / 비껴 가고 쉬어"(「운전을 하며」)가기도 하는 것이다. 또한 그것은 "맑은 노을을 불빛으로 모"(「불을 켜며」)으기도 하고 "꿈을 심는 그림자에 꿈도 같이 엮어주"(「거미줄의 노래」)는 넋이기도 한 셈이다. 이러한 시적 태도는 기계적 반복의 무의미한 일상공간을 뛰어 넘어 현실공간을 처리하는 성실함이 돋보인다는 점에서 여간 소중하지 않다.

3.

그리 많지는 않지만 풍자정신으로써 일종의 실험의식을 시도한 작품들도 있어 주목된다. 주지하다시피 우회적 공격으로서 풍자는 비판정신의 거리확보로 삶의 구도를 뒤집는 역할을 수행한다.

> 어느 날 언쟁 끝에 가출한 내 양심처럼
> 어두운 실내 어딘가 잠복했을 가능성에
> 그 놈에 발이 찔릴까 조심조심 걷고 있다.

—「압정(押釘)을 보며」 부분

자기와 비자기의 이분법적 대립으로 일상인의 '적당한 포복'을 아주 재미있게 표현하고 있는 작품이다. 때로는 숨기도 하고 때로는 찾기도 하는 일상인의 이중적인 표층적 삶을 전경화함으로써 시인은 현대의 '아슬아슬한' 삶에 일침을 가하고 있는 것이다. 다음의 「우화(寓話)」도 풍자 정신이 돋보이는 점에서 눈여겨 볼 만한 작품이다.

> 한번쯤 긴히 만나
> 실토정(實吐情)을 하려 해도
>
> 끝내 안 열리는
> 문턱 높은 그 어른 방

회장실
「회」자 글자에
선(線) 보태고 돌아왔다.

—「」

　　'화장실'이라는 부제가 붙은 위의 작품은 권위주의가 활개치는 권력 이데올로기에 맞서 소시민적 저항을 보여주는 시적 발상으로 비롯되어 있다. 화장실과 회장실은 엄청난 변별성을 지님에도 불구하고 단순한 선 하나의 차이로 별 차이 없게 되어 버리는 여간 의미심장한 일침이 아닐 수 없다. 무척 날카로우면서도 기지를 잃지 않는 시적 긴장으로 인하여 시인의 재기발랄함이 무척 돋보이는 작품이라 하겠다. 이와 유사한 맥락에서 '공산주의'를 펀(pun)한 '우화'도 재미있다.

　　다음은 시조의 표기형식을 아주 새롭게 실험하고 있는 점에서 눈에 띄는 작품이다.

지나간
많은 날이
천 리 만 리
어여쁘듯

동그란
그리움이
쏟아지는
이 산창(山窓)에

흩어진
기억을 모아
싸
락
싸

락
눈이
오네.

—「설일(雪日)에」 전문

각 구를 하나의 행으로 처리하고 때로는 시각적 효과를 위해 한 구를 한 자 한 자 한 행으로 분해시키는 실험정신이, 현대시조의 새로운 표기형식 실험을 개진시킨 점에서 주목할 만 하다. 마치 눈이 내리는 풍경을 보는 듯한 시각적 효과를 의도한 시적 구조가 발랄하다. 그리고 장시조(사설시조)를 실험한 「개구리알2」도 아주 참신하다. 여기서 시인은 특히 중장을 상당히 분량을 두어 줄글로 처리함으로써 형식의 변형을 시도하고 있다.

4.

삶과 문학에 대한 근원적인 긍정성 및 따뜻함에서부터 풍자정신이 깃든 사회비판의 문제에 이르기까지 백승수가 보여주는 작품의 세계는 다양하면서도 풍부하여 그의 작품을 읽는 우리로서는 여간 반가운 일이 아니다. 특히 삶의 의미를 반추해 보는 '여행'체험의 시화는 그의 시적 깊이를 헤아릴 수 있는 좋은 증표가 되었다. 탈중심주의의 영향으로 시문학에 대한 전반적인 해체현상이 가중화 되어가는 오늘날 문학현실에 비추어 볼 때(특히 전통적 시형식인 시조에 대한 인식의 희석화도 말할 필요 없음) 백승수의 재기발랄하면서도 차분함을 잃지 않는 서정적 시적 태도는 많은 시사점을 던져 주고 있음에 틀림없다.

마지막으로 다음과 같은 그의 시적 고백은 앞으로의 그의 시작에 많은 행운과 긴장감이 함께 하기를 바라마지 않는 마음에서 음미해 볼

만한 것이다.

> 하찮게 잃어버린
> 지난 날이 하도 고와
>
> 오도 가도 못해
> 잠못드는 이 밤에는
>
> 내 생의
> 얼룩무늬로
> 한 편 시를 쓰고 싶다.

―「개구리 우는 밤에」 부분

불씨의 미학

-박정선론-

1.

그저 씌어지는 글은 없다. "가치 있는 체험의 기록"이 문학임을 설파한 최재서 선생의 말을 굳이 인용하지 않더라도, 문학이 글 쓰는 이의 소중한 체험과 가치관을 바탕으로 빚어진 창조의 소산임은 말할 필요 없다. 문학에서, 특히 시에서 깊은 사려와 정서, 이 두 요인은 생활에서 얻어지는 체험을 문학적으로 형상화하는 데 매우 중요한 요청사항이다. 뜬금없는 이상의 생각들은 박정선 시조집『우리 절반만 이야기하자』를 대하고서 만난 것들이다. 자연과 계절 앞에 맞닥뜨린 여러 상념들, 삶의 성찰을 위주로 한 잔잔한 일상적 실존의식, 구원에 바탕을 둔 종교적 기원, 소외의식과 역사의식을 바탕으로 한 현실비판의식 등 다양한 내용들을 담고 있는 시조집『우리 절반만 이야기하자』는 실로 인간살이를 이루는 모든 맥락들이 모두 문학의 내용들이 될 수 있다는, 곧 문학이 다름 아닌 인간학이라는 명제를 다시 한 번 더 강조해 주는 작품집이다. 눈앞에서, 아니 바로 곁에서 살필 수 있는 인생살이를 함께 보는 즐거움을 전해 주고 또 한계상황에 처한 인간실종의 모습을 성찰하고 반성하게 해주는 계기를 마련해 주는『우리 절반만 이야기하자』는 세기말 운운하는 여타 유희적인 문학류에 식상해 있는 우리들에게 겸허한 시간을 갖게 해 준 데서도 여간 의미 있는 시조집 이 아니다. 특히 시조답지 않은 시조들, 다시 말해서 시조형식을 무참 히 해체시켜버리는 현 시조의 다소 유행적인 풍토에 맞서서 단아하고 정갈한 시조형식을 고수한 작품들을 선보이고 있어서『우리 절반만 이야기하자』작품집은 여간 의의 있는 시조집이 아닌 것이다.

  2.

  박정선의 시조집『우리 절반만 이야기하자』의 대부분의 시편들은 삶의 순환적인 리듬에서 출발한다. 특히 일년의 주기인 봄·여름·가 을·겨울의 계절적인 순환체계에 많은 비중을 두고 있음이 주목된다. 그런데 시집『우리 절반만 이야기하자』에는 여름이 없다. 시인의 계 절적 순환체계 가운데 여름이 없다. 노드럽 프라이에 의하면 여름의 미토스(mythos)는 로만스다(봄의 미토스가 희곡이고, 가을의 미토스 는 비극이며, 겨울의 미토스는 아이러니와 풍자인데, 여름의 미토스는 로만스다). 여기서 시인이 로만스인 여름을 제외시켰다는 것은(그리고 주로 가을과 겨울에 초점을 두고 있는 사실로 미루어 볼 때)그리고 주 로 가을과 겨울에 주목하고 있는 사실을 비극과 아이러니, 다시 말하 면 삶에 있어서 빛보다는 '그늘'의 측면에 시인이 보다 가까이 서 있었 다는 사실을 암시한 것에 다름 아니다.

  다시 작년처럼 이 자리에 섰습니다
  철렁거린 사슬은 내 몸의 분신이 되어

눈물을 받아 먹으며 밤도 함께 삼킵니다

무릎을 꿇어도 감기지 않던 눈
이제 그 눈에 아득한 세월이 지고
쓸쓸한 저 벌판으로 하얀 깃발이 날립니다

짓다 버려둔 나의 집이 보입니다
바람찬 그곳엔 기원의 촛불이 타고
누군가 내 이름을 부르며 두 손을 모읍니다

오, 누가 가을을 나에게 주셨습니까
유덕한 인정으로 또 다시 용서 받으며
비워둔 나의 집으로 부지런히 가렵니다.

　　　　　　　　　　　　─「오, 누가 가을을 나에게 주셨습니까?」

　'가을'의 이미지를 토대로 비교적 쓸쓸함의 정황을 넘어 자아성찰
이 두드러져 있는 작품이다. 종교시의 엄숙함마저 느끼게 한다. 가을
의 미토스인 비극을 진솔하게 수용하고 있는 시인의 자세가 무척 겸허
함에 주목된다(여기서 미리 밝혀 둘 것은 문학비평가 노드럽 프라이가
말하는 가을의 미토스로서 비극의 의미 전체가 적용되는 것은 아니다.
가령, 비극의 주인공의 신과 인간 존재 사이의 중간자라는 등의 개념
규정들이 그것이다. 본고에서 채택한 비극의 의미는 소박하게 '비극'
자체의 문맥적 의미와 보편적으로 동의하는 '희극'의 대응어로 채용
한 것에 불과하다).

　비극은 이미 알려진 대로 문학적 경험에 있어서 사심 없는 성질을
보증하는 것이다. 인간의 성정을 꾸밈없는 그대로 진실하게 이해하는
그런 의식이 위의 작품에 그대로 드러나 있다. 우리는 "인간적인 너무
나 인간적인"인간들의 한계를 잘 알고 있다. 때로는 곤경에 맞닥뜨린

삶의 한계상황에서 램프를 문질러 「아라비안 나이트」에 나오는 거인을 불러낼 수 없다는 것을 너무나 잘 알고 있다. 이것이 바로 비극적 정황인 셈이다. 여기서 중요한 것은 '있는 상황'(혹은 현실적 상황)을 있는 그대로 인정하고 받아들이는 태도다. 이것이 가장 '인간적인' 태도며 '겸손한' 태도며 나아가 '지혜로운' 태도다. 이러한 한계적인 상황을 딛는 돌파구를 설정한다는 것은 인간인 우리가 취할 수 있는 가장 현명한 선택인 것이다. 다음의 「이제 다시 가을엔 울지 않으련다」(특히 3연)는 이러한 문맥에서 내밀하게 읽힐 수 있는 작품이다.

아무도 밟지 않는
낙엽 쌓인 산길을
억새꽃 눈물 따라
해마다 걸었다
아편이 혈관을 타듯
깨어날 수 없었다

햇살이 바람이
애타게 펴지면
흔적없이 고요한
깊은 계곡 바위에 앉아
홀로 선 가을신부가 되어
서쪽산을 보았다

이제는 먼 산처럼
성숙한 얼굴로
초연히 낙엽지는
가을사람이 되려오
들국화 서럽게 져도
모르는 척 지나려오.

"들국화 서럽게 져도/모르는 척 지나"는 성숙한 얼굴을 한 먼 산의 모습으로 시인은 삶을 관통하고 있는 것이다. 이러한 다소 초연한 태도는 우주론적 존재의 겸손하고도 성숙한 태도라 할 수 있다. '상실'을 '성숙'으로, 나아가 재생을 위한 값진 희생으로 시인은 가을을 맞이하고 있는 셈이다. 상실의 문턱을 상징하는 가을을 노래한 작품은 이 외에도 「소국을 꽂아두고」, 「소국향 가득한 밤」, 「가을은 또 그렇게 가버렸다」 등에서도 살필 수 있다.

가을 다음으로 겨울이다. 겨울은 잘 알다시피 죽음 및 소멸의 이미지가 중심이다. 시인도 철저하게 겨울의 냉엄함을 인정한다. 가을의 상실 문턱을 넘어 겨울의 '없음'을 수용하고 있는 것이다. 다음은 「겨울밤」의 전문이다.

무엇이라 이르지 못할
반 생의 재를 넘어
난로불 심지 돋워
긴 밤을 태우며
끝없는 침묵의 강에
띄워보는 옛 노래

바람이는 이밤새에
내 벗이 올 것 같아
차탕관 불씨 지켜
가슴 졸여 밖을 보니
오는 이 기척은 없고
달려가는 저 구름.

매우 서정적인 어조로 삶을 투시하는 위의 작품에서 우리는 시인의 존재에 대한 원점 회귀적인 의도를 상징적으로 읽을 수 있다. 마치 불교에서 이야기하는 색즉시공(色卽是空)처럼, 주시하다시피 시의 바퀴는 끝없이 돌아가 윤회하지만 그 중심, 그 구심점은 텅 비어 있다. 왜냐하면 시는 '불완전한' 인간들이 쓰는 것이기 때문이다. 이처럼 이미 출발의 순간부터 실패를 선고받은 채 작업을 시작해야 한다는 점에서 시인이란 존재는 불운한 유산 상속자인 셈이다. 그런데 문제는 그토록 욕망하고 돌아가고자 하는 궁극적 장소(기원)가 비록 부재의 광휘에 둘러싸인 곳이라 해도, 그래서 그가 붙잡고자 한 초월적 의미가 끝내 파악할 수 없는 '양피지 이면의 지워진 글씨'라 해도 그러한 시적 도약을 인간은, 특히 시인은 그만둘 수 없다는 데 있다. 참으로 존재하지 않는 것만이 우리를 존재하게 하며 존재는 항상 존재 이상을 꿈꾸는 법이니까. 보르헤스의 말을 빌리자면 오늘도 시인들은 아직까지 찾지 못한 그 '우주의 말'을 찾고 있는 중이며(그 찾음이 시간적 흐름을 좇아 이야기의 형태를 취할 때 서사물이 되고 시간을 잠시 정지시켜 감춰진 단면을 드러내 보일 때 한 편의 시가 탄생하게 된다) 그 말이 영원히 찾아질 수 없는 것인 한 시쓰기는 숱한 시대와 국경을 가로질러 계속될 수밖에 없을 것이다. 이상의 의도를 시인은 우리 고유의 시조 형식을 통해 진솔하게 천착하고 있는 셈이다.

위에서 살핀 것처럼 계절의식으로부터 삶을 이끌어내는 시인의 솜씨는 결국 실존의식으로 모아진다. 여기서 실존의식은 '지금 여기'의 각인의 다른 말이다.

> 살아있는 오늘이
> 이국처럼 낯설다
> 태워도 타지않는 밤
> 채찍으로 감겨오고
> 끝내는 묻고 가야 할

풀 수 없는 아픔인가.

—「참회」 부분

　　모든 사물은 저마다 '신성한 내부'를 간직하고 있다. 그것은 보통은 닫혀 있어서 눈에 띄지 않지만 어느 순간 아주 살짝 시인 앞에 그 내부를 열어 보인다. "한생애 맺음으론 / 마감할 수 없는 것을 / 끝없이 써 내린 글귀", 바로 이것이야말로 상상력이 시인에게 허락한 드문 은총, 신의 자애로운 선물이 아닐까 한다. 꿈꾸는 자에게 닫혀 있는 상자는 항상 보석으로 가득차 있는 법이며 비밀스런 기쁨을 가져다 주는 것이다. 그러나 몽상이 끝나고 언어의 축제가 막을 내리는 순간 시인은 다시 현실의 수렁 한복판에 발을 걸치고 있는 자신을 발견해야 한다. 시계추처럼 현실과 신비 사이를 오가던 시인은 그러한 왕복 운동 자체가 하나의 관성으로 화할 수도 있음을 깨닫게 된다. 그리하여 내면의 불로 지상의 어둠을 밝히며 걸어나가던 시인도 어는 순간 한계에 직면한 듯 차츰 말을 절약하기 시작한다. 환희에 찼던 시인의 언어는 끝내는 침묵의 심연 앞에 다다른다.

　　　　그녀는 늘 신선한
　　　　미소가 번졌다
　　　　할말이 할말이
　　　　수천 굽이 강물인데
　　　　가만히 아무것도 모르는 듯
　　　　그렇게 웃었다

　　　　안스러이 다독이는
　　　　온유와 겸손이며
　　　　튀는 듯 불꽃같은
　　　　사상의 눈빛이며

빈 손에 빈 마음으로
향기 가득 흘렀다

—「얼굴」 부분

　말할 수 있는 것에 대해 침묵하는 것이야말로 경박하게 목소리를 높이는 세상에 대한 크나큰 미덕일 수 있다. 여기서 "가만히 아무것도 모르는 듯 / 그렇게 웃"고만 있는 '그녀'는 결코 단절적이고 폐쇄적인 '자폐적 미학'의 귀착이 아니다. 빈 손 빈 마음으로도 향기 가득 흐를 수 있는, 혼신의 힘을 다해 발견한 삶의 끈적임인 것이다. "나머지 절반을 위해 / 이쯤에서 헤어지자"(「우리 절반만 이야기하자」)는 말을 시인이 과감히 할 수 있는 것도 이 때문이다. 여기서 우리는 시인의 삶에 대한 대단한 애착을 만난다. '없는' 것에서 '있는' 것을 보는 눈이야말로 실로 시인의 세상에 대한 애정이 아니고 무엇이겠는가.

어쩔까 오늘은
먼 산만 보고 걸을까
속세를 등진 양
눈감고 입을 다물어도
속눈썹 새로 젖어드는
꽃말 같은 옛 시절

울분도 그리 녹고
희열로 그리 부딪쳐
앓는 삶 마디마디가
차리리 동강이 나도록
비오듯 나도 그렇게
산산이 부숴질까

빗속에 꺼져가는
허허로운 나의 미소

덤으로 얹혀 사는
헛뿌리 인생이여
그래도 꺼지지 않는
이 불씨는 무엇인가.

「비오는 날」의 전문이다. "헛뿌리 인생"으로 자신의 삶을 규정짓지만, "그래도 꺼지지 않는" "불씨"가 있어 우리는 존재한다. 위 작품에 깔려 있는 극도의 허허로움은 더 이상 행복한 세계에서 살기는 틀렸다는 사실을 깨달아 버린 영혼이 비상을 거듭하다 잠시 지친 날개를 쉬기 위해 숨어든 그늘이라고 할 수 있겠다. 그 그늘 속에 고독하게 웅크리고 앉아 그들이 파고 들어간 내밀성의 광맥은 우리를 일상적 의식 저편에 위치한, 보이지 않는 존재로 가득한 세계로 안내해 준다. 시초와 종말이, 순간과 영원이, 현실과 이상이 공존해 있는 그 세계에서 우리는 나날의 진부하고 공허한 삶에서는 얻을 수 없는 어떤 고양된 감각과 생기를 얻게 되는 것이다. 결코 꺼지지 않는 불씨가 존재하므로. 여기서 나는 시인의 시세계를 '불씨의 미학'으로 정리해 본다. 늘 생명을 잉태하고 있는 불씨야 말로 시를 시답게, 문학을 문학답게, 나아가 삶을 삶답게 만드는 가장 중요한 매력이 아닐까. 시인의 인생관은 그래서 비교적 낙관론 쪽으로 귀결된다.

사계절 날마다
출퇴근 외출 때면
길거리에 구루는
행복 씨앗을 밟는다
무심코 사람들이 버리고 간
크고 작은 씨앗들

때로는 허리 굽혀

작품의 제목이기도 한 "행복 씨앗"은 시인의 궁극적 의도요, 또 그가 못내 만나고자 한 궁극적 도달점이다. "길거리에 구르는"만큼 그 누구나가 마음 먹으면 만날 수 있는 것이 '행복'임을 시인은 단언한다. 많은 사람들이 지적했듯이 현대인은 시간과 규율에 얽매인 채 현실을 넘어서서 나아가려 하지 않으며 나아가 자신의 내부에 자리한 심연과 세계의 진실된 모습을 애써 외면하려 한다. 심지어는 '있는 현실'조차도 제대로 수용하려 들지 않는다. 그들은 '안개의 성역'에 갇힌 채 소멸과 몰락을 향해 덧없이 휩쓸려 내려가고 있을 따름이다. 이러한 무목적적이고 무의미한 삶을 사는 현대인들에게 아주 따끔한 충고로 읽힐 수 있는 작품이 바로 위의 「행복 씨앗」이다. 원하고 의식하면 그리고 애써 힘쓰면 바로 곁에서 얻을 수 있는 것이 우리네들 행복이다. 물론 행복의 개념이야 무한한 상대성을 띠고 있겠지만, 그 무한한 상대성을 딛고서도 또 무한히 우리네 삶 주위에 널려 있는 것이 '행복 씨앗'인 것이다. 여기서 문제는 행복이 아니라 행복 '씨앗'이다. 씨앗은 숨겨져 있는 것이기 때문에 능동적이고 적극적인 동력을 필수요건으로 한다. 시인의 서정성 뒤에 숨겨져 있는 힘찬 삶의 의식 또한 기꺼이 읽힐 수 있는 작품이 바로 「행복 씨앗」이 아닌가 한다. 여기서 우리는 씨앗과 불씨가 여러모로 닮아 있음을 감지할 수 있을 것이다.

3.

　시인이 시조집 『우리 절반만 이야기하자』에서 상당수 사회의식을 담은 시들을 발표하고 있는 것은 좀 의외다. 왜냐하면 시조라는 장르적 특성으로 미루어 볼 때, 또 그리고 시인의 깊은 서정성으로 미루어 볼 때 비판의식을 전제로 하는 사회현실 고발은 별개의 문제로 여겨질 수 있기 때문이다. 그러나 앞에서 살핀 시인의 '씨앗과 불씨의 미학'으로 미루어 볼 때 시인의 사회현실에 대한 관심은 도리어 자연스럽게 읽혀지기도 한다. 씨앗과 불씨가 지닌 생명 잉태 사상은 바로 현실을 토대로 해야만 가능하기 때문이다. 사회현실을 다룬 작품들 가운데 다소 무리가 따르고 생경한 어조가 부자연스러운 작품도 더러 눈에 띄나 이는 시인이 지니고 있는 서정성이 너무 깊은 때문이고, 그래서 우리는 미더운 마음으로 나머지를 충분히 읽어낼 수가 있다. 사회역사 의식을 바탕으로 한 시인의 현실에 대한 관심의 영역은 그러므로 여느 시조시인들과는 변별되는 박정선 시인의 독자성으로 자리매김해도 별 무리가 없겠다. 그 가운데 한 편만 가려 보자.

허기진 봄 언덕에
아낙은 절규하고
어느 병사 이름표가
삭지 못한 수심이여
가난한 그 날의 역사
홀로 누워 헤이는가

생명으로 부활하는
아픔을 가득 채워
말없는 탄식으로
오늘도 흐르지만

지금은 망각의 시대
굳어버린 도시얼굴

먼 후일 해야 할 말
여기에 묻혀 있어
이곳에 무릎꿇고
용서를 빌어야지
도도한 그 흐름따라
새벽처럼 깨어야지.

「낙동강」 전문이다. 비교적 역사의식과 서정성이 조화를 이룬 작품이다. 서정성을 담보로 하는 독자들에게 작품집 『우리 절반만 이야기하자』에서 보이는 이러한 의식 자체는 얼핏 보면 시인의 정서체계에 일어난 일대 변화이고 혼란이며 감성의 분열이다. 그러나 실존의식에 천착한 잔잔한 일상적 추이로부터 사회역사현실로의 흐름을 보여주는 시조집 『우리 절반만 이야기하자』은 실로 다양한 시적 면모를 엿보게 하는 즐거움을 남긴다. 순환의 비전(앞의 2에서 살핀 서정성 어린 작품들이 보이는 것과 같이)과 역사적 비전(위의 「낙동강」을 포함한 사회역사 의식을 다룬 작품들)이 전혀 다름에도 불구하고 이 둘을 한꺼번에 껴안는 시인의 작품들에서 우리는 시적 비전을 읽어낼 수 있다. 이제껏 많은 문학 작품들이 일러 주듯이 빛은 어둠을 통해서만 얻을 수 있고, 기쁨은 슬픔을 전제로 해야만 느낄 수 있으며 진정한 눈뜸(통찰)은 눈멂의 시련을 통과하고서만이 이루어질 수 있으므로.

하여 우리는 박정선 시인의 단아한 시조를 통해서 이리저리 삶의 회로를 가늠해 볼 수 있는 것이다. 힘찬 비상을 위해 또 다른 출발선상에 서 있는 시인에게 무한한 격려의 눈길을 보낼 따름이다.

기립하는 흑백사진의 변주곡
- 김만수론 -

순례자의 숙명

　김만수 시인은 교육자로서 정년을 마친 지 수 년이 된 분이지만 시조 창작에는 청년의 열정으로 작업하는 시인이다. 시조에 대한 집착과 도전은 청년의 혈기를 충분히 발휘한다는 의미다. 그리고 그는 독자에게 감동을 줄 때 비로소 자신의 시가 존재할 당위가 있음을 누구보다 잘 아는 시인이다. 그는 시로서의 시조완성에 매우 긴장하면서 시조형식의 곤욕스러움을 견딘다는 것은 무척이나 힘겨운 일임을 토로하고 시조부흥(현 한국문단에서의 시조의 자리매김 정도로 이해하기 바란다)을 희구하는 바람을 내비치고 있다. 시인이 자신의 존재함을 '순례'라는 의식에 옭아매고 있듯이, 자신의 발화 양식 역시 정형 속에서 절제하고 있는 것이다. 작품은 시인의 얼굴이다. 또한 그 정신이기도 하다. 간단하고도 단순한 이 명제가 시인에게 와서는 결코 쉽게 풀리지 않고 있는 것은 왜일까.

　시인 스스로 '순례자'로 자처하면서도 그의 시들은 하나 같이 生의 무게를 감당하기에 여념이 없다. 이러한 모순은 그의 현재 삶의 진통을 간접화하고 있는지도 모른다는 말로 간주할 수 있다.

'순례'한다는 행위는 한 마디로 종교적인 심사의 노출이라 할 수 있다. 세례를 받은 천주교 신자이지만 시인의 시에서는 특정 종교만을 고집하는 아집은 보이지 않는다. 카톨릭의 성지 보다는 오히려 산 속 깊이 외떨어져 있는 사찰 순례가 확연히 더 많은 것이다. 물론 한국적인 토양이 그러하다고 단정 짓는다면 달리 할 말은 없지만, '베드로'(시인의 세례명)로서의 종교적 믿음보다는, 個我로서의 삶의 자세에 보다 집중되어 있다는 말이 더 정확할지 모른다. 그러니까 '순례자'가 되기를 희망한다는 것은 어떤 종교적인 믿음의 소산이기 보다는 삶의 한 영역으로서의 삶의 자세를 지킨다고 함이 더 옳겠다.

> 신앙이 묻힌 언덕 폭풍이 뜨겁구나
> 하늘은 어김없이 내려주신 사랑인지
> 琢을 삼키는 해골 鮮血을 뿜고 있다.
>
> 말씀으로 살아가는 그리스도 흘린 피
> 수모의 매를 맞고 십자가 매어달린
> 먼 울림 촛불은 타고 길 끄는 별을 본다.
>
> ―「골고타」 전문

이 시는 시인이 믿는 특정 종교에 대한 신앙이 묻어나는 유일한 시이다. 그러나 이때조차도 觀하는 것이 아니라, 見하고 있다. 두터운 신앙으로 예수의 희생에 다가서고 있다기보다는 종교적 현장의 한 장면을 목도하고 있는 것에 지나지 않는다. 이것은 '길 끄는 별을 본다'고 하는 행위에서 드러나듯이, 단순히 신앙의 대상을 수동적으로 물끄러미 바라보는 것에 지나지 않는다. 즉 신앙을 삶의 한 부분으로서 이성적으로 수용하고 있을 뿐, 그것을 시인의 전체 삶과 등치시키지는 않는 것이다.

　이 외에 「이집트 카이로 풍경」과 「세느강」은 신앙 자체에 대한 신념이기보다는 역사적 현장에서의 목소리일 뿐이다. 이때 신앙은 허무한 역사의 잔해 속에서 살아야 하는 부수적인 의지처가 되고 있다. 즉 주체는 신앙하는 화자가 아니라, 삶의 과거와 현재를 견디어내는 존재로서의 화자로서 만족하고자 한다.

　　　　명명히 새긴 세월 時空을 너머 서고
　　　　自存이 살아 쉬는 藝術에 이는 향기
　　　　숨겨 둔 조상의 얼이 꽃으로 피고 있다.
　　　　……
　　　　낯선 얼굴 마주 치면 눈빛으로 인사하고
　　　　주고받는 미소로도 말씀의 뜻 건네지네
　　　　신앙은 죽음이 없는 별과 같은 빛일까.

　　　　　　　　　　　　　　　　　　－「세느강」 부분

　　　　역사의 길을 푸는 최후의 證言이다
　　　　風雨가 깎아 버린 黙示의 피라미드
　　　　카이로 창문 너머로 빛을 쏟는 역사어.

　　　　燦然한 문명의 꽃 꿈을 꾸는 나일 강
　　　　물여울에 들려오는 낙타의 방울소리
　　　　왕조를 허문 돌무덤 칼을 가는 바람소리

　　　　　　　　　　　　　　　　　－「이집트 카이로 풍경」 전문

　순례지에서 맞닥뜨린 것은 과거였다. 현재에 남아있는 과거의 모습은 무상한 세월에 지나지 않는다. 「세느강」에서 "신앙은 죽음이 없는 별과 같은 빛일까"라고 자문하고는 있지만, 그것 역시 전체적인 시상에서 조화되지 못하는, 어쩌면 의례적인 것으로 보이기까지 한다. 결국 시인이 희망하는 '순례자'의 모습은 단순히 종교적인 목적으로 성지를 찾아다니며 참배하는 것이 아니라, 현재를 위한 과거의 호출, 혹은 미래(죽음이거나 혹은 그 너머)를 위한 時空의 연결고리의 완성에 있는 것이 확실하다.

시인이 과거를 찾아갔을 때 만난 것은 역사를 허무는 칼을 가는 바람소리뿐이다. '꽃'으로 만발하던 찬란한 옛 역사(과거)도 시간의 퇴색 앞에는 박제된 과거일 뿐인 것이다. 이로 인하여 시인은 삶의 자세를 완성해 가고 있음을 보여주고 있을 뿐이다.

시인이 인식하는 과거는 결코 긍정적이지 않다. 그것은 "찢긴 한숨의 울음"(「두만강 단상」)으로 더 이상 온전하게 현재화될 수 없는 것으로 보인다. 역사의 혹은 과거의 "강물"이 흐르는 것은 恨없음을, 즉 恨의 씻김을 원하는 것이지만, 그것마저 온전하게 이루어지지 않는다. 결국 시인에게 있어서 역사의 "강물"이 "한 없이" 흐르는 것은 표면적으로는 과거의 극복일지 모르지만, 따지고 보면 恨의 묵인이자 과거 자체에 대한 방임이라고 할 수 있다. 즉 見의 입장에서의 순례일 뿐, 觀의 입장에서의 순례에는 아직 딩도하지 못한 셈이다. 어쩌면 이것이야말로 시인 자신의 존재로서의 한계를 가장 진실하게 보여준다고 할 수 있겠다.

오히려 見으로서 자신을 세우는 데에 만족하고 있는 것 같다.

유년, 버려진 욕망의 시간

존재적 한계에 성실한 시인의 순례는 삶의 뒤안길, 즉 과거에 대한 집착으로 나타나고 있다. 시인에게 있어서 유년은 결핍된 자아가 기거

하는 시간이다. 시인이 끊임없이 그러한 과거, 즉 유년을 호출하는 것은 여전히 어떤 결핍 속에 있다는 반증이 된다. 하긴 살아간다는 것 자체가 매순간의 결핍을 메우는 일이며, 애초에 그가 가졌던 욕망이라는 거대한 항아리에서 매순간 결핍을 재생산하고 있을 뿐인 것이 인생이지만.

—「바다의 日記」 부분

군이 들뢰즈의 '욕망하는 생산'과 같은 개념을 빌리지 않더라도, 욕망이란 무엇인가를 하게 하는 요인임은 이미 자명하다. 우리는 어떤 욕망에 따라 활동하며 사유하기에, 그것 자체가 생산을 낳는 것이다. 그러나 이에 앞서 보다 일반적으로 욕망이라고 하는 것은 결여, 즉 결핍의 소산이다. 즉 무엇인가를 욕망한다는 것은 결국 무엇인가 결여되어 있다는 반증이 되는 것이다. 이에 대해서 라캉은 '욕망(désir)이란 욕구(besoin)와 요구(demande) 사이의 차이고, 상징적인 질서 안에 있는 요구로선 결코 충족될 수 없는 근본적인 결핍의 산물'이라고 정의한 바 있다. 욕망의 결핍이 생산을 낳는다고 한다면 비약이겠지만, 욕망은 분명 결핍의 다른 이름일 수 있으며, 덕분에 무엇인가를 하고자 하고 또한 해야 한다는 의지의 발현이 되기도 하는 것이다.

시인의 유년은 "욕망의 하늘"을 "이고" 있는 그야말로 결핍된 자아의 모습을 보이고 있다. "바다가 되고 싶"은 유년의 욕망은 현실의 결핍에서 비롯되었다. 바다의 한 복판을 울고 나는 갈매기가 되어 "욕망을 머리인 채"(「부두의 素描」) 시인은 유년기를 보냈다.

그러나 유년기 소년의 욕망은 여전히 채워지지 않은 결핍인 채로 남아 있다. 그래서 시인은 여전히 유년의 뒤안을 벗어나지 못하고 바장이고 있는 것이다. 유년의 욕망은 결국 "과거 속에 잠"기고 만다고 서술하지만, 시인에게 있어서 유년의 욕망은 오늘을 살아가게 하는 힘이 되고 있다. 즉, 그것은 유년과 지금이 결코 별개의 것이 될 수 없다는 점에서 비롯된다.

새들이 떠나버린 긴 꿈의 여울 턱에
파닥이다 지쳐버린 몇 자국 흔적들이
바람에 무게로 내려 모래성을 허물다.

버들강아지 꽃눈이 하얗게 박히던 날
소년기 까만 손등 씻어주던 조약돌들
해묵은 돌멩이 하나 물소리를 내고 있다.

한 물살을 가르며 뛰어오른 고기떼
새겨둘 전설들이 푸르게 헤엄치고
虛像이 출렁거리는 내 야욕이 번뜩인다.

―「南川」 전문

어쩌면 시인이 기억하고 있는 유년은 "虛像"일지도 모른다. 그러나 "새들"도 떠나버린 한낱 "꿈"일지도 모르는 유년은 결코 가볍지만은 않다. 고작 "바람의 무게"를 하고서도 인생의 "모래성"을 한순간에 허물수도 있는 것이다. 그렇기에 생을 견디고 있는 시인의 집은 튼실한 통나무집일 수 없고, 언제든 "바람의 무게"의 추억으로도 사라져버릴 수 있는 헐거운 "모래성"일 수밖에 없다. 시인에게 있어서 이러한 유년은 고작 "몇 자국"의 "흔적"으로 기억됨에도, 그리하여 그것이 "전설"이거나 "허상"으로만 인식됨에도, 평생을 "따라"갈 수밖에 없는 生의 業같은 것으로 인정한다.

"사춘기 불씨 하나"를 그리워하는, 첫사랑의 수줍은 마음 자체를 아련히 떠올리며 "순백한 영혼"에 대해서 생각하는, 그런 유년이 시인에게 있어서 "부서진" "꿈의 잔해"(「진해 벚꽃」)에 불과할지라도 시인은 이러한 '허상' 덕분에 현재를 살고 있는 것이다. 이는 어른으로서 억압된 현재의 욕망이 유년으로 퇴행함으로써 작동하고 있는 것인지도 모른다. 아이인 채로 결핍 자체가 순수의 이름으로 위무될 수 있었던 시간으로 회귀하고 싶은 것이 솔직한 심정이리라.

> 몽당연필 책보자기 딸랑이며 들린다
> 새겨야할 진실들은 아프게 살아나고
> 되새겨 되새겨봐도 가난 壁은 서럽더라.
>
> —「책보자기」 부분

유년이 현재화되는 지점은, 유년의 결핍이 곧 '가난'에서 연유되었으며 어른이 된 시인으로 하여금 과거의 '고향'에 안주하도록 종용하는 것에서 찾을 수 있다. 고향은 과거형도 현재형도 아닌, 어쩌면 미래형으로까지 소급해 갈 수 있는 경계 없는 時空이라고 할 수 있기 때문이다. 결국 시인이 '허상'이라고 규정했던 유년은 가난으로 인해 버리고 싶은 소외된 욕망의 시간이라고 할 수 있다. 그리고 그것을 치유하기 위해서 현재로의 호출을 감행하고 있는 것이다. 그 시간의 경계에는 여전히 "가난 壁"이 "서럽"게 버티고 있지만, 시인 스스로 어른이 된 자리에서 유년의 결핍을 채워나가기를 희망하고 있다. 그러면서도 그것들을 보배로운 자산목록으로 아껴 가지려는 태도다.

고향, 버려진 모태

버려진 욕망의 시간, 그 종착 혹은 근원은 고향이다. 고향은 그것 자체로 어머니이며, 모태이다. 또한 가족이 형성된 울타리 내의 안전한 곳이다. 인간은 릴케나 하이데거의 말처럼 실향자(Heimatlose)이며, 동시에 노발리스의 표현처럼 귀향자(Heimkehrer)이다. 이처럼 인간은 고향으로부터 자유로울 수 없는, 혹은 근원적으로 고향을 모태로 삼고 있는 존재라고 할 수 있다. 어떤 의미에서든 고향을 전제로 하고 살아가야 하는 것은 우리네 삶이다.

> 잡초 같은 흔적을 바위가 치고 있다
> 밀려 온 파도에 시간들이 바래지고
> 내 혈맥 돋아 난 옹이 문신으로 새겨진다.
> ……
> 고향 잃은 아픔을 쓸어안고 울고 있을
> 하늘을 비상하는 물총새를 바라본다
> 바다는 넋을 사루고 난(我) 또 다른 길을 연다.
>
> —「바다의 日記」 부분

시인은 고향 상실증에 앓고 있다. "고향 잃은 아픔"으로 "울고" 있는 현존재는 무수한 "잡초 같은 흔적"을 간직한 채 무겁게 生을 살아가는 무기력한 존재일 뿐이다. 이때 무기력하다는 것은 곧 모태적 고향에 대한 상실감을 의미한다. 그렇기에 고향 상실감은 生의 무게를 의미하는 것이기도 하다. 고향을 두고도 뜨내기가 될 수밖에 없는 존재적 일탈은 숙명적인 것이다. 또한 현대사회의 구조적인 측면에서 보

더라도 수동적 고향 일탈은 불가피하다. 그래서 향수에 젖어있으면서
도 "또 다른 길을" 찾아갈 수밖에 없다고 했다.

> 딛고 선 돌 틈 새로 뿌리를 서려 두고
> 목숨끈 서로 잡고 낮게 낮게 모여 사는
> 여기는 개망초 나라 숨결들이 따습다.
>
> 미움도 더러움도 햇살에 고이 담아
> 돌고 도는 이국살이 목이 메는 순간에도
> 꽃의 꿈 바람을 타고 산등선을 넘긴다.
>
> —「개망초」 전문

　근본적으로 고향은 그 대립적 구조 속에 타향을 전제로 할 수밖에
없다. 그렇기에 타향의식에 침잠할수록 고향에 대한 향수는 상대적으
로 극대화되기 마련인 것이다. 존재함의 "뿌리"로 부여받은 고향은 살
아가야 하는 "거친" 삶 속에서 個我를 지탱시켜 주는 버팀목이 된다.
그래서 지치고 서러운 타향에서의 삶에 "목이 메는 순간에도" 견뎌낼
수 있는 것이다.

　고향이 가진 기능이야말로 모태적 안락과 맥을 같이한다고도 볼 수
있다. 익명의 타자로 소외되어 살아가다가 참을 수 없이 외로워질 때
유일하게 늘 그 자리에서 기다려주는 곳이 바로 고향인 것이다. 이때
고향은 특정 장소가 아닌, 하나의 인식적 時空이다. 물론 가시적인 장
소가 마련되어 있다면 금상첨화겠지만, 시인에게는 굳이 구체적인 형
상일 필요는 없다. 고향은 어머니와 마찬가지로 하나의 형상이기 이전
에 보다 근원적인 맥락과 닿아 있기 때문이고 그런 의미의 고향을 시
인은 사모하고 있을 뿐이다.

묵은 옷장 유품 하나 어머니 러닝셔츠
누렇게 바래진 빛 속 구멍이 숭, 숭, 숭……
밤새껏 빨래줄 끝에 말려 입으시던 옷.

팔남매 보리 고개 가파른 길 넘기신 이
파아란 힘줄들을이것으로 숨기셨다.
오늘은 납빛하늘에 눈물 같은 비가오네.

성산 덤 뫼 콩밭 긴이랑 적시면서
보리밥쉰 냄새가 땀에 배여 낡은 이 옷
넉넉한 내 가난에 보옥으로 남아있다.

─「여름 러닝셔츠」 전문

고향은 인간에게 本來的인 것이다. 귀향에 대한 갈망은 곧 모태에 대한 갈망으로 잇닿아 있다. 그렇기에 보다 태생적인 근원에 대한 그리움은 본질적 요소이면서 그 이름을 고향이라 한 것에 불과하다.

시인에게 어머니는 가난으로 점철된 유년과 연결되어 있다. 아니 더 분명히 말하자면, 시인 자체가 곧 어머니일 수밖에 없다. 탯줄로 관계 맺는 순간부터 어머니라는 것과 個我는 결코 별개로 나누어 질 수 없는 것으로 인식하였기 때문이다.

어머니의 "구멍"난 낡은 "러닝셔츠"가 상징하고 있는 것보다 더 확실한 가난의 증거물은 없을 것이다. 한 가정이 가난하다면, 그 가정의 어머니라는 존재는 그 중에서도 가장 가난할 수밖에 없다. 그것이 모성이라고 규정한다면 여성적 억압일 수도 있겠으나, 우리네 어머니들은 그렇게 가난의 고비들을 버텨온 것이 사실이다. 그 고된 생활조차도 내색하지 않으시고 살짝 숨길 수밖에 없었던 어머니.

시인이 가난의 벽을 견뎌야 했던 자리에 어머니라는 존재가 있다. 그리고 가난한 고향이 있다. 분명 과거보다 한결 나아진 지점에서만 지난날의 가난을 향수할 수 있는 여유가 생긴다. 가난, 고향, 그리고 모태로부터 외떨어진 채 살아온 生이 있었기에 반추는 필수적이다. 곧, 이 모든 것이 존재하고 있음의, 혹은 이미 존재했기에 누릴 수 있는 기억의 재생산에서 비롯된다고 말 할 수 있겠다.

어머니는 귀향하고 싶은 항구이면서 정신적 안식처이고 시인 자신과 유리되지 않는 태생적 근원이면서 잊을 수 없는 과거임을 여실히 보여주고 있다.

흑백사진, 삶과 죽음의 현재화

시인의 시는 서러움과 恨스러움에 갇혀 있다. 그리하여 울음이 낭자하게 들린다. 이것은 가난으로부터 잉태한 生의 설움이며, 동시에 존재자 본래의 향수에서 비롯됨을 앞에서 살펴보았다. 그런데 시인이 유일하게 웃을 수 있는 공간이 마련되어 있다. 그것은 갇힌 시간이 양산해 내는 한정된 공간인 흑백사진 속에서이다. 흑백사진은 과거와 현재, 그리고 미래까지도 한 순간에 정지시킬 수 있다. 즉, 모든 시간성의 정지화다. 이 안에서만큼은 가난도 유년의 결핍도, 그리고 고향에 대한 애절함도 정지되어 있다. 그리하여 生의 무게로부터 보다 자유로울 수 있는 공간이 되는 셈이다.

그러나 이때 흑백사진은 그 안에서만 가능하기에 시인의 실제 삶은 퇴행적일 수밖에 없다. 그것은 과거로의 회귀를 갈망하게 되며, 동시에 生으로부터의 도피성 혐의를 받을 수밖에 없기 때문이다.

　　월사금 미납으로 교문 밖 쫓기던 날
　　가시로 박혀 오는 아픔의 씨앗들이
　　책갈피 노란잎 새로 피어나는 回憶들.

바람에 삭혀 지낸 맺혀있는 遍歷들이
코스모스 화단에 선 빛바랜 흑백사진
동무의 하얀 얼굴이 웃음짓고 서 있다.

—「책보자기」 부분

시인이 과거로 돌아갈 수 있는 유일한 통로가 바로 '흑백사진'을 통해서이다. 그것 자체가 하나의 시간이며, 또한 세월이다. 그리고 흔적이다. 가난한 그대로의, 혹은 결핍된 그대로의 모습을 고스란히, 거짓없이 담고 있는 유일한 흔적인 셈이다. 그 어떤 수식어도 달지 않고, 또한 그 어떤 감상도 부가하지 않은, 그것 자체로 '回憶'의 매개가 되는 셈이다.

"빛바랜 흑백사진"은 그것만으로도 의미가 된다. 시인은 유일하게 "웃음" 지을 수 있는 순간을 허락받은 것이다. 특정한 순간이 전 일생을 넘나들며 유의미해질 수 있음은 감동스러운 것이다. 시인은 흑백사진을 통해서 과거와 현재를 오가며 소통한다. 또한 여전히 살아 있는 것들과 이미 사라진 것들을 한자리에 호출한다. 흑백사진 속에서는 삶도 죽음도 모두 현재화될 뿐이다.

고국 땅 떠난 걸이 바람으로 채우신
눈망울 묻어 넘고 현해탄 실은 꿈이
돌맞이/ 흑백사진에 웃음 담겨 있다.

몇 번이나 사려서 한동안 바라본다
술 취해 휘청거리던 쓸쓸한 이국 거리
깎여진/ 누더기 몸이 누워계신 그 빙판

바다에 뜬 유빙이 뜨겁게 느껴오는
이미 지난 시간에 배설물의 흔적들

뉘라서/ 상처 난 言語 붓을 들어 새기리.

―「아버지」 전문

　흑백사진 속에 갇힌 웃음은 生의 무게를 반증하고 있다. 생계를 위
해 이국땅에까지 가서 받아야 했던 아버지의 설움, 그리고 고스란히
전이된 전 가족의 설움이 토해지지 못한 채 '흑백사진' 속에 있다. 그
렇기에 과거의 시간은 결코 긍정적일 수 없지만 "배설물의 흔적들"일
뿐인 과거와 화해할 수 있는 유일한 場이 바로 '흑백사진'인 것이다.
　또한 과거적 시간이 현재의 현실에 호출되어 현재화된 새로운 시간
을 창출한다. 그리고 이것은 다시 과거와 현재의 시간성이 혼재한 전
혀 새로운 공간을 낳는다. 이 공간에서 비로소 "상처 난 言語"들이 치
유될 수 있는 것이다.

돌맞이 내 얼굴이 어머니 품에 안겨
그리운 세월 감아 주먹을 쥐고 있는
아버지/ 사십 대 패기 그대로 버텨 섰다.

사진첩에 모여담긴 단란히 앉은 얼굴
깊이 박힌 못들이 긴 바람에 어루 삭힌
목에 찬/ 혈육 간의 정 미소로 남아있다.

―「사진첩에서」 부분

　우여곡절 끝에 生은 다시 '사진첩'으로 회귀한다. 물론 "사진첩에
모여" 다시 "단란히 앉"을 수 있기까지 시인이 겪어야 했던 生의 무게
는 결코 만만한 것이 못되었다. 사진 속 아버지의 나이보다 훨씬 늙어
버린 시인은 어렵게 결핍된 자아를 극복한다. 그것은 욕망을 있는 그
대로 인정하는 것에서부터 시작된다. 그리고 가난에 대한 의미부여를

가족으로 "혈육 간의 정"으로 치환함으로써 완성된다. 이제는 마음껏 그리워할 수 있는 세월이 된 시인의 유년은, 그리고 그 유년 속의 가족들은 "미소"할 수 있는 여유를 비로소 회복하게 되는 것이다.

결국 시인은 이 시집에서 존재의 근원에 대한 탐구를 하면서 동시에 과거와 화해하는 통로를 만들고 있다. 자신과 혹은 자신을 싸고 있는 환경과 화해한 자리에 서 있는 시인은 비로소 삶과 죽음, 그 존재의 숙명까지도 위무하려고 하는 것이다.

이렇게 볼 때, 이 시인은 영혼의 건강성을 위해 순례자의 꿈을 꾸면서 혹은 이국의 정서에 아련하고 혹은 내국의 혼에 대해 분주하면서도 자신을 성찰하는 길을 포기하지 않는 셈이고, 가탄없이 과거에 목매이고 뉘우침으로서의 현실에 얼굴을 붉히는 순수의 시인임이 증명된 셈이다.

긍정의 시학, 수렴하는 삶

- 이숙례론 -

—이숙례 시조집『바람따라 간 이야기』

I. 긍정적 시선의 행갈이

이숙례 시인의 작품에는 갈등이 없다. 물론 여기서 갈등이 없다는 것은 삶의 갈등구조를 인정하지 않는다는 말은 아니다. 삶의 고뇌, 아픔, 욕망 등등 삶의 상처들을 고스란히 인정하고 껴안으면서 나아가는, 마치 바람처럼 물처럼 삶에 몸을 내맡기는 편에 수렴해 있는 점에서 이숙례 시인의 작품에는 갈등적 요인이 없다고 한 것이다. 이러한 나의 생각을 확인이라도 시키듯 시인은 시집 제목을『바람따라 간 이야기』라고 붙여 주었다.

얼핏 시인의 작품은, 자연물이 자주 소재로 등장하면서 자연의 가식 없는 아름다움과 소박함을 닮으려는, 그러니까 여타 자연물을 소재로 채용한 작품들과 별 다른 차이가 없어 보이기도 한다. 그러나 시인이 선택한 소재들을 다시, 자세히 살펴보면 분명 다른 모습을 하고 있다. 시인은 세상의 모든 것들이(특히 자연물이) 눈에 보이는 것만이 전부는 아니라고 이야기하고 있기 때문이다. 시인이 선택하는 시선은 그래서 대단히 긍정적이다. 모든 것을 체념한 끝에 선 긍정이 아닌, 삶을 견뎌내고 이겨 낸 긍정의 시선이다. 그래서 『바람따라 간 이야기』는 긍정의 시학, 수렴하는 삶의 문학이라는 의미에서 예사롭게 읽히지가 않는 것이다.

『바람따라 간 이야기』에서 시인은 목소리를 높이는 일이 거의 없다. 세상사를 대하는 움직임도 바쁘지 않다. 자연과 동화하려는 듯 골똘하게 생각에 잠겨 있는 시적 화자가 낯설지도 않다. 그래서 그의 작품들을 대하면 대할수록 시적 화자가 무슨 생각을 하고 있는지 감지하기란 그리 쉬운 일만은 아니다. 크고 많은 것이, 모든 경우의 절대선이 될 수는 없다는 사실을 시인이 체득한 때문일까.

Ⅱ. 견딤의 시학, 내 안의 맞춤법

우선 시인은 시속에서 삶의 궤적들을 꼼꼼하게 훑고 있다. 이때 시인은 있는 그대로의 삶의 모습을 진지하게 나타내 보이기 때문에 적당하게 미화한다거나 꾸미는 식의 가식화된 감정을 배제하고 있다.

아름다운 / 장미꽃에 / 하필이면 가시가 // 가시 돋힌 / 마음 비껴 / 길
을 여는 붉은 사랑 // 시각의 / 굴절이 빚는 / 행, 불행의 갈림길

―「갈림길」 전문

인간의 삶은 끊임없는 굴곡의 되풀이다. 그래서 내쉬는 것은 긴 한숨이요, 부르는 것은 짧은 노래며, 삶의 정체성 문제가 표류하는 불연속선에 놓이기도 하는 것이다(「無常 자리」). 여기서 시인은 긍정적 세

계관을 바탕으로 삶을 갈무리한다. 그리고 삶의 고뇌라든지 회한, 욕망 등 상처와 아픔들을 기꺼이 껴안는다. 이는 앞에서 이야기한, 삶의 갈등 구조를 뛰어 넘는, 시인이 체득한 삶을 견뎌내는 방식에 다름 아니다.

흔들리는 억새꽃따라 / 묻어온 그리움은 / 하얀 꽃술 눈매마다 / 그렁이는 가을 달빛 / 낯익은 고단함들은 / 물소리에 깔리더니 // 요란한 파열음으로 / 치닫는 오르막길 / 가슴 울컥 치미는 / 황금빛 회한들을 / 저리도 곱게 삭이며 / 들판을 휘적시더니 // 돌아보는 삶의 얼룩 / 산 허리에 묻어 있다 / 꽃으로 피어나듯 / 까치놀로 뜨다가 / 별 하나 머리에 이고 / 어둠속으로 사라지네.

—「노을빛에 기대어」 전문

인간사의 소소함들은 "요란한 파열음"으로 가득 차 있고, 때때로 가슴을 가득 채우는 것은 "황금빛 회한들"이다. 되돌아보면, 우리의 삶은 이런저런 삶의 얼룩들이 덕지덕지 묻어 있고, 가리고 싶고 지우고 싶은 상처 딱지들이 여기저기 널려 있기 마련이다. 그러나 상처와 아픔들은 결국 우리 모두의 몫이다. 이 상처와 아픔들을 껴안을 때 비로소 그 자국들이 아물 수 있음을 시인은 겸허하게 깨닫는다. 그래서 가려져 있는 "뒷모습"이 삶의 "밑그림"을 가능케 하는 힘으로 시인은 인지하는 것이다(「섣달 그믐밤이면」).

이때 빠뜨릴 수 없는 것은 통과의례다. 고쳐 말하면, 통과의례 없는 삶의 행로전환은 무의미하고 또 불가능하다. 여기서 우리는 시인이 '산불'을 통과의례의 중요한 한 덕목으로 채택한 사실을 눈 여겨 볼 필요가 있다. 왜냐하면 산불은 산의 모든 수목들을 깡그리 태워 없애는 과정을 반드시 거쳐야 하기 때문이다.

이월의 / 건기가 / 야윈 목을 간지른다 // 목마른 / 수목들이 / 매복한 불씨를 찾아 // 뼛속을 적셔줄 불길 / 단비만큼 기다린다.
―「산불」 전문

　소멸과 재생의 상관성은 새삼 강조할 필요가 없을 정도로 삶을 유지시키는 절대적인 질서체계다. 목마른 수목들을 뼛속까지 적셔줄 수 있는 것은 기꺼이 그들의 목숨과 맞바꾸어야만 하는 '불길'이다. 살기 위해서 죽어야 하는 이러한 사실은 가슴 아픈 아이러니가 아닐 수 없다. 그러나 이 아이러니를 뛰어넘는 길은 목마른 수목들이 가뭄의 단비를 만나듯 불길을 만나 흠뻑 젖어 스러지는 방법 외엔 별 도리가 없어 보인다. 수시로 옷 갈아입고, 흘러가기도 하고 떠나가기도 하는, "더러 혼절하며, 간혹 반짝이면서 / 푸른 소에 몸을 날려 하얀 자유로 부서지"는 것이 소멸과 재생의 만남이기 때문이다. "끝내 닿을 그곳 향해 / 머물고 싶어도 흘러 갈 수밖에 없는" 것이 소멸과 재생의 변증적인 과정인 것이다(「흘러감이며, 떠남이며」).

　여기서 시인은 삶을 지탱하는 원리 가운데 하나를 들추어 낸 것이다. 아래 작품「먹물」도 같은 맥락에서 읽힌다.

꼿꼿한 / 뜻을 갈아 / 세상을 길들인다 // 백의를 / 수용하고 / 백의를 / 꽃피우려 // 까맣게 / 살을 태우며 / 침묵속 / 길을 여네.
―「먹물」 전문

　백의를 수용하기 위해서 까맣게 살을 태우며 침묵 속에 침잠해야 하는 이러한 아이러니 정신은 곧 꼿꼿한 뜻을 갈아 세상을 길들이기 위한 의도에 다름 아니다. 필요악으로서의 이러한 아이러니 정신은 보다 삶의 정체성에 접근하는 데 유용해 보이기도 한다. 왜냐하면 그것은 잊었던 일들과 일어날 수 있는 일들을 뒤섞어 우리를 새로 살게 하기 때문이다.

> 내 심장보다 / 더 투명한 / 이슬로 발 적시려 // 키보다 더 커버린 / 곁순을 잘라내고 // 순리의 / 땅속을 향해 / 흔뿌리를 내립니다. // 회오리 바람에도 / 느긋한 흔들림으로 // 이글거린 태양의 정염 / 핏발선 눈 / 쓸어내려 // 더 높이 / 더 멀리 보려 / 굽은 등을 일으킵니다.

—「나무를 심으며」 전문

내 심장보다 더 투명한 이슬로 발을 적시기 위해 내 키보다 더 큰 곁순을 잘라내는 것은 분명 아이러니다. 그러나 이러한 아이러니를 시인은 자연의 자연스러운 이치, 곧 순리로 인식한다. 이번 시편들에서 시인의 중요한 화두는 바로 이 순리가 된다. 시집 곳곳에 배어 있는 순리의 방점들이 삶의 결을 헤집는 소중한 힘으로 작용하고 있음은 쉽게 발견할 수 있다. 아이러니의 묘를 지나 시인은 순리의 땅속을 향해 비로소 흔 뿌리를 내리는 것이다. 순리에 몸을 내맡기면 큰 회오리바람에도 느긋한 흔들림으로 응수할 수 있고 더 높이 더 멀리 보기 위해서 굽은 등도 얼마든지 펼 수 있는 것이다.

> 달려오는 하얀 포말 두 눈을 헹굽니다 / 인공의 낙원들이 물위로 기어나가 / 밤마다 / 무너지는 성 / 파도가 와 일으킵니다. // 해뜨면 멀어져 갈 별들이 떠 돕니다 / 먼 바다 달려오며 젊은 광기 훑어 내려 / 막막한 / 어둠을 뚫고 / 풀이끼가 돋습니다.

—「광안리 밤바다」 전문

결국, 삶의 그늘을 인정함으로써 빛을 찾아 나서는 적극적이고 긍정적인 시적 태도가 시인으로 하여금 자연의 이치, 곧 순리에 다다르도록 이끈 셈이다.

(1) 조여 오는 물건너 소식 / 귀 밖에 흘려 보내고 / 오래 굽혀 티눈 박힌 손 // 긴 가지 / 뻗어 올라간 / 혼돈에서 깨어 난다 // 흩어진 낙엽 소리 / 한곳에 불러 모아 / 반쯤 눈뜬 여명을 불러 / 수맥 따라 흘러 가면 // 맨 나중 / 구른 물방울 / 맨 처음과 하나 되느니

―「순리 1」 전문

(2) 수마 / 지나간 자리 / 점점이 / 박힌 상처 // 저 바람 / 구름 들어와 / 한입 가득 / 베어 물더니 // 헌살이 / 떨어져 나가고 / 하얀 / 새살 / 차 올랐네

―「순리 2」 전문

「순리 1」과 「순리 2」는 삶의 상처와 아픔들을 넘어 선 시인이 비로소 내딛은 삶의 진리터가 되고 있다. 헌 살이 떨어져 나가고 하얀 새 살이 차오르는 것은 맨 나중에 구른 물방울이 맨 처음 물방울과 하나 되는 사실과 등가된다. 이 두 작품에는 자신의 삶에 부딪쳐본 사람만이 가질 수 있는 절실함과 뜨거움과 자유로움이 있다. 이 땅에서 한 사람으로 삶을 살면서 느낀 고통을 수맥 속으로 밀어 넣듯이 끝없이 이어지는 말줄기들과 살아 있는 날 이미지들은 단속적인 삶을 지속적인 삶으로 변화시켜줄 뿐만 아니라 끈끈한 생명력마저 느끼게 해 준다. 여기서 우리는 시인의 두드러진 미덕인 연속적인 시간의식을 발견한다.

Ⅲ. 바람 따라 간 이야기, 바람 따라 오는 이야기

뭐니뭐니해도 이숙례의 작품을 돋보이게 하는 중요한 덕목은 연속적인 시간의식이다. 과거와 현재와 미래를 마주 보게 하는 태도가 그것이다. 연속적인 시간의식이야말로 삶의 정체성 뿐만 아니라 나아가 삶을 총체적으로 바라보게 하는 원동력이 아닐 수 없다.

　돌아보면 / 등을 밀며 / 흘러 오는 긴 강물 // 귀 열면 / 돌과 돌들의 /
도란 도란 속삭임 // 먼 선사 / 빗살 토기도 / 그 소리에 잠 깼으리 // 우리
도 / 출렁이며 / 떠 내려 가는 강물 // 눈 열면 / 물과 물이 / 주고 받는 이
야기들 // 소멸과 / 생성의 소리 / 또 한 시대가 오고 간다.

―「눈 떠 오는 강」 전문

　'오래된 다리'를 건너며 "첫눈에 건져 올린 / 구겨진 흑백 인화지 한
장" 집어 들고 "참회록 살을 태우며 / 젖은 눈가 / 닦"기도 하지만(「오
래된 다리 건너」), 이러한 참회록 살을 태우는 행위가 의미 있는 것은
과거를 거쳐 미래를 위한 버팀목이 된다는 데 있다.
　이러한 시인의 연속적인 시간관은 다음의 작품에서도 잘 나타나 있다.

　해안선 시위 당겨 / 떠오른 정읍사의 달 / 몸 한번 뒤척일때마다 / 잠도
조금씩 떨어져 나가 / 태고적 얘기가 흐른다 / 불꽃튀는 네온불 위로

―「달맞이 고개」 부분

　네온불 위로 오버랩되는 태고적 얘기―해안선에서 시간의 활 시위
를 당기는 시인의 상상력은 과거와 현재를 잇는 튼튼한 가교 역할 때
문에 전혀 무모하지가 않다. 네온불 위로 떠 있는 달과 태고적 정읍사
의 달이 똑같은 달이 되는 것도 시인의 연속적인 시간관 덕분이다. 시
인의 궁극적 출발점인 정체성 문제는 자연의 순리에 닿으면서 자연스
레 해결이 되고, 이때 시인은 연속적인 시간관의 힘으로 긍정적인 세
계관을 획득하게 되는 것이다.

　어느날 문득 / 펼쳐 본 내 빈손 // 숨이 턱에 닿도록 / 오르내린 고갯길
// 몇차례 / 반가운 이를 맞고 / 또 그리운이 보냈던고 // 입술이 파랗도록

/ 밀려 오는 찬 기류 // 어제보다 귀가 얇아 / 물너울에 흔들려도 // 삭혀온
넉넉한 사랑 / 두 손안에 떠올린다

—「손금」 전문

인용한 「손금」은 이제껏의 시인의 시적 태도를 정리해 주는 듯한
작품이다. 간결하면서도 깊이와 힘이 상당하다. 그러나 이러한 시인의
장점은 곧 단점이 될 우려도 있다. 특히 시인의 사유가 관념에 치우칠
때 그의 작품은 단순화될 가능성이 높다. 좀 더 자세히 말하면, 순리에
도달하기 위한 시인의 시적 의도가 다소 관념에 치우친 점은 삶의 체
화가 좀 아쉬운 부분이기도 했다. 이러한 관념성을 더욱 부채질한 것
은 시인이 서사보다는 지나치게 묘사에 치중한 사실이다. 묘사가 우세
하다 보니까 삶의 서사가 약화된 탓이다. 말을 지나치게 가려 쓰려는
듯한 작위적 표현법 또한 시조의 정갈함을 흐리는 요인이 될 수 있다.
의도적인 행갈이 역시 다소 거슬리는 요인으로 작용했다. 시조를 읽는
것은 다른 현대시를 읽는 것보다 훨씬 더 정갈하다. 물론 여기서 정갈
하다는 것은 시조의 형식이 주는 효과를 염두에 둔 말이기도 하다. 그
러나 시조가 주는 정갈함은 삶의 체화(體化)를 좀더 압축적이고도 깊
이 있게 했을 때 획득되기도 한다. 『바람따라 간 이야기』는 시조집이
다. 너무 작위적인 행갈이는 시조의 의미망을 깨뜨리는 우려도 범할
수 있으니 의미 덩어리에 신경을 쓰는 행갈이가 필요할 듯 싶다(「돌아
가는 길」, 「동해 가는 길」). 그러나 이 모든 아쉬움은 시인의 보다 구체
적인 순리의 획득을 위한 한 변일 뿐!

아울러 '민초'의 강인한 힘을 이야기한 「길 떠나기―언양 미나리」
와 생태문제를 제시한 「길 떠나기―낙동강」 등의 작품들에서 시인의
새로운 역량을 발견했다. 보다 구체성을 획득한 시적 힘은 관조적이고

선적인, 그래서 다소 구태의연한 시적 태도를 변화시키는 데 대단한 역량으로 작용할 것으로 사료된다. 관념과 상념에서 한 발 나아간 삶의 이야기를 구체적으로 계속 풀어내기를 바라고 또 기원한다.

시인은 시집 제목을 『바람따라 간 이야기』라고 붙였다. 여기서 '바람따라 간 이야기'는 곧 '또 다른 바람에 실려 올 이야기'를 기대하게 한다. 바로 이 점이 우리가 앞으로 계속 이숙례 시인의 작품을 주목하는 가장 큰 이유이기도 하다.

일상의 성찰을 통한 순결한 낭만성에의 지향

― 崔然根론 ―

崔然根 시인은 일상의 깊이를 시조로 퍼올릴 줄 아는 시인이다.

우선 그의 시조들은 대질리면 따가운 가시를 가지고 있지 않음에도 불구하고 그의 시조가 술술 읽혀지는 것이 아니라는 데에 그의 시조의 매력이 있다. 한 수 한 수 공들여 읽어야 제 맛을 느낄 수 있도록 감칠맛을 준비해 두었다. 또 한 단어, 한 행에 시상을 농축해낸 힘이 놀랍고 익숙한 주제들을 평범하지 않게 감지하도록 장치한 힘이 놀랍다.

그의 시세계에는 향수 혹은 유년의 힘, 현실에 대한 분노 혹은 성숙을 위한 자기모멸, 타는 애정의 불꽃, 자연에 대한 예찬 등의 모습이 담겨져 있다. 이것들은 소외될 수 없는 인생의 전반을 아우르는 주제들이다. 그의 시조집을 병풍에 비유한다면, 각 폭마다 빼놓을 수 없는 삶의 단면들이 채워져 하나의 완성을 지향한다고나 할까. 그렇기 때문에 그가 노리는 것은 수묵의 병풍이 아니고 다양한 색채의 구상화의 병풍임을 알 수 있다.

향수 혹은 유년의 힘

G.바슐라르에 의하면 유년시절은 단순한 행복의 원형으로써, 행복의 이미지를 끌어들이고 불행의 경험을 거부하는 이미지의 중심이라한다. 그래서 우리는 유년기의 회상을 통해 가족사와 회한의 지대를지나서 삶의 순수한 원천, 최초의 인간적 삶에까지 도달하게 된다는것이다. 그것은 단순한 추억 이상의 것으로, 우리의 유년시절은 인간, 삶의 영광에 자극받은 '존재'의 유년시절을 증언한다는 말을 일리 있게 새겨 들어야 하는 것이다.

최 시인의 시조에 나타난 향수는 고향에 대한 단순한 그리움의 차원을 유년에 대한 갈망으로 이어진다. 바슐라르의 말을 빌리자면 삶의순수한 원천을 지향하는 시인의 낭만이 향수를 통해 실현되고 있는 셈이다.

> 먼바다 눈이 멀어
> 저 앞바다 귀가 멀어
>
> 해조음 부서진 자리 쪽달 하나 뜨는 밤에
>
> 향수는
> 신열을 앓고
> 방파제 누었다.

—「밤바다 序詩」 전문

향수는 유년에 대한 그리움과 연결된다. 고향에 대한 그리움은 최초의 순수에 대한 그리움이라는 말이다. 생명을 잉태하고 생산하는 바다는 모성의 이미지를 나타내면서 바다는 유년의 환상을 떠올리게 하는낭만적 자극제이다. 이 시조에서는 밤바다의 감각적 이미지와 원형적

이미지가 잘 어우러져 유년을 꿈꾸는 시인의 고독을 절묘하게 형상화
하고 있다.

　　　　먹청빛 머금은 하늘
　　　　바람이 내려앉는다

　　　　진통을 선혈로 풀어
　　　　꾀잠 버는 가지마다

　　　　어릴 적
　　　　꿈꾸던 강물에
　　　　바람꽃이 피고 있다

　　　　봄볕도 지팡이 짚고
　　　　보릿고개 넘던 시절

　　　　꽃상여 타고 떠난
　　　　그 가난의 긴 허리띠에

　　　　유년의 가을 뜨락이 실려
　　　　치자물이 들고 있다.

―「강물에」 전문

　　　　未完의
　　　　그 날 그 세월에
　　　　감꽃 물이 베어 있다

―「감꽃」 부분

　시인이 성장하듯이, 시인의 내면에 자리한 유년도 자라는 법이다.
시인은 어린 시절에 대한 향수를 마냥 손닿을 수 없는 애태움으로 남
겨놓지 않는다. 성숙한 그리움으로 유년을 기억하는 시인의 모습이 담

담하고 아름답다. 치자물이 들고 있는, 혹은 감꽃물이 배어있는 유년
을 바라보는 시인의 성찰 속에서 안정감이 느껴진다. 이것은 동심에서
현실의 의지를 추인해 내는, 시인 안의 '유년의 힘'을 느끼게 한다. 갈
무리된 추억을 통해서 유년의 힘이 어떻게 현재의 인간적 삶을 지지하
고 있는가를 보여주고 있다는 말이 더 정확하다고 하겠다.

　　비록 가난했던 어린 날의 꿈들은 여전히 未完의 모습으로 남아있지
만, 그 유년을 잠잠히 바라볼 수 있을 만큼 시인은 정서적으로 성장했
다.이러한 바라봄을 통해 그는 정서적 행복을 누리는 한편, 어느 때에
는 최초의 순수에 대한 거룩한 갈망을 가지고 현실을 살아갈 수 있는
삶의 원동력을 가지게 되는 것이다.

　　　　어머니
　　　　장리 놓은 품앗이
　　　　허리춤에 감깁니다

　　　　저만큼
　　　　남새밭에 모로 누운
　　　　하얀 바람

　　　　호미질
　　　　시린 손끝
　　　　낮달 하나 숨겨 놓고

　　　　괜스레
　　　　눈빛 흘기다가
　　　　퍼득이는 세월을 봅니다.

—「歲月」 부분

　　유년을 이야기함에 있어 어머니는 빠질 수 없는 존재이다. 유년의

어머니는 품이 넓고 따뜻한 고향의 이미지다. 혹은 유년의 이미지 그대로이다. 하지만 세월이 흐르면 이런 어머니의 모습은 기억 저편의 이미지로 멀어진다.

세월을 실감한다는 것은 서글픈 일이다. 세월이 가는 것이 슬픈 이유는 많은 가능성들을 하나씩 내려놓아야 하기 때문이 아닐까. 어린 시절은 행복한 가능성이 예비된 동화의 세계와 같다. 어머니는 그 동화 속의 행복을 지켜주는 거대한 울타리였다. 이제 그 환상이 사라지고 남은 어머니의 모습은 이마에 감겨드는 주름처럼 서글프다. 세월을 실감하는 시인의 모습 속에서 철없던 유년에 대한 씁쓸한 회상이 느껴지는 것은 너무나 당연하다. 하지만 앞서도 말했던 것처럼 이러한 시인의 그리움이 청승맞아 보이지는 않는다. 그것은 시인의 유년에 대한 갈망이 현실의 순결한 삶을 제련하는 힘이 되어주기 때문이다. 시인의 낭만은 감성의 충족으로 그치고 있지 않기 때문이기도 하다.

최 시인의 시조에는 바로 이같은 유년의 감성이 현실과 조응되어 독자로 하여금 공감하도록 적극성을 가지고 있음이 특징이다.

현실에 대한 분노 혹은 성숙을 위한 자기모멸

시인의 낭만은 감성의 충족에 머물 수는 없는 노릇이다. 유년, 혹은 향수 그리하여 과거의 순수를 지향하는 시인의 낭만은 현실과 부딪힐 수밖에 없다. 현실에 대해 분노하고 그 속에서 자기를 만들어가는 시인의 모습은 누구나 겪을 수밖에 없는 숙명적인 인간의 고뇌를 생각하게 한다.

최시인이 현실을 담아낸 시는 정서의 강약이 잘 조절되었다는 점에서 공감이 수월하다. 현실에 민감했던 두 시인의 경우를 빌려 이야기하자면, 이육사의 울분과 윤동주의 내성적인 반성이 시에 잘 배합되어 있다고 할까. 때로는 울컥하는 심정으로 때로는 고개 숙이는 심정으로 세상을 바라보는 시인의 태도가 표현 이상의 공감을 주는 것은 정서의 조절이 성공하였기 때문이리라.

어디로 가야 하나
바람마저 사린 오늘

산도
가을에 미쳐
불질러 타오르고

기막힌
분노 참지 못해
해안선으로 펼친
굿판

—「가을」 부분

앞서의 비유를 빌리자면, 육사풍의 강인한 이미지가 느껴지는 시이다. "어디로 가야 하나"라는 구절이 이육사의 「절정」을 떠오르게 한다. 방향성을 잃은 인간의 모습은 구체적인 시공의 문제를 떼놓고도 늘 공감이 가능하다. 시인의 순결한 양심은 일상과의 균열을 일으키다가 어느 시점에 와서는 기막힌 분노로 표출이 되는 것이다. 그리고 어찌할 수 없는 분노는 시인을 길잃은 혼돈으로 빠뜨려 버린다. 해안선으로 펼친 굿판은 한정 없는 광란의 몸짓을 연상시킨다. 혼돈 속에 무작정 이어지는 몸부림의 행렬이 시인 안의 형클어진 심리를 제대로 보여주지만 흥분하지 않는다.

혼돈에 용해된 술
속이 쓰려 눈뜨기 싫다

내가 살아가려 했던 세상
주량으로 지탱하련가

오늘 또
대낮까지 허우적거리다
신물 솟구치는
하루 또 하루.

―「술 마시는 이유」 부분

위의 시조를 보면, 일상에서 「가을」의 굿판이 이어진다. 차라리 눈 감아버리려는 시인의 도피행각은 술을 대하게 된다. 술은 가장 낭만적이면서도 가장 현실적인 소재이다. 술은 현실에서 낭만으로 넘어가는 다리이다. 술에 취하는 것도 굿과 다를 바 없다. 역시 현실에 대한 비정상적인 반항이다.

도덕적 인간과 비도덕적 사회. 개인의 양심이 사회를 변화시킨다는, 순진한 낙관이 먹히지 않는 세상을 시인은 경험한다. 순결한 양심을 만족시킬 수 없는 사회가 시인을 취하게 하는 것이다. 그리고 이런 행동은 시인에게 있어 하루의 일탈로 그치지 않는다. 하루 또 하루. 시인은 삶 속에서 끊임없이 현실과 부대끼기는 하지만 현실 자체를 모르는 척 술에 취해 보기도 하는 것이다.

사치했다
젊은 발길
실종된 여정의 깃 폭

빈 하늘

끈 매어 놓고
강물에 부린
나의 생애
혈서도
바랜 먼 하늘 가
혼불이 이제 타고 있다

—「노을(2)」 전문

빈 찻잔 온기처럼
살아온 햇살이다

무단히 설레는 건
기다림 밴 바람일까

茶 한 잔
그 깊이에서
하루가 또 술렁댄다

—「차 한잔」 전문

앞서의 시들과는 다른 차분한 자기 성찰이 엿보이는 시이다. 요동치던 마음을 가라앉히고 새로이 하는 고백들이 다분히 철학적이다.「울음이 타는 가을강」에서 보여줬던 박재삼의 인생에 대한 소박한 달관과도 닮았고, 혹은「무등을 보며」에서 서정주가 보여주었던 삶에 대한 긍정과도 닮은 시인의 인식적 깊이가 돋보이는 장면이다. 물론 이 시조들이 시인의 삶에 대한 최종적 고백은 아닐지도 모른다. 어느 때는 다시 어찌할 수 없는 현실에 다시 울분을 삼키며 술잔을 들지도 모른다. 그렇지만 자신의 삶을 반추하며 빈 찻잔의 온기를 느낄 줄 아는 여유는 격정이 한 때를 지나야만 얻을 수 있는 삶의 열매이다.

> 바람은 더디 불어도
> 나비가 쉬는 뜨락
> 裸木마저 안으로 익어
> 슬기도 가지 치고
> 심상에 허혈이 닳아도
> 凍土 두어 평 가꾼다

— 「拙作」 전문

시인은 태생적인 낭만가다. 낭만을 즐기는 자가 그 사색의 여유를 강탈당했을 때의 분노는 현실주의자보다 크다. 세상을 바라보는 시선이 민감하기 때문이다. 「拙作」이라는 시는 시인의 조촐한 낭만이 돋보이는 시조이다. 그리고 「拙作」을 올바로 이해하기 위해서는 다른 시조들을 통해 보여졌던 시인의 번민이 뒷받침이 되어야 한다. 바람은 더디 불어 풍매화의 결실을 어렵게 할지라도 나비가 쉴 수 있는 뜨락이면 자족지분으로 느낄 수 있고, 비록 언 땅이라도 일구어 옥토로 만들고자 하는 노력이면 만족하고자 하는 태도는 자신의 詩業을 겸허하게 경작하고자 하는 소박감을 나타낸다.

현실의 불만을 토로하면서 토로에 한정하지 않고 자성하면서 자성으로 끝내지 않고 이것들을 자기 개척으로 승화하려는 태도는 아름답다.

타오르는 애정의 불꽃

사랑을 주제로 한 최 시인의 시에서 느껴지는 감성은 탁월하다. 그가 태생적인 낭만가임을 느끼게 한다. 사랑은 일상의 무기력을 일으키는 영원한 감성의 최음제이다. 사랑은 수없이 많은 사람들에게 다루어지는 문학의 주제이기도 하지만 최 시인의 사랑시조들은 인고의 과정이 두드러진다는 점에서, 그 멋과 깊이가 특별하다.

> 절벽같은 가슴 속에
> 당신은 나비 되어
>
> 칠흙처럼 눈이 멀어 그리움에 하혈하고
>
> 바람도 想思가 도져 하늘가 맴을 돈다
>
> ―「그리움」 부분

그의 시조에는 "想思"라는 말이 자주 등장한다. 사랑보다 그리움보다도 더욱 수줍고 정결한 느낌이 드는 말이다. 혹은 더욱 절제된 깊이가 느껴지기도 하는 말이다.

시인이 사랑에 대해 반응하는 모습은 사뭇 고전적이다. 想思라는 말도 그렇지만 눈이 멀고 그리움에 하혈을 하여 세상이 어지러울 지경이지만 못내 입 밖으로는 꺼내어 표현할 수 없는 여인네의 인고가 시에서 느껴진다. 그 안으로 삼킨 그리움이 전신을 사로잡아 하늘가에 맴을 돈다는 말이 차라리 애틋하다.

> 목숨만큼 시샘하다
> 목숨보다 진한 욕망에
>
> 종양으로 숨이 막혀 시신처럼 누운 하늘
>
> 아파다
> 침묵 밖에 모르는
> 사랑은 악마입니다.
>
> ―「사랑이란」 부분

"목숨만큼 시샘하"는 "목숨보다 진한 욕망"을 가지고서도 시인은 침묵한다. 앞서의 시조에서 보여줬던 것처럼 시인은 속으로 사랑의 거대한 에너지를 숨긴다. 발산되지 못한 사랑은 안으로 독이 되어 "악마"라고 극단화시킨다. 사랑을 안으로 키워가는 시인의 고충이 절절하다.

가슴으로 토해내 바래지 않는 색채여
부어도 부어도 채워지지 않는 욕망이여
사랑의 비밀로 침묵하는
포세이돈의 하혈이여

—「에게해에 두고 온 사랑의 비밀」 전문

에게해에서 시인은 사랑을 선포하고 돌아왔을까. 결국은 비밀로 돌아갈 사랑의 고백이지만 돈호법으로 처리된 시의 앞 구절이 앞 시와는 달리 적극적이다. 에게해는 포세이돈의 이야기가 숨겨진 바다이다. 포세이돈이 정을 통한 여인은 많았지만, 이 시를 읽으면서는 암피트리테와의 사랑이 떠오른다. 포세이돈은 바다의 노인 네레우스의 딸 암피트리테에게 연정을 품고 사랑을 고백했지만 그녀는 포세이돈을 두려워하여 바다 밑 깊숙한 곳에 있는 아틀라스의 궁전에 숨어 버린다. 포세이돈은 그녀를 잊을 수 없어 바다의 모든 동물들에게 암피트리테를 찾아 달라고 부탁한다. 물론 결국에는 돌고래들의 도움으로 포세이돈이 그녀와 결혼하게 되지만, 포세이돈을 피해 사라졌던 암피트리테를 찾던 간절함은 시에서 표현된 시인의 정서와도 닮았다. 또 하나 특이한 것은 포세이돈의 자식들이 거의 다들 비참한 죽음을 맞았다는 것이다. 포세이돈이 만든 사랑의 결실은 대부분 불행했다. 이러한 포세이돈의 사랑이 작가의 심리와 간단한듯 심오하게 연결된 것이 인상적이다.

> 끄지 못할 그 불길
> 꽃잎 하나 놀라 피고
> 임 그려 맴을 돌다
> 슬쩍 훔친 그대 숨결
>
> 밤이슬
> 젖어도 좋을 춤사위 번져간다

—「임에게」 전문

이 시조에서는 시인의 무르익은 사랑이 표현된다. 번져가는 사랑의 기쁨의 동기가 참 순진하고 맑다. 긴 시간 키워온 사랑의 마음으로 조심스럽게 "그대 숨결"을 훔친다. L.케이는 연애의 진화에 대해 이야기하면서 위대한 연애는 마음과 마음의 결합이며, 뜨거워지면 뜨거워질수록 순수해진다는 말을 했다. 이 시는 마음과 마음이 만나 더욱 뜨겁되, 더욱 순수한 모습으로 사랑을 주고 받는다는 그의 말과 잘 부합하는 작품일 것이다.

작품 속에 드러나는 시인의 사랑들은 하나같이 골동품이다. 오래되고 헤져서 곰팡내까지 나도록 아껴둔, 그래서 조심스럽고 가치가 있는 사랑이다. 시인의 이런 태도는 비단 사랑에만 적용되는 것은 아니다. 유년이 기억을 붙들고, 그 순수한 힘으로 끊임없이 현실과 마찰했던 시인의 모습들도 결국은 시인이 사랑하는 모습과 닮아 있다. 그 순진한 고집이 그의 작품 심층에 매몰되고 있음을 발견하지 않고서는 그의 시조의 진가를 느낄 수 없게 된다.

自然 禮讚

　자연을 보는 시각은 곧 시인의 마음이다. 자연을 보는 눈을 보면 세상을 보는 눈이 보인다. 자그마한 자연의 움직임을 살피는 최시인의 자연에 대한 시선은 수수하고 감탄적이다. 이 감탄은 너무 자연스러운 것이어서 과장도 없고 별다른 수사도 없다. 그냥 깨달음 그대로를 솔직하게 나타내려 할 뿐 여타한 미사여구를 동원하려 하지 않는 정직성을 보인다.

　시인을 천상 로맨티스트라 한다면, 그저 소소한 풍경을 보는 그의 태도만으로도 설명이 충분하다.

여울 따라 이는 숨결
불현듯 놀라 깨고

그림자만 허공 속에
숨을 죽여 누었는가

허구한 下午를 지켜
노을 다시 타고 있다

―「노을(1)」 전문

부끄럽소
차마 못한 고백
수줍음에 놀란 아침

꿈결 춤추는 종이배는 부침을 거듭해도
안개비 자욱한 내 뜨락
지켜 섰는 紫木蓮

―「당신에게」 부분

앞의 시조는 숨죽이고 노을을 바라보는 감상을 표현했다. '숨'이라
는 단어가 주는 예민한 느낌에 주목해보자. 사소한 호흡으로라도 저
위대한 일몰의 감격이 흐트러지지 않을까 조심하는 모습이 인상적이
다. 노을에 압도당한 시인의 내면이 붉은 색으로 물들어있을 것만 같
다. 시인은 그대로 자연과 동감하고자 하는 것이다. 이것은 평범한 감
정이입과는 또 다르다. 그 자체로 대상과 일치된 느낌을 주기 때문이
다. 여울도 그림자도 시인과 같이 호흡한다. 같이 숨을 죽이고, 노을 밑
으로 익어간다.

뒤의 시 「당신에게」도 그러하다. 이 시를 보면 자목련과 시인이 以
心傳心의 마음으로 서로를 알고 마주선 듯한 느낌을 받는다. 잠을 설
친 듯 설레고 복잡한 아침에 마주하는 자목련은 시인의 사정을 아는
친구와도 같은 느낌인 것이다.

자연에 복속된 인간이 아니라 자연과 대등된 자신을, 나아가서 자연
을 자신으로 만드는 그의 인식은 건강하다.

그대
무게에도
軸은 기울었다

가자
저기 창산
나비 나비 무등 타고
열리는
하늘 그 깊이 바람일랑 묻어 가자

사는 것이
어디 가슴 칠 일 뿐이 것나

소매 걷어 심명 다해
일어설 일 뿐인 걸

묻히는 땅의 깊이로
돋아나는 영혼으로

-「풀씨」 전문

　자연에서 얻은 감격은 다시 삶으로 돌아온다. 풀씨의 돋아남이, 자
연의 생명력이 삶에 대한 의지로 환원된 것이다. 이것은 시인이 가지
는 낭만성의 힘에서 비롯된다. 감상으로 끝나지 않고 끊임없이 삶으로
감격을 가져오는 행보가 멋지다.

　자연은 사랑만큼이나 많이 다루어지는 시의 소재이다. 최 시인의 시
조에서도 자연은 자주 등장한다. 그러나 그의 자연은 병들지 않았다.
자연을 치유하려 하지 않고 자연 그것 자체가 善이고 美라고 느끼기
때문에 그의 자연은 건강하다.

　영혼을 위한 연금술이 있다면, 최 시인의 시조들은 그 연금술의 산
물이라는 생각이 든다. 그의 시집이 다양한 주제를 담고 있으면서도
같은 색으로 얽히는 것은 모두가 일상의 성찰과 그를 통한 성숙을 담
보하고 있기 때문이고 순결한 낭만성을 지향하는 시인의 정서가 드러
나기 때문이다.

　유년에 대한 그리움이 순수를 지향하는 힘으로, 현실에 대한 반목이
인생에 대한 긍정적 달관으로, 애끓는 사랑의 인고가 순수한 인간애의
표현으로, 자연에 대한 잔잔한 감동이 삶에 대한 깨달음으로 느끼도록
교훈하는 것이 그의 시조의 전부라 해도 좋을 것이다. 그리고 일상의
성찰을 통해 순결한 낭만성을 지향하는 시인의 모습은 애초 시가 지향
했던 바를 방향 잡고 있어서 그의 시조를 읽는 독자들은 혼잡하지 않

는 시의 정도에 안심하게 되고 현대 시조의 진수를 맛보게 될 것이다.

육십에 당도한 나이에 첫 시조집을 출간한다는 것부터가 그의 삶이 조심스러웠듯이 시조를 향한 그의 보행이 퍽 조심스러우면서 신중하였음을 의미하는 바라 더욱 이 시조집의 출간을 그의 인생과 더불어 의미 깊게 생각하게 한다.

고독의 거리와 초월

- 최옥자론 -

Ⅰ.

　가스통 바슐라르(Gaston Bachelard)는 시에서 드러낸 이미지의 존재는 움직이는 것이라고 했다. 시가 드러낸 이미지란 시인의 상상력을 통해 획득된 원초적 이미지의 '창조적 발견'이라는 말이다. 그러므로 시인에 의해 발견된 이미지들은 창조적 발견을 통한 새로운 생명력을 확보하게 된다. 그리고 독자는 그 원초적 이미지에 끌려 들어가고, 그 이미지와 더불어 새로운 생명력을 얻게 된다. 이미지는 반영적인 상이거나 비유가 아니라 자체로서 존재하며 사람을 변형시키는 것이다[18].

　최옥자 시인의 시는 원초적 이미지의 창조적 발견에서 오는 은근한 에너지를 지녔다. 그리고 최 시인은 시를 통해 삶을 호흡할 줄 아는 시인의 체형을 유감없이 발휘하고 있다. 일상에서 발견한 이미지를 과장 없는 깨달음으로 내면화시키는 힘이 있다는 것으로도 말할 수 있다.

　최옥자 시인의 이미지는 외로움과 그리움을 출발점으로 삼는다. 특

---

18) 가스통 바슐라르 지음, 곽광수 옮김, 『공간의 시학』, 서울, 동문선, 2003.

별히 이민을 통한 낯선 환경과 친밀한 것으로부터의 상황적 단절은 상
대적인 외로움의 공간을 만들어낸다.

> 갈기 찢긴
> 시간을 수소문 해 봅니다
>
> 등 휘어진
> 빈 의자 어디에 있는지요
>
> 낯설은
> 향기 만으론 채울 수 없습니다.
>
> —「향수」 부분
>
> 스스로 그리워도
> 가지 못할 고향 축담
>
> 무성한 정든 숲은
> 벌목으로 누웠단데
>
> 나혼자 가슴 졸여서
> 어쩌잔 말이던가.
>
> —「이향객」

　익숙한 것들이 낯설어 질 때의 심리적 충격은 문학적 발산의 좋은
동기가 된다. 이민이라는 낯선 환경은 시인의 정서를 불안정한 것으로
만들고, 정서적 관성은 그리움의 자리에 시를 채워 놓는다. 낯선 향기
만으로 채울 수 없는 시인의 삶과 그럼에도 불구하고 찾아가지 못하는
고향 축담에 대한 그리움은 어찌할 수 없는 안타까움으로 시에 표출된
다.

자꾸만 주저앉는
몸짓인줄 차마 몰라
터질 듯 부푼 마음
끝내는 안고 와서

황량한 넓은 대지에
흩뿌리고 있는가.

짐작으로 잴 수 없는
깊이로 빠져드는

고독한 고뇌의 늪
그리움도 고달픈데

아직도 피 흘려야 할
채벌이 남았는가.

―「이민단상」

　최시인의 작품 속에는 외로움 또는 고독이 살고 있다. 시인 예반은 그의 시에서 외로움은 혼자 있는 것을 느끼게 되었을 때에 혼자인 것을 깨닫게 되는 것이며, 고독은 혼자 있는 것을 느끼지 못하지만 혼자 있는 것이라고 말한 바 있다. 외로움은 상대적인 것이지만, 고독은 절대적인 것이다. 그리움만으로도 고달픈데 그리움을 넘어선 더 완벽한 고독이 남아있다는 최시인의 호소는 그래서 주목할 만하다. 짐작으로도 잴 수 없는 고독한 고뇌의 늪이란, 낯선 환경 속에 그것도 질풍 속에 방향을 잃은 작중 화자 곧 시인 자신의 절절한 이민체험일수밖에 없다.

낮 설은 얼굴 앞을
스쳐가는 거센 바람

방향 잃은 질풍은
정신 놓고 휘모는데
그 속을 걷고 또 가는
나를 닮은 한 사람.

—「이방인 하나」

푸짐한 식탁 앞에
밥 한 그릇 다 비우고
뼈 속까지 알알이
스며드는 이 허기
채워도 다시 채워도
비어있는 내 뱃속.

—「이방인 둘」

　　실존의 문제에서 본다면, 고독은 인간이 좀 더 본질적인 측면에서 자신의 정체성을 깨달을 수 있는 직면의 기회이다. 자신에 대한 성찰과 깨달음이 드러나는 이 시는 '나'에 대한 낯설음을 느끼게 한다. 스스로를 타자화하는 시인의 모습에서 개인에 대한 초월적 가능성과 궁극적인 삶에 대한 갈망이 드러난다. 이제 자신을 낯설게 바라볼 수 있다는 것은 자신의 존재에 대한 엄격한 해석이 가능해졌다는 것이다. 그리움의 근원지, 고독의 생성지를 찾아서 내면으로의 여행이 시작되었다는 것이다. 키에르케고르는 인간을 '신 앞에 선 단독자'라고 했다. 철저하게 혼자가 될 때, 우리는 모든 상대적 수식어를 제외한 '나'와 직면을 맞보게 된다. 그것은 고독의 축복이다. 시인은 지금 더 철저하게 정체성의 탐구 과정에 들어가고 있다. 그리고 시의 이미지는 이러한 주제적 심화와 더불어 점차 자기정체성의 무게를 확보하는 듯 보인다. 다시 말해 외로움과 그리움의 고독한 상황 속에서 자신을 성장시키고 승화시키는 시인의 노력은 놀랍고도 훌륭하다.

Ⅱ.

그의 고독의 자리는 일정 거리를 확보하고 있다. '거리'라고 하는 것은 주변을 관조할 수 있는 여유를 허락한다는 말이다. 최옥자 시인은 고독의 깊이를 이해하는 만큼 홀로 존재하는 모든 것을 이해하려 한다. 대상에 대한 말 건넴이 시작되는 것이다. 고독의 언어는 사물의 이면을 읽는 침묵의 의사소통을 가능하게 하는데, 시인의 시는 이를 통해 일상에 대한 풍부한 관찰과 깨달음을 이미지화 하였다. 이 경우 최 시인의 말 건넴은 크게 세 가지 모양으로 설명된다.

첫째, 사물에 대한 공감을 바탕으로 하는 감정이입의 형태이다.

가녀린
몸 하나에
영혼을
당겨 와서

세파에
절여있는
고독을
빛내주고

가없는
아픔을 꺼내
밤새도록
태운다.

—「가로등」

오랜 날을
참아오다 가슴 속 저민 사연

뜨거운

불길 모아 사연 지펴 일고 있다

아직도
더 타야할 열정 넘실대는 화롯불.
그리움도
애달프게 피멍 퍼져 앉은 자리

꼭 다문
작은 앙금 마디마디 터진 입술

목청은
한껏 높아도 귀 기울일 뉘 있을까.

—「사루비아」

시인은 존재하는 모든 것의 홀로됨에 문을 두드린다. 가로등의 아픔과 사루비아의 쓸쓸함이 자신의 고독과 다르지 않다는 것을 발견한 것은 놀라운 일이다. 서두에 인용했던 바슐라르의 말처럼 이미지의 창조적인 발견은 그 자체로 움직이는 것이다. 우리가 시인의 시와 함께 살아 호흡한다는 것은 이런 이미지들의 호흡을 공감할 수 있기 때문이다. 이것은 사물에 대한 표면적인 이해만으로는 불가능한 일이다. 실제로 시인의 많은 다른 시들이 민들레와 나무, 혹은 노을과 별과 같은 일상의 어떠한 풍경을 물끄러미 바라보고 공감하는 것에서 이미지를 생산해내고 있는데, 주로 이들의 공감은 고독으로부터 출발하는 것이 대부분이다.

그런데 이들의 고독에 대한 감정이입은 사물에 대한 눈물겨운 동정과 더불어 그들에 대한 따뜻한 애정을 수반하는 것이 보통이다.

둘째, 최시인은 일상에 대한 담백한 대화를 통해 사물과 사건에 접근하려는 시도를 보이고 있다.

투명한 알몸 건져
먹다 둔 생선 넣고

밑이 두꺼운 냄비에다
한소큼 졸였었다

―「콩나물 반찬」 부분

긴 여정
서둘러 온
숨이 멎은 바람이

수줍어
산모롱이
맨살을 애무할 때

여름은
절정 그 정점에
머물고 싶나보다

―「여름날에 쓰는 시」 부분

건조한 어투에도 간절함은 묻어나지만, 그래도 위의 시에 쓰인 시어
는 앞의 것들에 비해 한결 가볍다. 더러는 의미 있는 것들에 긴장을 풀
고 다가가려는 시도가 더 많은 것을 생각하게 할 때도 있다. 위의 시는
말 건넴과 수채화 같은 삶, 더러는 너무 깊이 관여하고 싶지 않은 일상
의 단면들이 담담하게 수필처럼 이야기 되고 있다. 매일 먹는 반찬과
문득 깨달은 여름의 바람에 대한 짧은 말마디에서 삶에 대한 편안하고
너그러운 시선을 느끼게 한다.

셋째, 주변은 시인에게 있어 진지한 대화의 대상이 되어주는데 특히
바다는 시인에게 있어 특별한 대화의 대상이다.

꿈 여문
고운 뜨락 더듬이로 두드려서

단잠 열어
눈 비비니 저며 드는 날개 짓

익숙한
뚜레질마다 담아내는 속삭임.

돌담사이
그 사이 숨어있는 고뇌를

망사리
질긴 그물 매듭마다 엮어 놓고

소금기
털어내면서 휘파람에 익는 미소.

―「해녀」

파도가 절벽이 되고
폭포로 떨어져도

쫓기는
한 마리 치어
숨.쉴.수 있는 바다.

―「검은 바다」 부분

수평선 돛을 달고
꿈을 젓던
고깃배

금 비늘 발산하는
새 물살을

밟으며

필사의 삶을 얹어서
힘차게
오고 있다.

—「아침바다 그리고 풍경」 부분

　바다에 대한 시인의 인상은 각별하다. 바다는 마치 자궁과도 같은 따뜻한 양수의 웅덩이처럼 느껴진다. 고독한 사물이 둥둥 자신을 맡긴 채 떠내려가다가 어느 새 회복되어 새 힘을 받아 일어서는 곳, 그곳이 시인의 바다이다. 실제로 물은 재생과 죽음 등 근원적인 생명의 문제에 직결되는 이미지를 가졌다. 바다 역시 그러하다. 바다는 물이 지난 원형적 심상이 극대화되는 장소이다. 그렇기에 바다는 오랫동안 生死의 비밀을 품고 있는 거대한 신비로 인식되어져 왔다. 최 시인에게 있어서도 바다는 다른 대상과는 또 다른 특별한 회복과 기대의 공간이 되어주고 있는 것이다.

　이처럼 시인은 점차 고독의 언어로 주변을 바라보다가 그 속에서 공감과 회복의 가능성을 발견하는 법을 배웠고 그 과정에서 세계와 교우하는 자아의 순탄한 적응 과정을 성숙시키고 있다.

Ⅲ.

　고독의 언어로 시작된 대상들과의 교우는 다시 자신에 대한 깨달음으로 돌아온다. 이미지는 움직이며, 변형의 힘을 가진다는 바슐라르에 근거해 볼 때, 시인의 내면에 형성된 이미지는 다시 시인을 가르치는 에너지로 돌아오게 된다는 것이다.

충만 된 욕심들을
가벼이 내려 놓고
일상의 겨운 옷도
잠시 벗어 던지고
결고운 물살을 타고
흘러간다 끝없이.

―「호수가에서」

담담한 네 모습을
담고 싶은 날이 있다
남루한 밤 번뇌를
다스리지 못 할 때
비바람 세찬 날에도
한 치 미동 없는 무게.

―「바위 곁에서」

하늘이
가까워서 그 길도 쉬우련가
묻어 온
미운 마음 저 산 아래 털어내고
말없는
님 모습 보며 내 영혼을 다듬는다.

―「우주봉 사람들은」 부분

　시인은 오랫동안 세상과 대화하는 법을 익혀왔다. 주변이 저 마다의 것으로 표현하는 가르침에 대해 시인은 듣는 훈련이 되어 있다. 위의 시들은 그러한 주제적 의도가 선명히 드러나는 것들이다.

　그러나 깨달음이라는 것은 이렇게 자신의 의도대로만 이루어지는 것이 아니다. 더러는 제시된 이미지가 강권적으로 환기시켜주는 자기 발견의 영역도 있다.

문득 본
나무 숲을 넘어 오는 야윈 모습

간 밤
광란 속에 적요 모조리 흩어놓고
적요 속
광란을 찾아 성큼성큼 걸어온다.

—「바람 둘」

하얗게 지우고 픈
그대의 먼 이름은
초롱한 혼불 켜고
남 모르게 내려 와
행여나 잊어 버릴새라
새기누나 촘촘히…

—「별」

어두워야 할 저녁
지평선에 가로 누워
애꿎은 하늘 한 켠
남김없이 다 태운다
한 덩이 저 구름마저
재로 날면 어쩌지

—「노을 둘」

결국 시인이 발견하게 되는 것은 마음 안에 해결되지 못한 그리움과 욕심의 모양들이다. 이제는 습관처럼 굳어버린 고독과 번민의 연약한 심성으로부터 강해지고자 하는 모습이 시에서 묻어난다.

그리고 이러한 깨달음은 흘러간 시간에 대한 무상함, 영원에 대한 갈망과 연결되어 일생에 부단한 자기 성찰을 이루어가려는 시인의 의지로 표출된다.

세월 이미 떠났어도
잡고 있는 시간 있어

굵은손 마디로도
여태 접지 못한 여한

내 생애 못 다한 숙제
이밤 함께 풀고 있다.

─「만학도 1」

아직도 완불 못한 시간의
채무가 남아

세월의 여운을 잡고 오열하며
떨고 있다.

─「억새풀」 부분

기별 하고 온다면
혹여 외면할까 봐
소리없이 내리는
밤눈으로 왔다가
수마가 할퀸 폐허로
깊은 골만 남기느냐.

─「세월 너는」

사나운 칼날이다
오르는 강 언덕은
만석의 무거운 몸
끌고 가는 방랑 길
기필코 가야 하는 강
제 어미의 먼 본향.

─「연어의 꿈」

　시인은 시간을 인식하는 사람이다. 아우구스티누스는 시간을 의식의 방식, 의식 속에서 존재하는 것이라 설명한 바 있으며, 베르그송은 시간이란 자신이 연속적으로 변화하고 있음을 파악하는 의식에 대한 인지라고 말한 바 있다[19]. 즉, 시간은 인식의 문제와 직결되어 있으며, 시간을 인식한다는 것은 그 사람의 메타적 사고가 성숙되어 있음을 의미한다. 시인은 시 곳곳에서 세월에 대한 깨달음을 드러낸다. 그것은 자신과 삶에 대한 총체적 인식의 성숙을 의미하는 동시에, 행간의 의미와 관련하여서는 시인의 평생에 이루어질 자아 성숙에 대한 소망을 드러낸다고 할 수 있다. 또한 연속되는 시간 속에서 점차로 성장할 자신에 대한 기대감의 표출이기도 하다.

　　타국 그 길목은
　　날마다 만났어도 날마다 낯설었다.

　　계절은 지독한 외로움을 만들었고
　　기나긴 그리움에 젖게 했다.

　　길가 낮게 핀 풀꽃에게
　　말 건넬 수 있었던 것이
　　수없이 엄습해 오는 커다란 공허와 아픔들로부터
　　오늘 나를 발견할 수 있게 해 주었다.

　　이제야 빛바랜 책장 속에 묶혀 두었던
　　졸시를 꺼내 먼지를 닦아 본다.

　　시는 언제부터인가 삶에 일부로 앉아

---

19) 박치완, 「베르그송의 문제 제기론으로서의 '철학함'의 네 가지 특징」, 《철학비평》 제5호.

나를 가르치는 스승이 되어가고 있는 것이다.

―「시인의 말」

　이 시집의 序詩이다. 낯설음과 외로움, 주변에 대한 말 건넴과 나에 대한 발견. 최옥자 시인은 자신의 시가 만들어내는 이미지의 정체성을 알고 있다. 그리고 시인의 시를 이해하려면 그가 담담하게 써내려 간 이러한 행간의 고민들을 공감하는 것에서 출발해야 한다.

　바슐라르의 이야기와 비슷한 맥락에서 브레히트는 서정시에 대해 시는 그 자체가 생명력을 지니고 있다는 말을 한 적이 있다. 최옥자 시인은 어느새 시가 자신의 스승이 되어 가르치게 되었다고 말했다. 시가 이같은 언어의 에네르게이아에 이르는 것은 표현의 기술에 있지 않다. 그것은 내면의 충만한 것에서 생성되는 것으로, 최옥자 시는 체화된 이미지의 생성을 통해 일상과 고독, 그를 통한 초월적 갈망을 정제된 그물망에 담아내는 부단한 전진을 보여주었다. 그리고 이 과정은 영원을 전제로 이어질 것임을 마지막으로 확인하였다.

　최옥자 시인의 시는 시조가 제약하는 형식의 기대효과와 부담을 안고 쓰여졌다. 조나단 컬러는 독자가 서정시에 접근하면서 갖는 관습적인 기대의 모양들이 있다고 이야기했다. 그것은 텍스트를 시로 읽을 때, 시의 인쇄상의 배열을 통해 특별한 시·공간상의 해석이 가능해진다는 점에서 설명이 가능하다. 장르의 관습은 기호의 새로운 범위를 나타낸다[20]. 최시인의 시가 시조라는 정형성의 틀을 감당하고 쓰여 졌을 때, 그것은 자체로서 많은 의미들을 절제하고 품어야 하는 부담을 안게 되었다. 그러므로 그 서정성의 깊이와 이미지의 밀도는 더욱 심

---

20) Jonathan culler, 『Structuralist Poetics』, Routledge,an imprint of Taylor & Francis Books Ltd; New Ed edition, 1990.

화되고 높아질 수밖에 없다. 최옥자 시인의 시가 가지는 내공이 여기에 있으며, 그의 시에 대한 진지한 주제적 해석의 의미도 여기에서 확인된다.

최 시인의 시적 작업은 내면의 밀도를 더하는 작업이고 그것은 자기번민이면서 성찰로 향하는 의지의 세계다. 그래서 최시인의 시는 자기삶의 단순한 표층적 의미로서가 아니라 심층적 의미로 해석해야 진가가 발휘되는 작품 세계인 것이다.

애완견을 통한 일상과 일생,
그 변증적 골계미학
- 서태수 제3 시조집 『사는 게 시들한 날은 강으로 나가보자』

합당한 당혹감을 유발하는 시적 전략

서태수의 시조는 당혹스럽다. 그것은 시조가 지니는 일반화된 인식 틀을 깨부수는 시적 전략을 시인이 내세우고 있기 때문이다. 그는 일부 시조시인들이 일삼고 있는 시조 형식의 실험이나 파격을 행하고 있지는 않다. 서태수의 시조는 이와는 다른 맥락에서 낯설음을 유발한다는 점에서 주목을 받아 마땅하다.

최근의 현대시조에는 평시조가 갖는 3장 6구 45자 내외의 4음보 형식을 전복시키는 시조들이 많다. 이는 시조가 본래 성리학적 질서 구현을 위한 세계관의 대응물이어서, 현대사회의 다양한 양태들을 나타내는 데에는 맞지 않아 이에 도전하는 기색이거나 하나의 관습으로 굳어진 시조의 형식을 깨뜨림으로써 낯설게 하기를 실천하려는 시인들의 '새로움에 대한 강박'이 나타낸 결과일 수 있다. 그러나 일부 실험적인 시조 시인들의 이러한 시적 전략이 단지 실험을 위한 실험에 그

치지 않는지 의심스럽다.형식이 내용을 지배한다는 점에서 시적 실험
은 새로운 가치창조를 전제해야 하기 때문에 그 개연성과 실천의지가
불분명한 실험은 단지 무의미한 말장난에 지나지 않는다. 달리 말하자
면 시조는 아니면서 시조가 갖는 의미망을 초월하여 또 다른 형의 정
형시를 만들고자 한다면 이는 다른 차원의 말일 수가 있는 것이다. 그
러나 서태수 시조는 '합당한' 당혹스러움을 안겨주고 있다. 그의 시조
는 평시조의 연작 형태를 취하고 있으면서도, 그 내용적 층위에서는
도리어 사설시조의 방향을 마련하고 있음이 주목된다. 단지 이러한 이
질성 자체가 합당하다는 것은 아니다. 그보다는 이러한 이질성이 작품
에 분명한 개연성과 미적 가치를 구현하고 있기 때문에 합당하다.

> 어떤 이는 너 귀여워 산채로 좋다하고/ 어떤 이는 너 맛있어 죽은 걸 좋
> 아하니/ 드높은 인기를 믿고 겁도 없이 날뛰느냐// 이담엔 시장 가면 영악
> 한 네놈 미워/ 뼈 없는 먹거리들/ 문어 낙지 잔뜩 살 터/ 다시는 저 앞강물
> 에 붕어낚시 하나봐라
>
> ―「애완견 사설・8 ―낙동강・263」 부분

위 시조는 형식 상 조선조 사대부 시조 형태 그대로를 가져왔지만
그 내용은 사대부들의 관념성과는 달리 대단히 해학적이다. 위 시조에
서 시적 자아는 집에서 기르는 강아지가 자신의 말을 따르지 않고 속
상하게 하자, 강아지를 위협하고 있지만 이 시조를 읽은 독자들은 도
리어 이 작품에서 강아지를 위협하는 화자의 말이 강아지에 대한 사랑
을 반어적으로 표현한 것임을 어렵지 않게 눈치 챌 수 있다. 앞 강물에
서 강아지를 위하여 붕어를 잡아주기도 하였지만 이제는 강아지가 싫
어하는 뼈 없는 먹거리들을 주겠다는 것. 그의 시조는 이처럼 일상의
세세한 심상을 미적으로 표상하려하지 않고 '애완견'의 행동을 희화

함으로써 독자에게 웃음을 유발시킨다. 이러한 그의 시적 의도에서

> 개를 여나믄이나 기르되 요 같이 얄미우랴/ 미운 님 오며는 꼬리를 홰홰 치며 치뛰락 나리 뛰락 반겨서 내닫고 고운 님 오며는 뒷발을 바둥바둥 무르락 나 오락 캉캉 짓는 요 도리암캐/ 쉰밥이 그릇그릇 날진들 너 먹일 줄이 있으랴.

라고 노래한 조선 후기 사설시조를 연상한다고 해서 지나치지는 않을 것이다.

사설시조는 조선 전기의 평시조와는 달리, 평민들의 소박한 생활감정을 노래한 파격형식이었다. 그런데 서태수의 시조는 평시조의 형식적 율격에, 사설시조의 해학적 내용을 담았다는 점에 과거시조의 흐름에서 본다면 내용과 형식의 불일치라고 할 수도 있다. 그의 시조를 읽은 뒤에 나타나는 당혹스러움은 바로 이러한 불일치에서 기인한다.

그런데 내용과 형식의 이러한 이질성은 그의 시조에서 하나의 장점으로 작용한다. 왜냐하면 내용 − 형식의 불일치는 시적 긴장을 유발하는 의외의 효과를 거두기 때문이다. 평시조가 사설시조의 내용을 담고 있다는 이러한 역설은 우리의 통념을 배반하여 낯선 감정을 유발하게 한다.[21] 그것은 실험적이고 전위적인 형식이 안겨주는 낯설음이라 할 수는 없지만, 그의 시조의 개연성을 부여함과 아울러 독자로 하여금 그의 시조를 끝까지 읽게 하는 시적 긴장감과 응집력을 제공하고 있

---

21) 물론 이러한 시적 전략은 어떤 면에서 개화기 시조와 유사하다고 말할 수도 있겠다. 개화기 시조 역시 비판과 풍자의 내용에 연시조의 형식을 채용하고 있기 때문이다. 그러나 개화기 시조의 형식적 엄격성은 오히려 외세강점의 현실을 구출하기 위해 성리학적 질서 회복을 꾀했던 보수적 의식의 발로다. 또한 내용상의 당위적 지향 역시 충(忠)과 같은, 양반 사대부의 세계관과 이데올로기였다. 곧 개화기 시조는 내용과 형식의 일치를 내세우고 있다는 점에서 서태수의 시조와 구분된다.

다. 즉 평시조의 새로운 지평을 열고자 하는 의도로서 그의 시조를 읽을 수가 있다는 말이다.

그의 시조가 갖는장점은 가람의 고아한 정취나 노산의 세련된 형식미와는 또 다른 맥락에서 시조의 전통을 현대적으로 재해석했다는 점에서 현대시조 안에서도 독특한 지형을 점유하고 있다. 평시조가 갖는 관념성의 기립자세가 아닌, 사설시조가 노래하는 흥청거림과 흐트러짐이 그의 시조에서 새로운 맥락으로 부활하고 있는 것이다. 다시 말해 여타의 시조가 갖는 경직성, 이를테면 세련된 표현과 우아함의 강조를 포기하고 생활시조의 한 단면을 내비치고 있다는 점에서 시조활력에 새 길을 열고자 함이 서태수시조가 노리는 점이라 할 수 있다.

풍자 정신과 환유 기법

시인은 세계와 일정한 관계를 맺는다. 시인이 세계와의 불일치를 경험하게 될 때, 그의 글쓰기의 형식 역시 그러한 불일치를 객관적으로 반영하게 마련이다. 이는 서태수 시인에게도 마찬가지이다. 그의 작품에 나타나는 표상적인 불일치는 시인이 바라보는 세계가 현실과 당위 사이의 불일치 또는 부조화스러움을 일으키고 있음을 의미하는 상관성이다. 기실, 그의 시조가 지닌 가장 큰 장점은 재미와 웃음을 독자들에게 제공한다는데 있다.[22] 그런데 이 때 웃음의 유발은 두 가지 방향으로 나타난다. 하나는 풍자이고 다른 하나는 해학이다. 풍자가 민중

---

[22] 문학의 미적 범주 중, 골계미를 채택하고 있는 그의 시적 전략은 엄숙주의와 숭문주의에 빠져 있는 한국시문학사 안에서도 일정한 시사적 의의를 지닌다. 앞서 살펴본 사설시조 뿐 아니라 구비문학의 민담, 판소리, 민속극, 야담 등은 주로 웃음 유발을 그 문학적 방법으로 채택하고 있다. 이처럼 골계가 우리의 전통적 문학 자질임에도 불구하고 한국시·시조의 지나친 관념성·난해성·현실성은 이를 고의로 은폐하거나 무시해왔던 것이 사실이다.

들의 상층권력계급을 향한 비판과 폭로를 통한 격하의 웃음이라면, 해학은 민중과 민중 사이, 그 관계에서 나타나는 연민의 웃음이다.[23) 그런데 이 두 가지 골계는 그의 시조가 자아와 세계의 불일치, 달리 말해 당위적 세계와 현실적 세계 사이의 이질감을 형상화하기 위한 방식이라는 공통기반에서 채택되고 있다. 곧 그의 시조에서 골계는 내용-형식의 불일치라는 시적 표상과 대응되면서, 모순적인 세계 그 자체를 적확하게 반영하는 리얼리티를 확보하고 있다. 그런 점에서 그의 시조에서 나타나는 형식-내용의 불일치는 풍자와 해학을 통해 웃음을 유발하기 위한 확실한 개연성을 지니고 있다.

> 자고로 개란 놈은 위풍이 당당해야/ 담장을 맴돌면서 도둑을 잡겠지만/ 고층(高層)의 '이(e-) 편한 세상' 무슨 도둑 있으리// 방범은 자동이요 식용은 야만이라/ 핵가족 바쁜 식구/ 이왕지사 텅 빈 집/ 공허한 TV소리에 꽃으로 핀 애완견들
>
> —「애완견 사설·2 —낙동강·257」 부분

그의 시조에서는 위와 같은 풍자적 태도가 자주 보인다. 따라서 그의 풍자에 대한 검토는 시인의 세계관과 시작 태도를 확인하기 위한 필수적인 요청사항이다.

위의 시조에서 "이(e-) 편한 세상"에 사는 사람들은 역설적으로 "핵가족 바쁜 식구"들이다. 그들은 개에 대해 "방범은 자동이요 식용은 야만"이라는 생각을 갖고 있으면서도 개를 "공허한 TV소리"에 내맡겨 둘 뿐이다. 시인은 이 연작시편에서 중심소재인 '개'에 집중하는 시각을 보이면서도, '개'를 매개하여 상위계층의 허위를 환유적으로 풍자한다. 때문에 위의 시에서 풍자는 사람이 아니라 개에 집중됨으로

---

23) 김준오, 『한국현대장르비평론』, 문학과지성사, 1990, 249~296쪽 참조.

써 다소 그 공격성이 약화되기도 하지만 "학교는 애견센터/ 상점은 도 그마켓/ 개들이 사람 데리고 산책하는 강둑길(여기서는 강아지 둑길이 라는 의미일 것이다)!"(「애완견 사설·5 – 낙동강·260」부분)에서는 오히려 개를 매개로 한 환유적 상상력이 빛나는 풍자정신으로 표현되 기도 한다. 개가 개답지 못한 상황을 냉소적으로 보여줌으로써 환유적 으로 인간(권력계층)의 비인간적인 모습을 강하게 풍자하고 있는 것이 다. 이처럼 그의 시조에서 특기할 만한 것은 개를 통한 환유적 방식으 로 상층부 대상에 대한 풍자를 감행하고 있다는 점이다.

　최근의 포스트모더니즘 시학 논자들이, 은유가 지니는 대상 사물에 대한 내재적 폭력성을 지적하면서[24] 환유의 원리를 통해 시의 벡터를 구성할 것을 주문한다는 점을 상기해 본다면, 서태수 시조의 환유적 기법은 예의 시의적절한 태도가 아닐 수 없다. 물론 김준오의 말처럼, 환유적 기법은 우리 전통 시가에서 지배적인 구성원리이다.[25] 그렇다 면, 서태수 시조의 환유 기법에서 우리 전통 시가의 맥과 닿아있는 지 점을 발견하는 것도 무리는 아니라고 본다. 서태수의 시조는 포스트모 더니즘 시학의 견해를 채용하기 보다는 오히려 전통주의자의 관점에 서 현실을 풍자하고 있기 때문이다.

　　똥개든/ 진돗개든/ 조선의 개들이란/ 일편단심 민들레야/ 지조 하나 불
　　변이라/ 천리길 내다 팔려도 주인 찾아 왔느니//(중략)//사무친 충성심이 우
　　연히 생겼으랴/ 밤낮을 그린 그림 매난국죽 새긴 마음/ 목숨 건 선비정신은
　　아(我) 조선의 혼이렸다// 넓고도 좁은 천지/ 순종 잡종 한데 섞여/ 이마 이

---

24) 은유는 두 대상 간의 동일성을 전제로 한다. 곧, 두 대상 간의 이질성을 무시하고
　　그 공통성만으로 폭력적으로 결합시키는 은유는 그 자체로 시인의 시각을 특권화
　　하는데 기여한다. 이에 반해 환유는 인접성의 원리를 통해 주변부 대상의 부각과
　　부분 – 전체의 이분법적 논리를 깨뜨리는 대안적 사유체계로 격상된다.
25) 김준오, 『시론』 제4판, 2003, 삼지원, 85쪽.

마 가슴 가슴 각색 훈장 별을 달고/ 지조는 헌신짝 되어 흙탕강에 버린 세
상// 다듬고 향수 뿌린/ 족보 있다 하는 것들/ 먹이만 갖다대면 몽당꼬리 흔
드는 꼴/ 한 세상/ 명리를 좇아 몰려가는 군상을 본다

—「애완견 사설・13 — 낙동강・269」 부분

시인은 위 시조에서 "조선의 개"와 "목숨 건 선비정신"을 모두 "지
조" 또는 "사무친 충성심"으로 동일시하고, 이에 반하는 "순종 잡종
한데 섞"인 "족보만 있다 하는 것들"에 대해 "명리를 좇아 몰려가는
군상"이라고 강도 높게 비판한다. 여기에서 시인이 차지한 비판・풍
자의 자리는 '지조' 또는 '충심'으로 표상되는 전통적 사유체계라는
사실을 어렵지 않게 읽을 수 있다. 물론 그가 말하는 지조나 충심이 곧
바로 조선조의 이념체계 그 자체와 같다고는 말할 수 없다. 왜냐하면
여기서 지조나 충심이란 명리를 좇아 몰려가지 않고 시도 때도 없이
변화하는 세태에 쉽게 흔들리지 말라는 보편적 전언이기 때문이다. 그
러므로 그의 비판은 일견 현대인의 변화하는 세태만을 맹목적으로 좇
는 태도를 공격하는데 효과적으로 보이기도 한다. 그러나 그의 시조가
고전시가에서 흔히 나타나는 양반사대부들의 안빈낙도와 같은 갈등
없는 조화의 세계를 관념적으로 그려낼 때,(예를 들어, 「애완견 사설・
14」) 그의 시조의 특장점인 내용 — 형식의 불일치는 도리어 그 형식적・
내용적 개연성을 잃고 어정쩡해져 버릴 위험이 있다.

3. 해학의 깊이와 자기 연민

한편, 서태수의 시조에서 '개'는 풍자를 위한 환유적 대상으로만 기
능하지 않고 해학적 상황을 유발하는 제재가 되기도 한다.

ー「애완견 사설・10 ―낙동강・266」부분

화자는 개를 목욕시키면서 느낀 소회를 밝히고 있다. 자신의 이기심
을 자책하면서 그 이기심이 결국 아내에게 혼이 난 원인이 되었다는
점을 해학적으로 제시한다. 물론 거기에는 목욕하기 싫어 엄살을 부리
는 강아지 덕에 오히려 솜씨가 늘어났다고 천연덕스럽게 말하는 시인
의 진술도 한몫하고 있다. 이처럼 그의 시조에서 해학은 일상적으로
일어나는 상황을 묘사함으로써 얻는 웃음이다. 그런데 그의 해학은 겉
으로는 상대방(대부분 그의 시조에서 상대는 기르고 있는 애완견이
다.)을 격하하는 데에서 얻어지는 것 같지만, 실은 자신과 대상(애완
견)이 다를 바 없다는 점에서 비롯되고 있다. 곧 그의 시조에서 해학은
상대방에 대한 깊은 연민과 애환을 동일시하는 데에서 비롯되는 웃음,
시인이 서문에서 밝힌 "인연의 꽃가루"같은 웃음이다. 그러므로 해학
은 자신과 같은 공통감각을 지닌 상대방이 전제될 때 일어날 수 있는
웃음이다. 그것은 마치 물방울 한 알 한 알이 모여 저 낙동강을 이루게
한 것과 같은, 점성(黏性)을 가진 웃음인 것이다. 시인은, 나와 너 사이
를 '우리'로 인연 짓게 하는 힘이 거기에 있다고 본다. 시인이 강아지
를 씻기면서, 굳이 어렸을 적 목욕하기 싫어했던 자신의 모습을 강아
지에게 투영하고 있는 이유는, 그 공통 감각이 전제되지 않으면 위의
시에서 해학이 일어날 수 없다고 생각하기 때문이다. 그런데 이 때 해
학이 유발하는 강아지와 나의 동일성은 의외의 방향으로 나아간다. 강
아지와 나의 동일성이 죽음을 눈 앞에 두고 있다는 데 이르게 되면, 그

의 시는 어느덧 풍자와 해학의 웃음유발 요소가 자취를 감추고 자기연민의 '사설(辭說)'로 접어들게 된다.

　　　　　　　　　　　　　　　　—「애완견 사설 · 36 — 낙동강 · 292」 부분

강아지의 노쇠는 미리 보는 시인 자신의 노쇠이기도 하다. 그러니까 강아지는 단지 애완동물이 아니라 시인 자신을 비추는 거울이기도 하다는 것이다. 자기가 아끼는 강아지가 죽을 날이 멀지 않았다는 사실은 곧 자신의 죽음이 멀지 않았다는 말이기도 하다. 시인은 이러한 죽음에 대한 두려움을 존재에 대한 어떤 깨달음으로 무책임하게 치환하지 않는다. 그보다는 죽음이라는 한계상황26)이 안겨주는 두려움에서 강아지와의 동일한 속성을 발견함으로써, 자기연민에 침잠하고 있다.

이는 전체적으로 독자에 대한 유머러스한 접근을 통해 설득력 있는 시세계를 특장점으로 내세우던 그의 시조가 실존문제에 접어들어서

---

26) 칸트는 공통 감각을 오성을 의미하는 논리적 공통감각과 미적 공통감각으로 나누는데, 미적 공통감각은 앞의 공통감각보다 우위에 있는 근본적인 감각으로, 능력들의 규정적이지 않은 자유로운 일치를 의미한다. 칸트에게서 공통감각은 감각(sense)의 보편적 전달 가능성의 근거로 삼고 있는 것으로, 건전한 오성을 가진 인간이면 누구나 가능하다는 점을 전제로 삼는다. (칸트의 공통감각에 대한 체계적인 정리는 추정희,『칸트체계에 있어서 공통감각 개념의 의미』, 홍익대석사, 2001 참조.) 한나 아렌트는, 칸트의 이 개념을 발전시켜, 문화에 있어서 대화 가능성, 곧 차이와 다양성의 소통 가능성을 자신의 판단 이론의 문화적 함의로 삼는다. (김선욱,「문화와 소통가능성 : 한나 아렌트 판단 이론의 문화적 함의」,『정치사상연구』제6집, 2002 봄호 참조.) 따라서 서태수의 시조에서 나타나는 해학은 개와 나 사이의 폐쇄적 자아ㅡ타자 관계를 넘어 '우리'로 확장되는, 공통감각이 전제된 문화적 공동체의 구현 원리로공통감각으로 나타내었다.

는 그러한 여유를 보여 주지 못하고 있음을 드러낸다. 그것은 죽음이라는 한계 상황이 주체에게 떠안기는 고통의 리얼리티, 그 자체이기도 하다.

시의 힘은 감정의 직접적 노출에 있는 것이 아니라 상상력의 구축을 통한 감정의 환기에 있다. 흥청거리는 골계 대신 기립하는 관념을 내세우려 할 때, 그의 시조는 심각해진다. 고려 말 우탁의 시조에서 늙음에 대한 한탄이 해학적 정서로 치환되었던 그 시적 전략을 시인은 참조할 필요가 있다.

그의 시조는 평시조와 사설시조를 비롯한 여러 고전시가의 장르들을 패러디하면서 웃음을 유발하는 전략을 설득력 있게 구사한다는 점에서 단순하고 건조한 사물표현에 그치고 있는 현대시조의 한 상황을 타개하려는 의중, 나아가서 최근의 현대시·시조 전반에 걸쳐 팽배해 있는 대중유리적 관념성 대신 대중유화적 접근법을 그는 택하고 있다고 할 수 있다. 서태수의 시조에서 찾을 수 있는 이러한 독특한 위치와 분명한 위상은 필자가 벌써부터 그의 네 번째 시집을 기다리는 이유이기도 하다.

전통과 현대, 양가적 조화의 모색 과정

— 정동석 시조집『달집 걸린 풍경』

I. 불일치와 정수(淨水)로서의 언어

시조는 조선조 사대부들에게 수용, 널리 창작된 이래로 현대에까지 그 명맥을 이어온 전통적 문학 장르이다. 따라서 시조는 흔히 전통적 질서와 그 이데올로기를 고수하는 성격 때문에 민족적 정서와 언어적 특성을 반영하는 대표적인 문학 장르라고 할 수 있다.

시조의 정형성은 자아와 세계 사이의 합일을 추구하는 시적화자의 상관물로 표현된 것이다.[27] 고시조에 나타난 음풍농월이나 관념적 전언은 갈등 없는 세계 속에서 행해지는 자아의 순전한 발화가 주를 이룬다. 즉 고시조는 4음보격 3장 형식을 통해 자아와 세계의 조화를 담아내는 그릇이었고 그 기능은 충분하였다. 더군다나 창이 주되고 시의 기능이 종이 되는 창주사종의 기능이 시조였기 때문에서도 그것 자체

---

27) 시의 형식은 단순히 표현수단에 지나지 않는 것으로 경시할 일이 아니라 사회역사적 산물로서 이데올로기적 의의를 띠고 있다. 따라서 3장 6구 4음보의 고시조가 사대부의 귀족계층의 세계관과 감성의 표현이라는 점은 사대부의 안정과 질서의 성리학적 세계관이 시조의 형식과 맞물려 있음을 의미한다. 이처럼 시조는 향유계층 또는 향유자의 취향과 세계관을 그 형식에서 이미 반영하고 있었다.

는 자족적이라 할 수 있다. 그러나 창과 결별한 현대시조는 현대 사회의 양상들을 담아내는 상관물로서의 자질됨이 충분하지 못하다고 할 수 있다. 자연과의 합일이 불가능하게 된 현대사회에서 시인은 세계와의 다각화된 갈등 양상들만을 마주하게 되었다. 이제 시인은 합일을 '추구'할 뿐, 합일 속에 '안주'할 수는 없게 되었기 때문에 시조의 정형성이 갖는 합일의식과 달리 현대사회의 비극적인 갈등의식 사이의 괴리를 시조 삼장 안에 담기는 어렵게 되었음은 자명하다. 즉 고시조대로의내용 — 형식의 일치가 현대시조에 와서는 불일치[28]를 가져오게 된 것이다.

이러한 불일치는 역설적으로 현대시조의 존립기반을 마련해준다. 현대시가 다양한 형식적 실험과 내용적 파행을 통해 현대사회의 복잡다단한 양상의 과정들을 자세하면서도 산만하게 표현한다면, 시조는 복잡한 내외적 측면들을 압축하여 표현하는 정수(淨水)로서의 언어가 요구되기 때문이다. 현대시는 현 시대의 산물이기 때문에 현대사회를 묘사하는 데는 적당한 시다. 여기에 비해 현대시조는 자유시가 못 당하는 장점이 바로 시는 짧아야 하고 시적 전언은 포괄적이면서 상징적이면서 압축 단아한 것이어야 함을 입증함에 있다. 그래서 현대시조는 시적 전언이 자유시만큼 섬세하고 정확하지 않는다는 점이 현대 생활과 그것의 표현과의 마찰이면서 내용 형식간의 갈등이 유발하는 시 형태라고 말하게 된다.

---

28) 고시조와 대비할 때, 현대시조는 내용 — 형식의 불일치의 양상을 띤다. 고전적 형식에 현대적 내용을 담아야 하는 것이 현대시조의 본질이기 때문이다. 그러나 그것이 현대시조의 한계를 의미하지는 않는다. 현대시조의 이러한 특질은 현대시가 담을 수 없는 압축되고 정제된 내용을 담는 데 있다. 달리 말해 현대시조는 현대다운 '내용 — 형식의 일치를 추구'하는 것을 목표로 삼아야 한다. 고시조에게 내용 — 형식의 일치는 단지 그 사회생활과의 일치에서 비롯된 것에 불과했으나, 현대시조는 현대사회와의 삶 속에서의 내용 — 형식의 일치를 도모해야 한다.

현대시조를 창작하는 시인들은 이 내용-형식 불일치에서 오는 갈등의 양상들과 이를 극복할 쇄신의 힘을 시적 동력으로 마련해내어야 한다는 당위가 성립하게 된다. 갈등을 자기화하는 언어적 연금술이 없다면, 그 시인에게서 시조는 그저 기존 언어의 고루한 재판본을 생산하는데 그칠 것이기 때문이다. 달리 말해 현대시조 시인에게서 시작(詩作)은 그저 자신의 시적 경향을 드러내는 작업에 불과한 것이 아니라, 시조가 갖는 정형시로서의 틀, 나아가 그 자체와의 갈등과 화해의 작용까지도 고민하여 정수로서의 언어를 표출해야 한다.

정동석의 시조는 때로는 전통 지향적 정서를, 또 한편으로는 현대적인 세련된 감성을 보여줌으로써 현대시조가 본질적으로 담지해야 할 보수와 혁신 사이의 긴장감을 드러낸다. 그의 시에서 자연은 표피적으로는 보수적 이데올로기의 산물로서 주목된다. 그러나 그 뒷면에는 후기산업사회에 대한 대안적 안티테제로서의 자연이라는 혁신적 이데올로기가 바탕이 되고 있음을 읽어내었을 때 정동석시조의 탄생이 있게 된다. 정동석의 시조에서 나타나는 주제의식은 바로 이러한 두 이데올로기 사이의 긴장감이 현대시조의 양가성에 대응된다는 점에서 주목할 필요가 있다.

Ⅱ. 자연 친화와 생태적 가치 추구

자연의 아름다움과 그에 대한 예찬적 태도는 고시조로부터 줄곧 이어져 내려온 시조의 전통적 주제이다. 정동석의 시편 중에는 유난히 기행시(紀行詩)29)가 많은데, 이 때의 기행은 자연과 인간의 공존을 모

---

29) 기행시는 일상적 여건에서 벗어나 다른 장소, 다른 공간에서 지금껏 살피지 못했던 자아의 새로운 모습과 진솔한 삶의 깨달음을 발견한다는 공통점이 있다. 정동석의 시 역시 기행(紀行)을 통해 도시의 세속적 삶의 모습에서 벗어나 자연적인 삶의 조

색하고자 하는 의도에서 비롯되는 것이다. 때문에 그의 발길이 닿는 자연풍광과 소리들은 그 자체로 여흥을 담은 한 편의 시조가 되고 있다.

> 간월재 오색 단풍/ 빛 가린 노송 그늘/ 선바위 누운 돌도/ 뒹굴고 뒤집히며/ 끝까지/ 목청 다듬고/ 흥을 내는 고운 소리// 나뭇잎 속이 타서/ 물가에 모여들고/ 가지 끝 명줄 잡고/ 매달린 한 잎새도/ 여울목/ 노를 저으며/ 떠나가는 자연의 소리
>
> —「자연의 소리」 전문

> 두눈이 시려온다/ 이처럼 고울수가/ 움트는 마디 마다/ 눈동자 반짝이고/ 천연의 구도 속에는/ 맑은 혈이 돌고 있다// 계곡의 청정함에/ 세작은 이슬 문다/ 변덕스런 날씨 속에/ 여인네 심장은 뛰고/ 보슬비/ 꽃술을 적셔/ 돌아앉고 싶은 날
>
> —「자연」 전문

　위 두 편의 시조는 자연의 아름다운 이미지를 선명하게 묘사하면서도 시조의 묘미를 잘 살리고 있다. 그런데 여기서 시적 화자는 자연의 아름다움을 노래하면서도 그 속에 무작정 도취되어 있지만은 않다. 자연의 이미지를 자기화하여 감정을 절제함으로써 객관적 정서를 확보하고 있기 때문이다. 그것은 감정을 환기할 뿐, 직접 말하지는 않는 고전 시학의 정신과도 상통한다.

　시조를 전통적 가치의 재창조라는 면에서 본다면, 시적 화자가 보이는 이러한 태도는 시인의 전통 지향적 방향과도 무관하지 않다고 생각된다. 그의 시조에서 자연이 단지 예찬의 대상에 머물지 않고, 자연과

화 상태를 추구하고 삶의 진실을 발견하려 한다. 고시조의 자연적 삶의 추구가 속세의 정치판에 대한 염증과 비판에서 비롯되는 측면이 크다면, 정동석에게서 그것은 도시의 비인간적·물신적 풍조에 대한 안티테제로서의 기능이 크다. 그렇다면 정동석에게서의 자연은 곧 후기산업사회의 맹목적 추종에 대한 비판적 대안공간이라 할 수 있다.

의 적극적인 합일로서의 풍류정신과 맥을 같이 하는 것 역시 독특하다.

> 작괘천 정자아래/ 떡 바위에 누워보니/ 그늘은 이불이고/ 물소리 풍악이니/ 이 좋은 유명 정자에/ 봇짐 풀고 앉았다// 청량한 저 소리는/ 어미의 자장가요/ 굽어진 여울목은/ 아비의 주름이니/ 넉넉한/ 천년의 공간/ 자연이 준 유산이다
>
> —「작천정」전문

위 시조에서 시적 화자는 자연 속에서 "이불"과 같은 아늑함과 "풍악"과 같은 흥취를 느끼고 있다. 자연에 대한 시적 화자의 이러한 체험은 고시조에서 일관되게 발견할 수 있는 시적 태도와 크게 다르지 않다. 그러나 시인의 이와 같은 태도가 반드시 부정적인 것만은 아니다. 오히려 시조가 담아낼 수 있는 인간-자연 사이의 조화와 질서를 구현하는데 시조의 내용-형식의 동일성은 필연적이기까지 하다. 다만 자연을 바라보는 시적 화자의 태도가 고전적인 것에서 한 발자국도 나아가지 못한다면 그것은 단지 고시조의 답습에 지나지 않을 것이다. 그러나 시인은 이러한 위험을 잘 알고 있다. 그의 시조가 단지 자연의 아름다움을 발견, 예찬하는 데에만 머물지 않고 그것을 현대사회의 폐해 극복을 위한 당위의 차원으로 끌어올릴 때, 현대인이 가져야 할 새로운 가치 지향을 보여주게 되는 것이다.

> 고사리 작은 손에/ 길들은 명주나비/ 애벌레를 성충까지/ 나날이 관찰하여/ 습지의 넝쿨을 먹여/ 자연으로 보낸다// 세계가 모여든다/ 160개국 대표들이/ 습지를 살리려고/ 공감된 메시지로/ 따오기/ 천연기념물/ 복원하여 보련다// 멀리서도 눈부시는/ 감추어진 비밀들이/ 시간의 비례만큼/ 느껴지는 이른 때에/ 사실상/ 람사르 10차 총회/ 살아나는 늪지생태
>
> —「우포늪 —람사르총회」전문

산업화, 공업화의 현대 사회는 자연의 아름다움과 공존하는, 삶의 질적 향상을 도모하지 못하고 자연을 인간 욕망의 도구로 전락시켜 버렸다. 시인은 자연과 함께 하지 않고서 인간의 미래는 도모될 수 없다는 생각을 갖고 있다. 자연은 단지 인간에게 흥취의 대상으로만 존재하는 것이 아니라 인간이 발 딛고 살 수 있는 생존의 요건인 까닭이다. 그러므로 시인은 최근에 막을 내린 "람사르 총회"에 긍정적인 생각을 가진다. 그런데 이 시조에서 "늪지생태"가 "살아나는" 것은 단지 자연의 일부분이 복원되는 것만을 의미하지 않는다. 그것은 나아가 산업화로 인해 파괴되어 버린 인간 정신의 회복과 도구적 이성을 넘어 생태주의로 향하는 한 과정이기도 하다.

때문에 시인의 고전적 자연미의 추구는 단지 전통 지향적 가치에만 머물지 않고, 현대인의 세속적 욕망 추구에 대한 안티테제로 작동할 가능성이 있는 비판과 대안으로서의 실천이기도 한 것이다.

Ⅲ. 세속적 탐욕의 경계와 인간적 연민

이제 시인은 자연을 훼손 가능한 대상 또는 인간 욕망의 대상으로만 바라보는 현대인의 삶을 정면으로 비판한다.

> 흙 바위/ 마루터기/ 자연이 던진 씨앗/ 기나긴 세월동안/ 버티어낸 작은 솔이/ 목말라 바위에 붙어/ 풍송이라 부른다/ 지친 몸 부여잡고/ 바람 잘날 기다리다/ 키 작고 몸은 굽어/ 몰골은 비참해도/ 소외된/ 외계인 보듯/ 즐겨 하는 편이다/ 분에 담은 저 모습을/ 찾는 이 몇몇인가/ 억지로 손발 잘라/ 팔다리 꼬아 묶고/ 굳으면 어느 귀댁에/ 팔려 가는/ 작은 거송

―「작은 소나무」전문

위 시에서 "자연이 던진 씨앗"으로 "기나긴 세월 동안/ 버티어낸 작은 솔"은 이제 "어느 귀댁에/ 팔려 가는" 상황에 이르게 되었다. 그것은 단지 "풍송" 한 그루가 팔려가는 것만을 의미하지 않는다. 시인은 어쩌면 일상적일 수도 있을 이 상황에서 자연 파괴의 메커니즘을 읽어내고 있다. "풍송"은 "목말라 바위에 붙어"있는 자연 그대로의 상태로 남아 있을 때, 그리고 그것을 있는 그대로 완상(玩賞)할 때, 인간과 자연은 함께 공존할 수 있다는 전언을 제시한다. 그러나 인간은 자연에 대해 "억지로 손발 잘라/ 팔다리 꼬아 묶"는 폭력을 가하고 자연을 있는 그대로 "즐겨하"지 않는다. 인간의 이기적인 욕망이 '있는 그대로'의 자연을 파괴하고, '있어야 할' 인간의 정신마저 파괴하는 것이다.[30]

따라서 시인은 인간의 무분별한 욕망에 가차 없는 일침을 가한다. 나아가 아무리 인간이 제 욕망을 충족시키려 한들 현대인은 언제나 불행할 수밖에 없음을 적확하게 지적한다.

촌마을 꼭대기에/ 달 가끔 걸렸는데/ 그 빛은 어디가고/ 고층 불빛 환하구나/ 굴뚝 대/ 옅은 연기가/ 시장기를 부추겼지/ 철철이 맑은소리/ 골짝은 청태 끼고/ 물방개 자유롭던/ 실개천은 복개되어/ 모르리/ 자연의 신비/ 훼손만이 상책인가/ 복합한 각층에는/ 정 나눌 이웃 없어/ 간간히 담을 넘는/ 호박넝쿨 좋았는데/ 새벽닭/ 울음소리에/ 잠깨는 날 오려나

—「송향」 전문

인간이 "훼손만이 상책"이라 부르짖고 "복합한 각층"과 "고층 불

---

30) '있는 그대로의 세계'와 '있어야 할 세계'를 반영하는 것은 리얼리즘의 기본 정신이기도 하다. 리얼리즘은 있는 그대로의 세계, 즉 존재로서의 세계만을 반영하는데 그치지 않고, 있어야 할 세계, 즉 당위로서의 세계 역시 반영한다. 그렇다면 있는 그대로의 자연과 있어야 할 인간 정신의 회복을 추구하는 정동석의 시세계는 리얼리즘 정신과 그 맥이 통한다 할 수 있다. 이러한 그의 시적 여정은 소박하지만 단순하지 않은 그의 시적 표현 속에서 올곧게 자리매김한다.

빛"을 만든다고 해서 욕망이 충족되고 행복해지는 것은 아니다. 오히려 "정 나눌 이웃 없"고 "자연의 신비"마저 "모르"게 된 현대인들은 자연과의 접촉을 상실한 불행한 존재로 전락해버리고 말았다. 비록 도구적 이성의 편리하고 안락한 생활은 없어도, 자연과 함께 공존했던 과거는 도리어 자연의 신비와 함께 하며, 이웃 간에 정을 느낄 수 있었던 소박한 공동체로, 더불어 살아갈 수 있었다. 자연을 훼손하면 훼손할수록 자연을 더욱 더 착취의 대상으로 여길수록 인간은 행복해지는 것이 아니라 도리어 불행해진다는 위 시의 전언은 전통 지향적 가치와 함께 이를 극복하는 대안으로서의 이데올로기적 지향까지 내포하고 있다. 그래서 그의 시조는 시조이면서 현대임을 증명하려 하는 것이다.

여기서 주목할 점은 시인이 현대인의 욕망 추구를 무조건적으로 비난하고 있지만은 않다는 점이다. 자연을 지나치게 강조하다보면 자연 이용이라는 현대사회를 전면 부정하는 우를 범할 수 있다. 여기에 시인의 고민이 있다.

등보며 따라가는/ 신원 모를 피난행렬/ 치열한 경쟁속을/ 비집고 들어서서/ 뒤통수 의식 하면서/ 앞만 보며 따른다// 발짧고 허리작고/ 키작은 까만 노예/ 보일지 가는 사슬/ 발이묶여 걷는 걸까/ 길섶에 날이 서도록/ 종종걸음 치는구나// 새벽에 별을 보고/ 초저녁달 보는 행군/ 허리가 잘리도록/ 일만 하는 병사인가/ 작은 몸 가는 허리에/ 힘이 솟는 상일꾼

―「일개미」 전문

위 시에서 "일개미"는 '현대인'의 알레고리이다. 현대인은 "치열한 경쟁속을/ 비집고 들어서서/ 뒤통수 의식하면서/ 앞만 보며 따"르는, 불행한 존재들이다. 자기 존재만의 참다운 삶의 가치를 추구하지 못하고 다만 "노예"처럼 "발이묶여" "종종걸음" 칠 수밖에 없는 현대인의 모습은 시인의 비판의 대상이 되기보다는, 연민의 대상으로 묘사되고

있는 것이다. 따라서 시인은 각박한 삶을 살아가는 현대인에게 "작은 몸 가는 허리에/ 힘이 솟는 상일꾼"이라는 격려의 메시지를 전달하고 싶어 하기도 한다. 인간이 자신의 삶의 진정성이 무엇인지도 모르는 채 타의 추종에 묶여 있음을 암시한다. 즉 종국에 있어 인간은 타와 구별되는 삶의 실체를 인식해 살지도 못하고 그것을 향한 노력까지도 포기한 채 타인의 삶을 대신 살아주는 노예적 삶이 문제라는 인식이다. 이것은 인간과 자연과의 관계에서도 인간과 인간과의 관계에서도 나타난다고 보는 것이다.

Ⅳ. 고통의 양식화를 위한 시작(詩作)

시인은 인간에 대한 무조건적인 부정정신으로만 일관하지 않는다. 인간의 끝없는 욕망 추구는 분명 경계의 대상이지만 건강하고 소박한 민중의 삶은 도리어 지향해야 할 가치로 자리매김한다.

> 피난길 봇짐 들고/ 모여드는 날이 있다/ 칸칸이 골목골목/ 보따리 속보이며/ 싸면서/ 팔았다 하고/ 팔고나서/ 냈다네// 뚝방길 자갈밭에/ 머리 깎은 초벌부추/ 봄소식 당겨오는/ 달래 쑥 고들빼기/ 입속을/ 감칠맛 내는/ 새콤 달콤 겉절이
>
> —「시골장터」 전문

얼핏 보면 정동석의 시조는 자연친화적인 과거와 자연파괴적인 현대, 또는 시골과 도시의 이분법적 대립으로 시적 주제를 구성해가는 듯이 보인다. 위의 시조 역시 도시에서는 만날 수 없는, 시골 장터의 생동감 있는 "봄소식"을 봄나물의 묘사와 함께 전해주고 있다. 그러나 그가 지향하는 것은 인간과 자연의 공존, 다시 말해 자연 그대로의 자연, 자연 그대로의 인간이라는 보편적이고 일원론적인 태도를 줌심에

잡고 있다. 위의 시에서 나타나는 건강한 민중의 모습은 바로 자연 그대로의 인간의 모습이라는 점에서 긍정적으로 묘사되고 있는 것이지, 시골이기 때문에 긍정적인 것은 아니다. 그렇다면 시인이 바라는 건강한 삶의 모습은 어떠한 과정을 통과해야 하는가? 단적으로 말해서, 시인은 인간의 지나친 욕망은 헛된 것이라는 사실을 깨달아야 한다고 역설한다.

> 담아도 허허하고/ 걸어도 제자리인/ 꿈속의 우주행보/ 부질없는 만행이다/ 마음 한 자락/ 뜬구름만 걸릴 뿐/ 꽃피고 새가 우는/ 음 사월 거룩한 날/ 바람이 사방불어도/ 흔들림 멎게 하는/ 붓다의/ 마음 전하는/ 밝은 꽃이 핍니다
>
> —「봉축 연등」부분

세속적 가치를 추구하는 인간의 "행보"는 그저 "부질없는 만행"에 불과하다. 왜냐하면 세속적 욕망이란 그저 "담아도 허허하고/ 걸어도 제자리인 꿈속"과 같은, 또는 "뜬구름"만 같은 것이기 때문이다. 오히려 욕망을 비워내고 존재를 있는 그대로 받아들이는 겸허한 태도를 갖게 될 때, 인간의 "마음"에는 "밝은 꽃이" 피게 된다.

이는 정동석의 시조가 어떤 점에서 시적 건강성을 확보하고 있는지를 알게 한다. 시조가 대사회적인 발언을 시작할 때, 단지 사회적 폐해의 결점만을 지적, 부각시키는데 그치는 것이 아니라, 그에 대한 비판과 함께 대안을 제시할 때, 시조의 대사회적 발언의 논리는 튼튼한 근거를 마련할 수 있다. 더욱이 논리적 정당성을 확보한다 하더라도 시(시조)가 주제의식에 침윤한 나머지, 서정성을 말살해버리고 교술적 단언만을 부각시켜서는 시조라고 말할 수 없을 것이다. 그런데 정동석의 시조는 이러한 위험을 예리하게 비켜가면서도 시의 주제를 전달할

수 있는 힘을 지니고 있다. 그것은 분명 그의 시가 불교적 상상력을 매개로 하고 있기 때문이다.

불교에서는 인간의 욕망을 환영에 불과하고 그것은 허무한 것이기도 하다고 가르친다. 인간은 이 사실을 깨닫고 모든 환영들을 직시하는 '견성(見性)'의 눈을 가져야 한다. 시인은 이러한 불교적 상상력이야말로 현대사회의 폐해를 지적, 극복하는 강력한 원동력이 될 수 있다고 생각한다. 더욱이 모든 사물들은 제각각 독립해서 존재하는 것이 아니라 관계 속에서 존재한다는 사고는 자연을 도구적 욕망의 대상으로만 바라보는 인간의 시각을 교정하는 역할을 담당할 수 있다.

하지만 만약 그의 시조가 단지 불교적 상상력이라는 보편적 전언만을 시적 주제로 삼고 있다면 한계와 마주할 수밖에 없다. 시조는 불교적 교리의 표현(복사)이 아니라 개인적 정서의 구체적 전달(불교와 자아와의 융합)이어야 하는 까닭이다. 이렇게 되어야만 시조는 교시적 기능을 초월하게 된다.

다음의 시조가 의미하는 것은 시조가 단지 대사회적 발언으로만 점철되지 않고, 삶의 구체적 진실을 말하고 있고, 시인 자신이 왜 시조를 써야 하는가를 분명히 밝히고 있다.

> 하늘 맑아 좋은 날에/ 언덕에 올라보니/ 개구쟁이 몰려와서/ 비누방울 불고있다/ 아이들/ 맑은 눈동자/ 가득 태워 날아가네// 맑고 작은 방울 속에/ 천진함이 담겨있고/ 웃음꽃 피어나니/ 기쁨도 배가 되고/ 탐욕은 방울에 담아/ 허공으로 날린다
>
> ─「비우고 싶은 날」 전문

시적 화자는 "개구쟁이 몰려와서/ 비누방울 불고 있"는 평범한 일상적 경험에서 삶의 구체적 진실로 접근, 정수로서의 언어로 표현하는

시조의 정공법을 보여주고 있다. 그러면서도 동시에 인간 탐욕의 대안으로서의 순수성을 회복하고자 하는 화자의 열망 또한 읽을 수 있다. 보편적 전언을 단지 관념적 색채로만 환원시켜버리지 않고, 위와 같이 내밀한 개인적 체험으로 전환시키는 힘은 분명 정동석의 시조가 지닌 장점이라 할 수 있다.

현대시조가 갖는 내용 - 형식의 불일치는 그 자체로 시인에게 고통을 야기한다. 시인은 시조를 통해 대사회적인 발언을 하기도 하지만, 동시에 내밀하고도 구체적인 고통들을 기록하고 양식화하는 과정을 보여주기도 해야 한다. 이러한 고통의 공감과 연대가 시인이 추구하는 인간과 자연이 함께 하는 바람직한 공동체의 모습으로 나아갈 수 있는 초석이 될 것이라 믿기 때문이다.

정동석의 시조에서는 이러한 고통의 양식화 과정이 구체적인 갈등의 양상으로 드러나기 보다는 쉽사리 화해와 해소의 손길로 귀결되어 버리고 있다는 점에서 아쉬움이 남는다. 시조의 형식적 특질이 세계와 자아의 동일성, 그 조화와 질서를 드러내는 상관물이라면 시인은 거기에 함몰되기 보다는 이를 극복하기 위한 시적 전략을 마련해야 한다.

정동석 시인은 불교적 상상력을 바탕으로 이를 극복하려 한다. 그러나 그것만이 전부여서는 시조가 될 수 없다는 사실을 시인은 이미 알고 있다. 그의 시조에서 화해가 쉽사리 이루어져서는 안 되는 이유가 이미 마련된 셈이다. 그렇지 않다면, 그의 시조는 시적 진정성을 의심받을 수밖에 없다. 그러므로 그의 불교적 상상력과 내밀한 시적 언어가 어떠한 방식으로 이를 극복할 것인지 지켜보는 일은 단지 한 시인의 시적 세계관의 변화의 추이를 좇는 것만은 아니다.

정동석 시조는 현대시조의 장점과 한계를 동시에 인식하는 데서 시작되고 있다. 따라서 그의 시조는 현대사회 속에서의 갈등과 화해 사

이에 존재하는 길항(拮抗)관계에 대한 새로운 시적 제시를 하고 있음
에서 출발하고 있어 현대시조의 그 현대에 값하려 하는 몸부림임이 입
증된다.

· 1945년 경남 산청에서 태어남.
· 부산대 국문과 졸업 대학원 수료(문학박사)
· 시조시인으로 활동, 7권 시조집 간행
· 고시조의 본질 등 6권의 전공 서적 저술
· 부산시 문화상. 성파시조문학상. 오늘의 시조상 수상
· 현재 한국시조학회 회장, 부산대 교수로 재직

현대시조의 정서와 방향

지은이 임종찬

인쇄일 초판1쇄 2009년 10월 12일
발행일 초판1쇄 2009년 10월 16일
펴낸이 정구형
총괄 박지연
디자인 김숙희 이솔잎
마케팅 정찬용
관리 한미애 강정수 채지선
펴낸곳 국학자료원

등록일 2006 11 02 제2007-12호
서울시 강동구 성내동 447-11 현영빌딩 2층
Tel 442-4623 Fax 442-4625
www.kookhak.co.kr
kookhak2001@hanmail.net

ISBN 978-89-6137-252-7 *93800

가격 24,000원

* 저자와의 협의하에 인지는 생략합니다.
  잘못된 책은 구입하신 곳에서 교환하여 드립니다.